10|18

12, avenue d'Italie — Paris XIIIe

Du même auteur
dans la collection 10/18

AU JEU DE LA MORT, n° 2482
LA MORT EN HABIT NOIR, n° 2483
LE RIDEAU TOMBE, n° 2507
L'ASSASSIN ENTRE EN SCÈNE, n° 2533
LA CLINIQUE DU CRIME, n° 2562
ET VOUS ÊTES PRIÉS D'ASSISTER AU MEURTRE DE..., n° 2592
MORT EN EXTASE, n° 2620
UN VRAI CRIME D'ARTISTE, n° 2636
UN PIÈGE POUR MISS C., n° 2669
L'ASSASSIN AUX FLEURS, n° 2685
LA MORT EN EMBUSCADE, n° 2717
MEURTRE EN COULISSES, n° 2741
CROISIÈRE MORTELLE, n° 2761
COMME À ROME, n° 2791
LE CERCUEIL DE NOËL, n° 2837
DESCENTE FATALE, n° 2884
PARFUM TROMPEUR, n° 2938

L'EMPREINTE DE LA JUSTICE

PAR

NGAIO MARSH

Traduit de l'anglais
par Sophie DALLE

10|18

« Grands détectives »
dirigé par Jean-Claude Zylberstein

Si vous désirez être régulièrement tenu au courant de nos publications, écrivez-nous :

Éditions 10/18
c/o 01 Consultants (titre n° 3005)
35, rue du Sergent Bauchat
75012 Paris

Titre original :
Scales of Justice

ISBN 2-264-02638-3

Pour Stella

Remerciements de l'auteur à Michael Godby M.A. (Oxon), pour ses conseils éclairés en matière d'écailles de poisson, à Eileen Mackay, à Eskdale Moloney et bien sûr à Vladimir et Anita Muling, sans qui...

LES PERSONNAGES DU RÉCIT

Les habitants :

Miss Kettle, infirmière du district
M. Octavius Danberry-Phinn, de Jacob Cottage
Le colonel Cartarette, de Hammer Farm
Rose Cartarette, sa fille
Kitty Cartarette, sa femme
Sir Harold Lacklander, de Nunspardon
Lady Lacklander, sa femme
George Lacklander, leur fils
Le Dr Mark Lacklander, fils de George
Le commandant Geoffrey Syce, d'Uplands

Les représentants de New Scotland Yard :

Roderick Alleyn, inspecteur principal
M. Fox, inspecteur, New Scotland Yard
Brigadier Bailey, expert en dactyloscopie
Brigadier Thompson, photographe
Le Dr Curtis, médecin divisionnaire

Les représentants de la police locale :

Brigadier Oliphant, du commissariat de Chyning
P.C. Gripper
Sir James Punston, commissaire du Bardfordshire

1

Swevenings

Miss Kettle poussa sa bicyclette jusqu'au sommet de Watt's Hill, où elle marqua une pause. Le front moite de transpiration, elle contempla le village de Swevenings qui s'étalait à ses pieds. De paresseuses volutes de fumée s'échappaient d'une ou deux cheminées ; les toits des maisons se pelotonnaient dans la verdure. Le ruisseau à truites Chyne serpentait de pré en boqueteau avant de se laisser glisser paisiblement sous deux ponts. Paysage serein. Campagne sage. Pas une faute de goût qui vînt ternir la perfection de ce tableau idyllique !

— Vraiment, soupira Miss Kettle avec plaisir, c'est joli comme dans un livre d'images !

Elle songea à toutes les ravissantes aquarelles que Lady Lacklander avait peintes de ce lieu même. Elle pensa aussi à ces cartes illustrées que l'on trouve parfois dans le métro de Londres, où sont représentés aussi bien les maisons que les arbres et les passants. Vu d'ici, Swevenings avait toutes les caractéristiques d'un tel plan. Observant les motifs bien ordonnés : champs, haies, ruisseau, prés et maisons, Miss Kettle s'amusa à y inscrire légendes et personnages naïfs de rigueur dans ce genre de dessins.

Du haut de Watt's Hill, Watt's Lane descendait en pente abrupte et oblique jusque dans la vallée. Entre la route et le Chyne était un coteau divisé en trois bandes, chacune garnie d'arbres, de parterres fleuris et d'une demeure ancestrale. Ces domaines appartenaient aux trois principaux propriétaires de Swevenings : M. Danberry-Phinn, le commandant Syce, et le colonel Cartarette.

Sur sa carte illustrée, se dit Miss Kettle, elle placerait M. Danberry-Phinn entouré de ses chats, devant Jacob Cottage. Le commandant Syce, à Uplands, serait en pleine séance de tir à l'arc, tandis que sa voisine Mme Cartarette savourerait un cocktail dans son jardin de Hammer Farm (qui n'avait plus d'une ferme que le nom), tout en surveillant sa belle-fille, Rose Cartarette, en train d'arracher avec infiniment de grâce les mauvaises herbes d'une plate-bande. L'attention de Miss Kettle s'aiguisa soudain. Car là, justement, tout au fond de la vallée, elle venait d'apercevoir le colonel Cartarette, silhouette lilliputienne marchant le long de sa rive du Chyne, à l'est de Bottom Bridge. Son panier de pêche en bandoulière, sa canne à la main, il avançait, suivi de près par Skip, son épagneul.

— Le crépuscule va tomber, soupira Miss Kettle. Il va tenter de pêcher La Vieille.

À son plan imaginaire, elle s'empressa d'ajouter la masse informe de l'énorme truite rôdant depuis toujours au pied de Bottom Bridge. Elle l'agrémenterait en cursives du titre : « La Vieille ».

De l'autre côté de la vallée, sur le terrain de golf privé du manoir de Nunspardon, elle représenterait M. George Lacklander s'offrant une petite partie en solitaire. Elle lui ferait sans doute jeter (Miss Kettle avait une prédilection pour les potins) un coup d'œil dans la direction de Mme Cartarette. Quant à son fils, le Dr Mark Lacklander, il figurerait muni de sa sacoche, une cigogne volant au-dessus de sa tête. Pour compléter son œuvre, Miss Kettle poserait l'imposante Lady Lacklander devant son chevalet, et ce pauvre Sir Harold, dans son lit, hélas ! trônant au centre d'une vaste chambre dont on aurait (pour respecter la tradition dans cet art) supprimé le plafond.

La carte montrerait bien comment Watt's Lane, s'aventurant vers la droite, puis revenant en arrière, séparait ainsi « la noblesse » des gens ordinaires. À l'ouest s'étiraient les domaines Danberry-Phinn, Syce et Cartarette, dominés par celui des Lacklander. Alignés du côté est de Watt's Lane, se succédaient cinq cottages à toits de chaume consciencieusement entretenus, l'épicerie du village et, au-delà de Monk's Bridge, l'église, son presbytère et *L'Âne tranquille*. Entraînant ses amis haletants au sommet de Watt's Hill, Miss Kettle pointait toujours son petit doigt sur la vallée en annonçant d'un ton triomphant qu'ils avaient devant eux un exemple de ce que pouvait être « la perfection ».

Son visage généreux illuminé par le bonheur, elle grimpa sur son vélo pour dévaler Watt's Lane. Bouleaux et buissons défilèrent de chaque côté, à toute allure. La chaussée s'améliora enfin, et sur sa gauche apparut la haie vive de Jacob Cottage. Du fond du parc lui parvinrent les appels de M. Octavius Danberry-Phinn.

— Adorable ! s'exclamait-il. Reine des Délices ! Poisson !

Un chorus de voix félines lui répondit.

Miss Kettle freina brusquement, vira dans l'allée, donna un coup de pédale habile vers l'arrière, chancela, se rattrapa au portail de M. Danberry-Phinn.

— Bonsoir ! s'écria-t-elle, accrochée à la barrière, sans quitter sa selle.

Elle passa la tête dans l'espace découpé de la haie. M. Danberry-Phinn était bien là, dans son jardin élisabéthain, en train de nourrir ses chats. M. Phinn (les intimes étaient autorisés à raccourcir ainsi son patronyme) était considéré à Swevenings comme un excentrique, mais Miss Kettle était habituée à lui et ne le trouvait en rien déconcertant. Il ne se séparait jamais de sa casquette en loque brodée de perles, et sur laquelle il avait coutume de percher ses lunettes. Il les enleva et agita la main en direction de Miss Kettle.

— Vous m'avez tout l'air d'une déesse exotique montée sur un engin inventé par Inigo Jones. Bonsoir à vous, Miss Kettle. Qu'est-il donc arrivé à votre automobile, je vous prie ?

— Elle a subi une intervention chirurgicale mineure ainsi qu'un lifting... Et vous, comment vous portez-vous ? Je vois que vous donnez à manger à vos chats...

— Les hôtes de ma maison se restaurent, acquiesça M. Phinn en s'accroupissant. Fatima ! Femme Fatale ! Miss Petits-Pas ! Encore un morceau de haddock ? Mangez, mes amours, mangez !

Les huit chats de races diverses ignorèrent ostensiblement les discours de leur maître : ils étaient trop occupés à dévorer le contenu des huit plats alignés devant eux. Le neuvième, une chatte mère, avait déjà achevé son repas et s'occupait de sa toilette. Elle cligna des yeux en direction de M. Phinn et, arborant une expression de tendresse et de douceur, s'étira pour offrir à sa progéniture ses mamelons.

— Le bar à lait est ouvert, annonça M. Phinn.

Miss Kettle ricana avec indulgence.

— Elle sait ce qu'elle a à faire, au moins. Dommage que certaines mères humaines de ma connaissance n'aient pas les mêmes réflexes. Bravo, Chatounette, tu es belle comme tout !

— Elle s'appelle Thomasina Twitchett ! précisa M. Phinn. Thomasina, de Thomas, et Twitchett... en hommage à notre divine Beatrice Potter, conclut-il en ôtant solennellement son couvre-chef. Les petits s'appellent Ptomely et Alexis. La petite, je l'ai baptisée Mar.

— Mar ? répéta Miss Kettle, dubitative.

Il la regarda fixement.

— Mar Goulette, bien sûr.

— Ha ! gloussa Miss Kettle, qui savait combien il

était important de s'amuser de tous ses jeux de mots. Ha ! ha ! ha !

M. Phinn émit un rire bref et changea de sujet.

— Quelle est la mission thérapeutique qui vous oblige à enfourcher votre selle ? De qui le front se plisse-t-il d'angoisse et de douleur ?

— Oh, j'ai une ou deux visites à effectuer, répliqua Miss Kettle. Mais je vais surtout passer la nuit au grand manoir. Auprès du vieux monsieur, vous savez...

Elle contempla, de l'autre côté de la vallée, le domaine de Nunspardon.

— Ah, oui, soupira-t-il. Mon Dieu ! Puis-je vous demander... ? Sir Harold...

— Il a soixante-quinze ans, coupa-t-elle sèchement. Il est épuisé. Enfin, avec les cardiaques, on ne sait jamais. Peut-être reprendra-t-il du poil de la bête.

— Vous croyez ?

— Ce n'est pas impossible. Il a une infirmière de jour, mais nous n'avons trouvé personne pour le veiller de nuit. Je joue donc les bouche-trous. En fait, c'est pour rendre service au Dr Mark.

— Le Dr Mark Lacklander soigne son propre grand-père ?

— Oui. Il a demandé l'avis d'un confrère, mais c'était surtout pour apaiser sa conscience. Saperlipopette ! Voilà que je me mets à dévoiler nos secrets professionnels, maintenant ! Oh ! Kettle, tu devrais avoir honte !

— Je suis très discret, assura M. Phinn.

— Moi aussi, en vérité. Bien ! Je vais poursuivre ma petite tournée...

Miss Kettle tenta un subtil pédalage arrière, tout en reprenant son pied calé dans le portail de M. Phinn. Il arracha l'un des chatons rassasiés à sa mère et le frotta contre sa joue mal rasée.

— Il est conscient ?

— Par-ci, par-là. Ça dépend des moments. Allons ! Voilà que je recommence à cancaner ! Ah ! À propos de cancans, ajouta-t-elle, l'œil espiègle... J'ai vu le colonel, qui allait à la pêche.

Une extraordinaire métamorphose s'opéra chez M. Phinn qui s'empourpra, le regard brillant de haine, et écarta ses lèvres en un sourire carnassier.

— Maudit soit-il ! cracha-t-il. Où est-il ?

— Juste au-dessous du pont.

— Qu'il s'écarte d'un mètre au-dessus, et je me plaindrai auprès des autorités ! De quelle mouche se sert-il ? A-t-il attrapé quoi que ce soit ?

Miss Kettle regrettait déjà ses paroles.

— J'étais en haut de Watt's Hill, avoua-t-elle. Je n'ai pas vu grand-chose.

M. Phinn replaça le chaton dans le giron de Mme Twitchett.

— C'est terrible à dire d'un voisin. Choquant, même. Mais je déclare délibérément et en toute connaissance de cause que je soupçonne le colonel Cartarette d'avoir recours à des pratiques inconvenantes.

Miss Kettle rougit jusqu'aux oreilles.

— Je ne sais pas de quoi vous parlez.

— Des miettes de pain ! Des vers de terre ! aboya-t-il en écartant les bras. Il ne recule devant rien ! Il irait sans doute même jusqu'à chatouiller !

— Vous vous trompez sûrement.

— Miss Kettle, il n'est pas dans mes habitudes d'interpréter à tort les extravagances libertines d'un toqué. Voyez ses fréquentations ! Songez, si votre âme le supporte, au commandant Syce !

— Seigneur Dieu ! Qu'a donc fait ce pauvre commandant ?

— Cet homme, dénonça M. Phinn, blême, une main pointée sur la chatte, l'autre sur la vallée. Ce flibustier d'eau douce qui partage ses loisirs entre l'alcool et ce sport imbécile qu'est le tir à l'arc... ce Cupidon à la noix, ce... Il a assassiné la mère de ma Thomasina Twitchett !

— Il ne l'a sûrement pas fait exprès.

— Comment pouvez-vous en être certaine ?

M. Phinn se pencha par-dessus le portail et s'empara du guidon de la bicyclette de Miss Kettle. La visière de sa casquette tomba sur son visage, et il la dégagea d'un souffle rageur. D'une voix vibrante d'émotion, il s'attaqua à un récit souvent répété, superbement mis au point.

— Chaque soir à la fraîcheur du crépuscule, Mme Thoms, car c'était son nom, aimait à se promener dans le Pré du Bas. Étant pleine, elle représentait une cible idéale. Imaginez Syce sur sa pelouse. Imbibé de vin. L'arme du crime : un arc (à force de tension de soixante livres, m'a-t-on dit) est entre ses mains, l'envie de sang coule dans son cœur. Il a visé en l'air, conclut M. Phinn. Et si vous me dites que sa flèche est retombée sans qu'il sache à quel endroit, je refuserai de vous croire. Sa cible, sa cible intentionnelle, j'en suis convaincu, était ma superbe chatte. Thomasina, fourrure de mes fourrures, c'est de ta maman que je parle.

Thomasina Twitchett cligna des paupières, en même temps que Miss Kettle.

« Décidément, il est un peu bizarre », se dit l'infirmière, tandis qu'un flot de pitié la submergeait. « Forcément, tout seul avec tous ces chats... au fond, ce n'est guère étonnant... »

— Enfin ! murmura-t-elle en lâchant son point d'ancrage, avec un sourire professionnel. Soyez sage, et si vous ne pouvez être sage, soyez au moins prudent !

— Ce n'est pas la prudence qui me rendra mon chat, marmonna-t-il, les yeux luisants de colère. Je ne l'oublierai pas de sitôt. Bonsoir à vous, Miss Kettle.

Si M. Phinn était veuf, le commandant Syce, en revanche, était célibataire. Voisin de M. Phinn, il habitait une maison georgienne baptisée « Uplands », à la fois modeste et pourtant trop vaste pour lui, mais qu'il avait héritée d'un oncle. Un marin à la retraite et son épouse s'occupaient de lui. La propriété avait été plus ou moins abandonnée à son triste sort, mais le potager était dûment entretenu par le couple de gardiens, et la pelouse de tir à l'arc, par le commandant soi-même. Cette parcelle dominait le Chyne, et rien d'autre hormis ce passe-temps, apparemment, ne l'intéressait : dès que le temps le permettait, une cible trônait à un bout du terrain sur son chevalet, tandis qu'à l'autre bout, en pose classique, le commandant Syce tirait ses flèches. Il jouissait d'une réputation de tireur d'élite, et chacun pouvait remarquer combien son équilibre, si houleux fût-il en raison d'un trop-plein d'alcool, redevenait infaillible dès qu'il se mettait en position. Il menait une existence solitaire et sans but. S'il avait manifesté le moindre désir de sympathie de la part des autres, les habitants de la région auraient volontiers éprouvé pour lui de la compassion. Mais il ne demandait rien à personne, bien au contraire : il semblait fuir le monde. Bien que ne fréquentant jamais le bar, il était ardent supporter du pub. C'est ainsi que Miss Kettle, empruntant l'allée envahie de mauvaises herbes, croisa le coursier de *L'Âne tranquille* revenant de la maison, son panier à bouteilles vide.

Miss Kettle apportait elle-même une bouteille à Syce. Malheureusement pour lui, celle-ci sortait tout droit de la cave du pharmacien de Chyning. En se rapprochant de la bâtisse, elle entendit des pas crisser sur le gravier et aperçut le commandant qui venait en boitant, arc à la main, carquois autour de la taille. Miss Kettle pédala dans sa direction.

— Bonsoir ! Bonsoir, commandant !

Son vélo chancela, et elle en descendit.

Syce se retourna, hésita, puis vint vers elle. Plutôt blond, il avait le teint basané d'un marin décati à la retraite. Il empestait la Navy... et le whisky, constata Miss Kettle. Ses yeux, bleus et étonnés, fixèrent ceux de la garde-malade.

— Désolé, marmonna-t-il. Bonsoir. Je vous demande pardon.

— Le Dr Mark m'a demandé de passer vous déposer votre remède. Tenez ! C'est le même que la dernière fois.

Il lui prit le flacon des mains, d'un mouvement furtif.

— C'est vraiment très gentil. Je suis terriblement désolé. Ce n'était pas urgent.

— Cela ne m'a pas dérangée du tout ! affirma-t-elle d'un ton enjoué, tout en remarquant combien sa main tremblait. Vous alliez tirer quelques flèches ?

— Oh, oui ! Oui, oui ! Eh bien... Merci ! Merci ! Merci !

Il partit à reculons.

— Je vais à Hammer Farm. Si cela ne vous ennuie pas, j'aimerais emprunter le raccourci qui traverse votre propriété...

— Bien sûr. Je vous en prie. Permettez...

Fourrant la fiole dans la poche de son manteau, il s'empara du vélo de l'infirmière et plaça son matériel en travers sur le guidon.

— Et maintenant, c'est moi qui vous cause des soucis ! gémit-elle gaiement. Voulez-vous que je porte votre arc ?

Intimidé, il préféra ne rien dire et poussa la bicyclette autour de la demeure. Miss Kettle lui emboîta le pas, s'exprimant sur ce ton chaleureux qu'elle réservait à ses patients les plus nerveux. Ils atteignirent la pelouse de tir, d'où la vue sur la petite vallée du Chyne était particulièrement charmante. Le ruisseau à truites scintillait à la lumière du soir, flanqué de part et d'autre de prés veloutés et parsemés d'arbres touffus. Là, au pied de Bottom Bridge, le colonel Cartarette remontait sa ligne, tandis que plus haut sur le terrain de golf de Nunspardon, Lady Lacklander et son fils George s'offraient une petite marche apéritive.

— Quelle magnifique soirée ! s'extasia Miss Kettle.

Tout paraît si proche ! Dites-moi, commandant, avec votre arc, pourriez-vous atteindre Lady Lacklander ?

Syce jeta un bref coup d'œil sur la silhouette carrée de l'autre côté de la vallée et grommela quelque chose à propos d'un tas de chiffons à deux cent quarante mètres. Miss Kettle, décontenancée par sa brusquerie, songea qu'il avait besoin d'être remonté.

Il poussa le vélo le long d'un sentier désordonné qui serpentait entre les buissons. Miss Kettle le suivait de près.

— On me dit qu'un jour vous avez touché un but inattendu, par là...

Syce se figea. Elle vit des perles de sueur goutter à sa nuque. « Alcoolique », pensa-t-elle. « Moche. Quel dommage ! Il devait être très séduisant, du temps où il ne se laissait pas aller ! »

— Juste ciel ! s'écria-t-il en tapant du poing sur la selle. C'est de ce maudit chat que vous parlez ?

— Eh bien ?...

— Seigneur ! C'était un accident ! Je l'ai dit et répété à cet enquiquineur de malheur ! C'était un accident ! J'aime les chats !

Il pivota sur ses talons et se mit face à elle. Ses yeux s'étaient voilés, sa voix trembla :

— J'aime les chats, insista-t-il.

— Tout le monde peut se tromper, murmura Miss Kettle.

Il tendit la main pour reprendre son arc et désigna un portail au bout du chemin.

— Par là, vous accéderez à Hammer Farm, annonça-t-il, avant d'ajouter avec une maladresse touchante : Je vous demande pardon, je suis un fort mauvais compagnon. Merci d'avoir apporté le médicament. Merci. Merci.

Miss Kettle reprit son guidon.

— Le Dr Mark Lacklander est très jeune, mais c'est un des meilleurs généralistes que je connaisse, et, croyez-moi, j'en ai connu en trente ans de métier ! À votre place, commandant, j'aurais une bonne causerie avec lui. Merci de m'avoir escortée jusqu'ici. Bonsoir.

Passant dans le taillis soigné du bas de Hammer Farm, elle longea une allée bordée de parterres. Derrière elle, à Uplands, elle perçut la vibration de la corde, puis le « toc » sourd de la flèche atteignant la cible.

— Pauvre vieux, murmura-t-elle. Pauvre homme !

Et, proie d'un malaise inexplicable, elle poursuivit dans la direction de la roseraie des Cartarette, d'où lui parvenait le cliquetis des sécateurs sur un fond musical de voix féminine.

— Ce peut être soit Madame, soit sa belle-fille... Jolie mélodie.

Une voix d'homme enchaîna.

Allez-y, allez-vous-en la Mort
Et sous un cyprès laissez-moi, je dors.

Paroles plutôt morbides, songea Miss Kettle, mais l'effet était assez réussi. Entourée de haies vives, la roseraie n'était pas visible, mais l'infirmière ne pouvait emprunter que cette voie pour se rendre jusqu'à la maison. Ses pieds chaussés de semelles de caoutchouc ne faisaient aucun bruit sur les gravillons, et son vélo roulait discrètement à ses côtés. Elle eut tout d'un coup la sensation étrange qu'elle allait interrompre une scène d'intimité. Elle s'approcha d'une arche de verdure, et entendit :

— C'est celle que je préfère entre toutes...

— Curieux, répondit un homme, que Miss Kettle reconnut avec surprise. Oui, c'est curieux, n'est-ce pas, que dans une comédie les chansons d'amour soient si tristes ? Qu'en pensez-vous, Rose ? Rose... Ma chérie...

Miss Kettle fit tinter sa sonnette et dépassa l'arche, la tête tournée vers sa droite. Elle découvrit Miss Rose Cartarette et le Dr Mark Lacklander qui se regardaient dans les yeux avec une intensité qui ne pouvait que trahir celle de leurs sentiments réciproques.

Miss Cartarette était en train de couper des roses et de les placer dans le panier que lui tenait le Dr Lacklander. Celui-ci rougit jusqu'à la racine des cheveux :

— Bon sang ! Bon Dieu ! Bonsoir...

Miss Cartarette s'empourpra aussi, mais avec plus de grâce.

— Oh ! Bonsoir, Miss Kettle...

— Bonsoir, Miss Rose. Bonsoir, docteur. J'espère que vous ne m'en voudrez pas d'avoir pris le raccourci... L'enfant à l'abcès, ajouta-t-elle, comme pour expliquer son apparition.

— Ah, oui ! Je l'ai vue. C'est la fillette de votre jardinier, Rose.

Tous deux se mirent à parler à l'infirmière, qui les écouta avec une expression emplie d'indulgence. Elle-même était une femme romanesque et se réjouissait de constater la joie du Dr Lacklander, en contraste avec le touchant embarras de Rose.

— Miss Kettle va veiller cette nuit sur mon grand-père, précisa le médecin. Je ne sais comment nous nous serions débrouillés sans elle.

— À ce propos, je ferais mieux d'y aller, sans quoi je vais me mettre en retard !

Souriants, ils acquiescèrent. Miss Kettle se dressa de toute sa taille et poursuivit son chemin en poussant sa bicyclette. « Si ce n'est pas de l'amour, ça... Dieu me savonne ! Jamais je ne m'en serais doutée... Saperlipopette ! » songea-t-elle.

Aussi revigorée par cet intermède qu'après une bonne tasse de thé, elle s'avança jusqu'à la maisonnette du jardinier, ultime étape avant le manoir de Nunspardon.

Lorsque la silhouette en uniforme amidonné eut disparu, Rose Cartarette et Mark Lacklander se dévisagèrent en riant.

— Elle est épatante, cette chère Kettle, mais pour une fois, je me serais bien passé de son intervention ! Il ne faut pas que je m'attarde.

— Ne vouliez-vous pas voir mon père ?

— Si, mais le temps presse. Il n'y a malheureusement plus grand-chose à faire pour mon grand-père, et il vaudrait mieux que je sois auprès de lui.

— Je préviendrai papa dès son arrivée. Il ira là-haut immédiatement, bien sûr.

— Nous lui en serions très reconnaissants. Grand-père tient beaucoup à sa visite.

Mark Lacklander contempla Rose par-dessus le panier de fleurs.

— Ma chérie...

— Non... Je vous en prie. Taisez-vous.

— Non ? Essayez-vous de m'éconduire, Rose ? Sommes-nous dans une impasse ?

Elle eut un geste du bras, mais ne dit rien.

— Bien, soupira-t-il. Autant vous dire que j'allais vous demander de m'épouser. Je vous aime tendrement, et il me semblait que nous étions destinés l'un à l'autre. Me serais-je trompé ?

— Non.

— Je sais bien que non. Nous sommes faits l'un pour l'autre. Alors, pour l'amour du ciel, que se passe-t-il ? Ne me dites pas que vous m'aimez comme un frère : je ne peux pas le croire.

— Ne vous y forcez pas.

— Eh bien ?...

— Je ne peux imaginer me fiancer, encore moins me marier.

— Ah ! explosa-t-il. Enfin nous y voilà ! C'est exactement ce que je craignais. Oh, pour l'amour de Dieu, permettez-moi de me débarrasser de ce maudit panier.

Là ! Venez ici sur ce banc. Je ne m'en irai pas tant que nous n'aurons pas éclairci cette situation.

Elle le suivit docilement, et ils s'installèrent côte à côte, les fleurs à leurs pieds. Il la saisit par le poignet, lui enleva son gant.

— M'aimez-vous ?... Répondez-moi !

— Il est inutile de crier. Oui, je vous aime.

— Rose, ma chérie ! J'avais si peur que vous ne m'affirmiez le contraire !

— Mark, je vous en supplie, écoutez-moi. Je sais que vous n'allez pas être du tout d'accord, mais au moins, écoutez-moi jusqu'au bout.

— Je suis tout ouïe. Je devine ce que vous allez me dire, mais... allez-y.

— Vous voyez bien comment cela se passe, ici. Vous devez comprendre à quel point Papa compte sur moi.

— Très bien : votre père aime que vous soyez là. Notre mariage n'empêcherait rien. Nous habiterions sans doute la plupart du temps à Nunspardon.

— C'est plus compliqué que cela, protesta-t-elle.

Elle marqua une hésitation. Elle s'était dégagée de son étreinte et pressait les mains entre ses genoux. Elle portait une robe trop longue, et ses cheveux étaient rassemblés en un chignon sévère au bas de la nuque, bien qu'une mèche s'en soit échappée pour tomber sur son front. Elle se maquillait à peine et pouvait se l'autoriser : elle était ravissante.

— Son second mariage est un échec, continua-t-elle enfin. Si je l'abandonnais maintenant, il n'aurait plus aucune raison de vivre. Vraiment.

— Ne dites pas de bêtises !

— Il n'a jamais pu se passer de ma présence. Même quand j'étais toute petite. Nanny, ma gouvernante, et moi le suivions partout. Nous avons effectué tant de voyages ensemble, traversé tant de pays ! Et puis, après la guerre, il a eu toutes ces missions spéciales à Vienne, à Rome, à

Paris. Je n'ai jamais été pensionnaire : il ne supportait pas l'idée d'être séparé de moi.

— Il avait tort.

— Oh ! C'était une existence fort riche ! J'ai vu, entendu, appris toutes sortes de choses formidables que la plupart des autres filles ne connaîtront jamais.

— Tout de même...

— Non, non, je vous assure : c'était extraordinaire.

— Il aurait dû vous accorder davantage d'indépendance.

— Rien ne m'était interdit. J'avais à peu près tout ce que je voulais. Et lorsque enfin j'ai volé de mes propres ailes, voyez ce qui est arrivé ! Il a été envoyé à Singapour, tandis que je restais suivre mes cours à l'université de Grenoble. Il a retardé indéfiniment son retour... et j'ai fini par apprendre qu'il était en détresse... Et puis... pendant son séjour là-bas... il a rencontré Kitty.

Lacklander se frotta le menton en émettant une sorte de râle.

— Leur union est une catastrophe. Or, si j'avais été là, je suis certaine qu'ils ne se seraient jamais mariés.

— Comment pouvez-vous en être sûre ? Il l'aurait peut-être aimée malgré tout. D'ailleurs, ma Rose adorée, quand bien même... vous n'avez pas le droit de vous accuser d'avoir eu une quelconque influence sur son destin.

— Si j'avais été là...

— À présent, c'est à vous de m'écouter ! s'indigna-t-il. Considérez le problème sous un autre angle : si vous veniez vivre avec moi à Nunspardon, peut-être votre père et sa femme se réconcilieraient-ils ?

— Oh, non ! Non, Mark, c'est inimaginable.

— Qu'en savez-vous ? Allons ! Nous nous aimons. Je vous aime tant que ma souffrance en devient insupportable. Je sais que jamais je ne rencontrerai quelqu'un d'autre capable de me rendre heureux. Et je suis persuadé que cela vaut pour vous aussi, Rose. Je n'accepte pas votre refus. Vous m'épouserez, et si l'existence de votre père lui pèse trop, alors, nous aviserons. S'ils se séparaient, il pourrait venir chez nous.

— Jamais ! Vous ne comprenez donc pas ? Il ne le voudrait pas. Il ne serait pas à son aise.

— Je vais lui en parler. Je vais lui demander votre main.

— Non, Mark ! Mon chéri, je vous en prie...

D'un geste impérieux, il la fit taire, se leva brusquement, ramassa le panier plein de roses.

— Bonsoir, madame Cartarette ! Nous dévalisions votre jardin pour ma grand-mère. Vos rosiers sont très en avance sur les nôtres.

Kitty Cartarette était apparue dans l'arche et les observait d'un air songeur.

La seconde Mme Cartarette portait mal son nom, et tout aussi mal son prénom. Elle était si blonde que, sans maquillage, elle semblait avoir été passée à l'eau de Javel. Filiforme, grâce à une discipline sans faille, elle portait en permanence sur son visage un masque impénétrable... l'impénétrabilité étant son principal atout, et lui conférant d'emblée son éternel air de « femme fatale ». Elle portait une tenue très recherchée, et ses mains étaient gantées... pour cause de promenade dans le jardin, sans doute.

— Comme je suis contente de vous voir, Mark ! s'exclama-t-elle. Il me semblait bien avoir entendu des voix. S'agit-il d'une visite professionnelle ?

— Au moins en partie : j'avais un message à transmettre au colonel Cartarette, et j'en ai profité pour examiner la fillette du jardinier.

— Comme c'est gentil à vous ! murmura-t-elle en portant son regard de Mark à sa belle-fille.

Elle s'approcha du médecin, s'empara d'une fleur, la huma longuement.

— Mmmmmm ! Quel parfum ! Presque indécent, tant il est captivant. Maurice n'est pas là, mais il ne va pas tarder. Voulez-vous monter ?

Elle les précéda jusqu'à la maison, le dos très droit, balançant les hanches.

« Choc, mais pas chic », pensa Mark Lacklander. « Pourquoi diable s'est-il marié avec elle ? »

Les talons aiguilles de Mme Cartarette cliquetèrent sur les pavés, tandis qu'elle les menait vers un groupe de fauteuils en fer forgé nantis de confortables coussins. Un plateau chargé de verres et de bouteilles trônait sur une table blanche, en métal elle aussi. La maîtresse des lieux s'installa sur une chaise-balançoire et s'arrangea, afin de se montrer sous son meilleur jour à Mark Lacklander.

— Ma pauvre Rose, vos gants sont affreux ! Vous devriez mettre vos homonymes à épines dans un carton.

— Je vous en prie, ne bougez pas ! Je les emporterai telles quelles.

— Oh, non, je ne vous le permettrai pas, ronronna Mme Cartarette. Vous autres médecins devez veiller à l'état de vos mains.

Rose saisit le panier, et il la regarda disparaître dans l'imposante demeure.

— Buvons, voulez-vous ? Ceci est le porto préféré de Maurice : i-né-ga-la-ble, paraît-il. Donnez-m'en une larme, et versez-vous-en une bonne dose. En vérité, je préfère la crème de menthe, mais Maurice et Rose trouvent cela commun, aussi suis-je obligée de maîtriser mes envies.

Mark lui remplit son verre.

— Je ne prendrai rien, merci. Je suis plus ou moins en service.

— Vraiment ? Et qui allez-vous voir, hormis la petite de mon jardinier ?

— Mon grand-père.

— Que je suis sotte ! Mais bien sûr ! Comment se porte Sir Harold ?

— Ce soir, assez mal, malheureusement. Il faut que je rentre. Si je passe par le Sentier du Ruisseau, peut-être aurai-je une chance de croiser le colonel ?

— Probablement, répliqua-t-elle d'un ton indifférent. À moins qu'il n'ait braconné ce poisson légendaire dans les eaux de M. Phinn... Mais il est trop noble pour en avoir seulement l'idée, bien que ce pauvre vieux affirme le contraire.

— Dans ce cas, j'irai par là, annonça Mark.

Elle agita sa rose et lui tendit la main gauche en un geste d'une désarmante vulgarité. Mark la prit dans la sienne et la serra sèchement.

— Voulez-vous dire un mot à votre père de ma part ? ronronna Kitty Cartarette. Je sais combien il doit s'inquiéter de la santé de votre grand-père. Dites-lui que j'aimerais beaucoup pouvoir lui venir en aide... Surtout, n'oubliez pas, conclut-elle.

Rose reparut, ses fleurs soigneusement rangées dans un carton, et Mark se dit qu'il ne pouvait l'abandonner ainsi, à mi-parcours de sa demande en mariage.

— Vous avez besoin d'exercice. Venez avec moi à la rencontre de votre père.

— Je ne m'assieds pratiquement jamais, riposta-t-elle, et je suis mal chaussée pour une promenade au bord de l'eau.

— Pauvre Mark, vous n'avez pas de chance ! soupira Mme Cartarette. Enfin ! Le problème ne se pose plus, Rose, puisque voilà votre père qui arrive, justement.

En effet, le colonel avait surgi d'un bosquet d'épineux et gravissait la colline dans leur direction, suivi à la trace par son fidèle Skip. La lumière du soir avait viré au gris. Les herbes, les arbres, les fleurs, tout paraissait teinté d'argent, et les ombres sur le paisible sillon du ruisseau à truites annonçaient l'approche de la nuit. Dans ce décor, le colonel Cartarette se mouvait comme pour en exprimer à la fois l'esprit et la substance.

Apercevant le groupe rassemblé sur sa terrasse, il agita

une main. Mark descendit le rejoindre, sous l'œil affolé de Rose, qui sentait peser sur elle toute la curiosité de sa belle-mère.

Le colonel Cartarette était né à Swevenings : il avait l'instinct d'un homme de la terre, bien que ses goûts pour les arts et ses talents de diplomate l'eussent entraîné en d'autres lieux. Mais ces contradictions ne semblaient guère l'avoir marqué sur un plan physique. Ce n'était que lorsqu'il prenait la parole que ressortait toute la force de sa personnalité.

— Bonsoir, Mark !... Mon cher, qu'en dites-vous ? J'ai failli mettre le grappin sur La Vieille !

— Non ! répondit Mark avec tout l'enthousiasme qu'exigeait une telle nouvelle.

— Si, si, je vous assure ! La Vieille ! Sous le pont... je l'ai eue...

Et, tout en marchant, haletant, il narra le récit classique du superbe lancer et de la bagarre homérique malheureusement interrompue pour cause de fil cassé. En dépit de ses propres préoccupations, Mark l'écouta avec intérêt. La Vieille était célèbre, à Swevenings : truite magnifique et rusée, elle était à la fois l'espoir et le désespoir de tous les pêcheurs de la région.

— Donc, c'était fini, acheva le colonel en souriant, les yeux écarquillés. Quelle histoire ! Sacré nom d'une pipe, si je l'avais attrapée, je suis à peu près certain que cette andouille de Phinn m'aurait assassiné.

— Vous êtes toujours en guerre, monsieur ?

— Eh, oui ! Il est impossible, vous savez. Seigneur ! Le croirez-vous ? Il m'a accusé de braconnage, ni plus ni moins ! Il est complètement fou ! Comment va votre grand-père ?

— Je crains qu'il ne soit au plus mal. Nous ne pouvons plus rien pour lui. C'est justement ce qui m'amène, monsieur.

Et Mark lui transmit sa commission.

— Je viens immédiatement. Prenons la voiture.

Accordez-moi une ou deux minutes pour me rafraîchir, voulez-vous ? Vous m'accompagnez ?

Mais Mark songea tout d'un coup qu'il n'aurait pas le courage d'affronter Rose une seconde fois ce soir et annonça qu'il préférait rentrer à pied. Il aurait ainsi l'occasion de préparer son grand-père à la visite de son ami.

Il demeura un moment immobile à contempler la maison dans le crépuscule. Il vit Rose soulever ses jupes et traverser le jardin en courant, vit le colonel poser son attirail, ôter sa casquette et l'attendre, son crâne chauve luisant dans la pénombre. Elle l'enlaça tendrement, et ils reprirent leur chemin, bras dessus, bras dessous. Mme Cartarette continuait de se balancer imperturbablement.

Pivotant sur ses talons, Mark se précipita vers la vallée et Bottom Bridge.

La Vieille, l'hameçon du colonel accroché à sa mandibule, rôdait tranquillement sous le pont.

2

Le manoir de Nunspardon

Sir Harold Lacklander observait les allées et venues de Miss Kettle dans sa chambre. Mark lui avait donné un sédatif afin de diminuer ses souffrances, et, pour l'instant, il profitait encore de l'importance que lui conférait son statut de grand malade. Il préférait Miss Kettle à l'infirmière de jour. Le fait qu'elle fût native du village voisin, Chyning, le rassurait autant que de savoir que les fleurs sur sa table provenaient des serres de Nunspardon.

Il savait qu'il était mourant. Son petit-fils ne le lui avait pas déclaré en ces termes, mais il l'avait lu sur son visage, et l'avait compris d'après le comportement de sa propre épouse et de leur fils. Sept ans plus tôt, il avait été furieux d'apprendre que Mark souhaitait devenir médecin : lui, un Lacklander, l'unique petit-fils ! Il avait tout fait pour l'empêcher d'atteindre son but. Mais aujourd'hui, il était heureux d'avoir à son chevet un Lacklander. Il aurait même peut-être trouvé un certain plaisir dans ce rôle de moribond, s'il n'avait été tourmenté par la plus pénible de toutes les maladies : le sentiment de culpabilité.

— Longtemps, murmura-t-il.

Il ne s'exprimait plus que par monosyllabes, comme pour économiser le peu d'énergie qui lui restait.

Miss Kettle se plaça de manière à ce qu'il pût la voir.

— Le Dr Mark dit que le colonel va arriver d'une minute à l'autre. Il était à la pêche.

— Poisson ?

— Aucune idée. Il vous le dira lui-même.

— La Vieille ?

— Ah ! s'exclama gaiement Miss Kettle. Celle-là, ils ne sont pas près de l'attraper !

Un faible ricanement s'échappa du fond du lit, suivi d'un soupir angoissé. Elle examina attentivement la figure qui semblait s'être creusée d'un seul coup dans la journée.

— Ça va ?

Une paire d'yeux hagards chercha les siens.

— Papiers ?

— Je les ai trouvés, à l'endroit que vous m'aviez indiqué. Ils sont là, sur la commode.

— Ici.

— Comme vous voudrez.

Elle alla au fond de la chambre et revint avec un paquet soigneusement emballé, qu'elle déposa sur la table de nuit.

— Mémoires...

— Saperlipopette ! Vous avez dû y travailler énormément ! Être écrivain, c'est merveilleux, tout de même... Mais à présent, je vous laisse vous reposer.

Elle se pencha pour l'observer de plus près. Il la dévisagea, l'air anxieux. Elle hocha le menton, sourit, puis s'assit pour feuilleter une revue. Pendant un temps, seuls la respiration du malade et le bruissement des pages troublèrent le silence.

La porte s'ouvrit. Miss Kettle se leva, les mains derrière le dos, tandis que Mark Lacklander entrait, suivi du colonel Cartarette.

— Comment va-t-il ? s'enquit Mark.

— État stationnaire. Il semble inquiet. Il va être content de voir le colonel.

— Je vais lui parler d'abord.

Il s'approcha de l'énorme lit et serra la main de Sir Harold dans la sienne.

— Grand-père, voici le colonel. Vous souhaitez toujours le recevoir ?

— Oui.

— Bien.

Le colonel se dressa de toute sa taille et vint les rejoindre.

— Bonsoir, Cartarette ! dit Sir Harold, d'une voix si forte et si claire que Miss Kettle en sursauta. C'est gentil à vous d'être venu.

— Bonsoir, monsieur, répondit le colonel, qui avait vingt-cinq ans de moins. Désolé de vous voir souffrant. Mark me dit que vous vouliez me parler.

— Oui.

Il tourna lentement la tête vers le paquet sur la table de chevet.

— Ça... Prenez-le, voulez-vous ? Maintenant.

— Ce sont ses Mémoires, expliqua Mark.

— Vous voulez que je les lise ? demanda le colonel.

— S'il vous plaît.

Une pause. Mark remit le manuscrit entre les mains du visiteur. Le malade les observait avec intensité.

— Grand-père souhaite que vous les mettiez au point, je crois, monsieur.

— Je... heu... Oui, bien sûr. Avec plaisir. Si vous avez confiance en moi.

— Confiance en vous. Sans réserve. Sans réserve. Autre chose... Mark, ça ne t'ennuie pas ?...

— Pas du tout, grand-père. Miss Kettle, voulez-vous venir par ici, je vous prie ?

L'infirmière emboîta le pas au médecin, et ils allèrent se réfugier sur le palier.

— Je crains qu'il n'en ait plus pour longtemps, chuchota-t-il.

— C'est incroyable comme l'arrivée du colonel l'a requinqué !

— Il l'attendait. Je crois que, désormais, il peut renoncer à la vie.

— C'est bizarre comme ils s'accrochent parfois, puis lâchent tout d'un coup, constata Miss Kettle.

Dans le vestibule, en bas, une porte s'ouvrit et un flot de lumière inonda l'escalier. Mark se pencha et reconnut l'imposante silhouette de sa grand-mère. Sa main scintillante cramponnée à la rampe, elle entreprit une ascension laborieuse.

— Doucement, Gran', dit Mark.

Elle s'arrêta, releva le menton.

— Ha ! Encore ce médecin ! railla-t-elle.

Mark lui sourit. Elle atteignit enfin l'étage, suivie de la traîne de sa vieille robe d'intérieur en velours. Les diamants qu'elle épinglait chaque soir au gré de sa fantaisie sur son impressionnante poitrine se soulevaient et clignotaient au rythme de sa respiration.

— Bonsoir, Kettle ! souffla-t-elle. C'est gentil à vous d'être venue aider mon pauvre mari. Comment va-t-il, Mark ? Maurice Cartarette est-il là ? Que fabriquez-vous ici, tous les deux ?

— Le colonel est là, Gran'. Grand-père voulait lui parler en tête à tête, aussi Miss Kettle et moi sommes-nous sortis.

— C'est encore ces Mémoires à la gomme, marmonna Lady Lacklander. Dans ce cas, je suppose que j'aurais tort d'entrer.

— Je ne pense pas que ce soit très long.

Le palier n'était meublé que d'un gigantesque fauteuil de style Jacques Ier. Mark l'avança vers sa grand-mère qui s'y laissa choir ; extirpant ses pieds étonnamment fins de ses charentaises, elle les examina d'un œil critique.

— Ton père s'est assoupi au salon en grommelant qu'il voulait voir Maurice.

Elle tourna sa masse de chair vers Miss Kettle.

— Avant de vous installer pour le veiller, ma bonne amie, vous aurez l'amabilité d'épargner à mes pauvres jambes une course supplémentaire. Descendez réveiller mon fils, dites-lui que Cartarette est ici, et demandez-lui de vous donner à boire et à manger, voulez-vous ?

— Tout de suite, Lady Lacklander.

« Elle s'est débarrassée de moi, mais avec tact », estima l'infirmière en s'exécutant aussitôt.

— Elle est adorable, marmonna Lady Lacklander. Elle a parfaitement compris que je cherchais à me débarrasser d'elle. Mark, qu'est-ce qui tracasse ton grand-père ?

— Vous le trouvez préoccupé, Gran' ?

— N'élude pas ma question. Il est terriblement angoissé.

Elle se tut un instant, agita ses doigts endiamantés, reprit :

— Quelque chose le travaille, et pour la seconde fois depuis notre mariage, je suis dans l'impossibilité de comprendre ce qui se passe. Cela concerne-t-il Maurice et les Mémoires ?

— Il semble que oui. Il a demandé au colonel de les lire.

— La première fois, c'était il y a vingt ans, et j'étais dans tous mes états, poursuivit Lady Lacklander, tout bas. Et voilà qu'aujourd'hui, au moment où nous allons devoir nous séparer pour... car c'est bien cela, n'est-ce pas, mon garçon ?

— Oui, Gran'. Je suis désolé. Il est à bout de forces.

— Je sais. Et moi, malgré mes soixante-quinze ans et mes kilos en trop, j'aime encore trop la vie pour démissionner maintenant... D'ailleurs, j'ai des détails à régler. Je pense à George, notamment.

— Papa ? Un détail à régler ?

— Ton pauvre père a cinquante ans, il est veuf, et c'est un Lacklander. Ce sont là trois circonstances atténuantes.

— Auxquelles personne ne peut rien, pas même vous.

— Néanmoins, il pourrait y av... Maurice ! Qu'y a-t-il ?

Le colonel avait ouvert la porte et se tenait dans l'embrasure, son paquet sous le bras.

— Venez, Mark. Vite !

Mark se rua dans la chambre, suivi d'une Lady Lacklander étonnamment preste. Cartarette l'arrêta au seuil de la pièce.

— Attendez un petit instant.

— Certainement pas ! Maurice, laissez-moi entrer !

Une sonnette résonna au rez-de-chaussée. Miss Kettle vint en courant. Un homme plutôt grand, en tenue de soirée, lui emboîtait le pas. Le colonel, qui s'était écarté, les regarda tous pénétrer dans la chambre.

Lady Lacklander était déjà aux côtés de son époux, que Mark soutenait du bras droit, tandis que de la main gauche il continuait d'appuyer sur le bouton de la sonnette. Sir Harold, bouche ouverte, cherchait son souffle. Sous les couvertures, ses membres étaient la proie de tressaillements incontrôlables. Lady Lacklander le saisit par les poignets.

— Je suis là, Harry...

Miss Kettle surgit avec un verre.

— Cognac, annonça-t-elle. Démodé, mais efficace.

Mark porta le gobelet aux lèvres de son grand-père.

— Buvez... Essayez...

La bouche se crispa sur le rebord.

— Il en a avalé un peu. Je vais lui faire une piqûre.

Miss Kettle prit sa place. Se détournant, Mark se trouva face à face avec son père.

— Puis-je me rendre utile ? s'enquit ce dernier.

— Restez ici, si vous le voulez bien, Père.

— Harry... George est là, chuchota Lady Lacklander. Nous sommes tous autour de vous, mon cher.

— Vic... Vic... Vic...

Ils se dévisagèrent les uns les autres, atterrés.

— Qu'y a-t-il ? voulut savoir Lady Lacklander. Qu'y a-t-il, Harry ?

— Quelqu'un qui s'appelle Vic ?... proposa Miss Kettle.

— Personne ne s'appelle Vic, riposta George Lacklander d'un ton impatient. Pour l'amour du ciel, Mark, fais quelque chose !

— J'arrive...

— Vic...

— Le vicaire ? proposa Lady Lacklander. C'est le vicaire que vous voulez, Harry ?

Ses yeux la fixèrent. Une sorte de sourire releva les coins de sa bouche béante. La tête dodelina très légèrement.

Mark revint armé d'une seringue. Au bout d'un moment, Miss Kettle pivota sur elle-même. La fin était proche. Lady Lacklander, son fils et son petit-fils se resserrèrent autour du mourant.

— Qu'y a-t-il, Harry ? Qu'y a-t-il, mon chéri ? C'est le vicaire ?

Il s'exprima en un chuchotement si distinct que tous en furent stupéfaits :

— Après tout, on ne sait jamais.

Et sur ces mots, le regard toujours posé sur sa femme, il rendit l'âme.

Tard dans l'après-midi, trois jours après les obsèques de son père, Sir George Lacklander effectuait des rangements dans son bureau de Nunspardon. Il était plutôt beau, très distingué. Autrefois brun, il était aujourd'hui poivre et sel ; mâchoire ferme, nez juste assez crochu : l'illustration parfaite de l'image que se fait l'Américain moyen d'un gentleman anglais. D'une remarquable vigueur, il était à un âge (cinquante ans) souvent considéré comme dangereux pour les hommes de son espèce.

Sir Harold avait laissé ses affaires dans un ordre irréprochable ; son fils n'appréhendait aucun problème particulier quant au règlement de la succession. Feuilletant les journaux intimes de son père, George se dit qu'au fond ils avaient bien mérité leur surnom de « Lacklander-la-Chance ». Quelle chance, par exemple, que le huitième baronet, un homme immensément riche, ait eu la bonne idée de se passionner pour les pierres précieuses au point d'en constituer une collection d'une inestimable valeur ! Quelle chance que leurs célèbres écuries aient rencontré tant de succès ! Quelle chance unique, formidable, qu'en moins d'un siècle les Lacklander aient remporté pas moins de trois sweepstakes ! Bien sûr, lui-même avait eu quelques malheurs, quand son épouse était décédée en donnant naissance à Mark. Mais pour tout avouer, il n'avait plus d'elle que des souvenirs très vagues ; il avait été assez déçu de découvrir après leur mariage à quel point elle était ennuyeuse. Contrairement à cette chère... Mais il se ressaisit, et, du pouce et de l'index, lissa sa moustache. Il fut surpris, à cet instant précis, par l'irruption du majordome venu lui annoncer la visite du colonel Cartarette. Il se leva et alla prendre position devant l'âtre.

— Bonjour, Maurice. Heureux de vous voir... Quelque chose ne va pas ?

— Heu... Oui. C'est même assez grave. Je suis désolé de vous déranger si vite après votre deuil, George, mais je suis si préoccupé que j'ai la sensation de devoir partager avec vous ma responsabilité.

— Avec moi ! s'exclama Sir George, aussi soulagé qu'ahuri.

Le colonel sortit deux enveloppes de sa poche et les posa sur le bureau. Sir George y reconnut l'écriture de son père.

— Lisez cette lettre d'abord, conseilla le colonel en désignant la plus petite des enveloppes.

George le dévisagea d'un air dubitatif, mais obéit ; tout en lisant la feuille, sa bouche s'ouvrit en grand, son expression devint de marbre. Il se tourna légèrement vers le colonel comme pour l'interroger, puis parut se raviser et poursuivit sa lecture.

Le papier lui glissa des doigts, son monocle tomba.

— Je n'y comprends rien.

— Vous comprendrez tout lorsque vous aurez vu ceci.

Le colonel Cartarette dégagea de la seconde enveloppe une mince liasse de feuillets.

— Vous en avez pour dix minutes. Si cela ne vous ennuie pas, je préfère attendre.

— Mon cher ami ! Je vous en prie, asseyez-vous ! Je suis impardonnable. Voulez-vous un cigare ? Puis-je vous offrir à boire ?

— Non, merci, George. Je vais fumer une cigarette. Ne bougez pas, j'en ai sur moi.

Résigné, George chaussa de nouveau son monocle et entreprit de déchiffrer le manuscrit, son visage se métamorphosant au fur et à mesure que s'égrenaient les minutes. Rubicond de nature, il avait maintenant perdu toutes ses couleurs. La mâchoire s'était ramollie, le regard avait perdu de son assurance... la main tremblait.

— Mais ce n'est pas vrai, parvint-il à prononcer avant d'en avoir terminé. Nous savons tous ce qui s'est passé. C'est une histoire connue.

Il effleura ses lèvres d'un doigt, acheva de lire. Lorsqu'il eut posé la dernière page, le colonel les rassembla toutes et les remit dans leur enveloppe.

— Je suis navré, George. Dieu sait combien je suis désolé de vous ennuyer avec cela.

— Je ne comprends pas pourquoi vous vous adressez à moi. Pourquoi ne pas jeter le tout au feu ?

— Vous ne m'avez pas écouté, protesta Cartarette, morose. Je vous l'ai dit. J'ai mûrement réfléchi au problème. C'est à moi de prendre la décision finale. Et j'ai décidé de publier... cette version. Il le faut, George. Je n'ai pas le choix.

— Mais avez-vous songé aux conséquences que cela aura sur nous ? C'est... c'est impensable ! Vous êtes un vieil ami, Maurice. Mon père avait confiance en vous, il comptait sur vous. En un sens... en un sens, il vous a légué notre destinée.

— Un legs dont je ne voudrais pas si c'était le cas, mais ça ne l'est pas. Vous exagérez, George. Je sais combien ce sera pénible et difficile pour vous tous, mais je suis persuadé que le public sera infiniment plus charitable que vous ne le craignez.

— Et depuis quand les Lacklander mendient-ils la charité du public ? explosa-t-il.

Le colonel haussa vaguement les épaules.

— Je suis désolé : ce sont là de belles paroles, mais elles sont bien creuses.

— Ne soyez pas si méprisant !

— D'accord, d'accord, George.

— Plus j'y pense, plus cela me paraît rocambolesque. Écoutez, Maurice, ne serait-ce que pour une question de pudeur...

— J'ai déjà essayé de prendre en considération la question de la pudeur.

— Ma mère ne s'en remettra jamais.

— Oui, je sais, cela va la bouleverser. J'y ai pensé, aussi.

— Et Mark ? Ce sera signer sa perte ! Un jeune homme ! Mon seul et unique fils ! Qui débute dans sa carrière !

— Il y avait un autre jeune homme, fils unique, qui débutait dans sa carrière.

— Il est mort ! Il ne souffrira pas ! Il est mort !

— Et *son* nom ? *Sa* famille ?

— Je ne suis pas votre raisonnement. Je suis un type plutôt simple, aux principes, je l'avoue, assez démodés. Je crois en la loyauté et la fidélité des amis, je crois en l'union des vieilles familles.

— À quel prix ? Allons, George !...

Sir Lacklander s'empourpra, et, d'une voix méconnaissable, ordonna :

— Donnez-moi ce texte. Rendez-moi cette enveloppe. Je l'exige.

— Impossible, mon garçon. Juste ciel ! Croyez-vous que je ne m'en débarrasserais pas, si je le pouvais en toute conscience ? Je vous le répète : la tâche qui m'incombe me répugne.

Il rangea les documents dans une poche intérieure de sa veste.

— Bien entendu, vous êtes libre d'en parler avec Lady Lacklander et Mark. Votre père n'a émis aucune réserve à ce sujet. À propos, je vous ai apporté une copie de sa lettre, au cas où vous décideriez de tout leur raconter. La voici.

Le colonel brandit une troisième enveloppe, qu'il plaça sur le bureau avant de se diriger vers la porte.

— George, je vous en supplie, croyez-moi : je suis navré. Profondément désolé. Si j'avais une autre solution, c'est avec joie que je la choisirais... Pardon ?

George Lacklander avait émis une sorte de râle. Il pointa le doigt sur le colonel.

— Dites-vous bien que désormais il ne sera plus question de quoi que ce soit entre votre fille et mon fils !

Cartarette fut silencieux un si long moment que les deux hommes perçurent le tic-tac régulier de la pendule sur le manteau de la cheminée.

— Je n'étais pas au courant... Ce doit être une erreur...

— Je peux vous assurer que non. Cependant, il me paraît inutile d'en discuter maintenant. Mark, et Rose, j'en suis sûr, constateront eux-mêmes qu'il ne peut plus rien y avoir entre eux... J'imagine que vous êtes prêt à gâcher l'avenir de cette enfant aussi bien que notre bonheur... Elle est follement amoureuse de lui, ajouta-t-il, agacé par l'air stupéfait du colonel. Croyez-moi sur parole.

— Si c'est Mark qui vous a dit...

— Qui vous dit que Mark me l'a dit ?... Je... Je...

Les mots moururent sur ses lèvres.

— Puis-je savoir, alors, d'où vous tenez cette information ?

Ils se dévisagèrent plusieurs minutes, sans un mot, puis le colonel soupira.

— Après tout, cela n'a aucune importance. La personne qui vous a renseigné s'est trompée. Je ne m'attarde pas davantage. Au revoir.

Il sortit. Hébété, George le vit passer dehors devant la fenêtre. Une sensation de panique le submergea. Il tendit la main vers le téléphone et composa en tremblant le numéro des Cartarette. Une voix de femme lui répondit.

— Kitty !... Kitty, c'est vous ?

Pour rentrer chez lui, le colonel Cartarette emprunta le Sentier du Ruisseau. Naissant au bout de Watt's Lane, ce chemin traversait Nunspardon en contournant le terrain de golf des Lacklander, avant de redescendre vers Bottom Bridge et de remonter, en face, jusqu'au bosquet d'épineux des Cartarette. De là, il sillonnait la partie basse des domaines du commandant Syce et de M. Phinn, puis rejoignait Watt's Lane, juste avant le sommet de Watt's Hill.

Le colonel broyait du noir. La charge de sa nouvelle responsabilité lui pesait, et il était triste de s'être querellé avec George Lacklander, lequel, tout prétentieux qu'il fût, était un ami de longue date. Mais ce qui le troublait le plus, c'était d'imaginer que Rose pût être amoureuse de Mark. Comment George Lacklander avait-il obtenu une telle information, sinon par l'intermédiaire de... sa propre femme ?

Tout en marchant, il contempla de l'autre côté de la vallée les jardins de Jacob Cottage, d'Uplands et de Hammer Farm. Là, M. Phinn allait et venait, un chat sur son épaule.

— On dirait un vieux sorcier, marmonna Cartarette,

qui s'était disputé avec M. Phinn au sujet du ruisseau à truites.

Quant à Syce, il s'amusait avec son arc et ses flèches. Et là-bas, à Hammer, se trouvait Kitty. De sa démarche provocante, elle émergea de la maison, en pantalon de velours ultra-moulant et pull couleur flamme, son interminable fume-cigarette à la main. Elle fixa son regard dans la direction de Nunspardon, et le cœur du colonel se noua.

— Comment ai-je pu ?... Comment ai-je pu ?...

Rose, vaquant à sa tâche du soir, taillait les rosiers. Cartarette poussa un profond soupir, releva la tête vers la crête de la colline et aperçut, poussant sa bicyclette, pimpante comme toujours dans son uniforme amidonné, Miss Kettle.

« Elle apparaît toujours là où l'on s'y attend le moins », songea le colonel.

Il atteignit enfin Bottom Bridge, le pont qui séparait ses eaux de pêche de celles de M. Danberry-Phinn ; lui jouissait du bas, M. Phinn, du haut. C'était à propos des eaux se trouvant précisément sous Bottom Bridge qu'ils s'étaient brouillés. Le colonel passa du côté de M. Phinn au sien et, les bras croisés sur le parapet, regarda les tourbillons. Après tout, c'était une distraction comme une autre. Mais soudain, son attention s'aiguisa. Sur la rive gauche du Chyne, près de la cabane à bateaux où était encore amarré un bachot, il y avait un trou. Dans ses profondeurs rôdait une ombre parmi les ombres. La Vieille.

— Peut-être parviendrais-je à me décontracter si je revenais ici après le dîner. Avec un peu de chance, La Vieille sera restée de mon côté.

Quittant des yeux sa future proie, il aperçut Jacob Cottage. M. Phinn, son chat sur l'épaule, l'observait à l'aide d'une paire de jumelles.

— Qu'il aille au diable ! grommela Cartarette en poursuivant sa route.

Il reprit le Sentier du Ruisseau qui traversait un pré

étroit avant d'entamer l'ascension du bas de Watt's Hill. Ses taillis, ainsi que le bosquet d'épineux du commandant Syce, cachaient les parties supérieures des domaines ; or, le colonel entendit soudain des bruits de pas. Quelqu'un venait en sens inverse. Il n'eut aucun mal à reconnaître la respiration sifflante de M. Phinn, lequel, en effet, ne tarda pas à apparaître. Vêtu d'une vieille veste, il était coiffé de sa sempiternelle casquette en tweed surmontée de ses lunettes et constellée de mouches artificielles, et transportait un impressionnant attirail de pêche. Il semblait s'être préparé dans la précipitation. Mme Thomasina Twitchett n'était pas loin derrière, bien que tout, dans son attitude, suggérât une rencontre de pure coïncidence.

L'allée était étroite. L'un ou l'autre devait céder le passage, et le colonel, las des fâcheries avec ses voisins, s'écarta. M. Phinn le croisa sans un mot. La chatte fit un brusque bond en avant.

— Salut, ma belle ! dit le colonel en s'accroupissant pour lui claquer les doigts sous la truffe.

Drapée dans sa dignité, Thomasina Twitchett l'ignora superbement et poursuivit sa route.

Le colonel se redressa et se trouva face à face avec M. Phinn.

— Bonsoir.

— M'sieur, répondit M. Phinn.

Il porta un doigt à son horrible couvre-chef, gonfla les joues et avança.

— Thomasina, ajouta-t-il, tenez-vous bien, je vous prie.

Car Thomasina, ayant brutalement changé d'avis à propos du colonel, était revenue se vautrer à ses pieds.

— Elle est gentille, murmura-t-il. Bonne pêche ! À propos, La Vieille est sous le pont de *mon* côté.

— Vraiment ?

— Vous l'avez sans doute deviné en me regardant

avec vos jumelles, précisa le colonel, oubliant ses bonnes résolutions.

Si M. Phinn avait eu la moindre intention d'entamer une procédure de réconciliation, il abandonna instantanément son projet. Il eut un geste d'impatience.

— Il n'est pas interdit d'admirer le paysage, que je sache !

— Absolument pas. Vous pouvez observer le Chyne, moi-même ou autre chose, cela m'est bien égal. Mais si vous vous rendiez compte... Si vous saviez...

Cartarette se gratta le crâne, signe qu'il était franchement perturbé.

— Mon cher Phinn, souffla-t-il. Si seulement vous saviez... à quel point ça n'a aucune importance ! Bonne soirée.

Il s'éloigna vivement.

— Quand je pense que pour cet imbécile grotesque, ce... ce bouffon, je me suis chargé d'une responsabilité dont je vais peut-être subir les conséquences tout le reste de ma vie ! grommela-t-il entre ses dents.

Il ralentit son allure en arrivant devant le bosquet de Hammer Farm. Rappelée à l'ordre par son instinct maternel ou subitement entichée du colonel, Thomasina Twitchett était sur ses talons. Ils arrivèrent devant la pelouse du commandant Syce, lequel, plutôt chancelant, son arc sous le bras et son carquois lui battant la cuisse, fouillait dans les buissons.

— Bonsoir, Cartarette ! J'ai perdu cette sacrée flèche. Quelle histoire ! J'ai raté cette sacrée cible, et hop ! envolée !

— Vous l'avez ratée de loin, il me semble, non ?

Après tout, le sentier était régulièrement fréquenté par les habitants de la colline... Il entreprit de l'aider dans ses recherches. Amusée par les bruissements des feuilles, Thomasina Twitchett fit semblant de s'y mettre aussi.

— Je sais, j'ai été très mauvais, mais j'ai aperçu ce vieux Phinn, et ça m'a distrait. Avez-vous entendu parler du drame qu'il y a eu, avec son chat ? Sale affaire ! Un accident, bien sûr, mais cette andouille n'a rien voulu savoir. Je le lui ai pourtant dit : *j'aime* les chats !

Il plongea la main dans un tas de feuilles mortes. Thomasina Twitchett se jeta dessus avec enthousiasme, enfonçant ses griffes dans le poignet du pauvre Syce.

— Maudite bestiole !

La chatte esquiva adroitement son coup et, soudain lassée de la compagnie de ces messieurs, les abandonna pour rejoindre ses chatons. Le colonel, s'excusant, rentra chez lui.

Son épouse se balançait mollement dans un hamac. Le plateau des apéritifs attendait, sur la table en fer forgé.

— Tu arrives bien tard. Le repas sera servi dans une demi-heure. Que fabriquais-tu à Nunspardon ?

— Je devais voir George.

— À quel sujet ?

— Au sujet d'un service que m'a demandé son père.

— C'est clair comme de l'eau de roche.

— Il s'agissait d'une affaire privée, ma chère.

— Comment va George ?

Le colonel se remémora le visage cramoisi de son ami.

— Il est encore sous le choc.

— Nous devons absolument l'inviter à dîner. À propos, je prends une leçon de golf avec lui, demain. Il va me prêter des clubs. C'est gentil, n'est-ce pas ?

— Quand avez-vous organisé ce rendez-vous ?

— Tout à l'heure. Il y a une vingtaine de minutes, environ.

— Kitty, je préférerais que tu annules cette rencontre.

— Tu ne me soupçonnes tout de même pas de te tromper avec George ?

— Eh bien... Est-ce le cas ?

— Non.

— Cependant, j'aimerais mieux que tu ne joues pas au golf avec lui demain.

— Et en quel honneur, cette interdiction ?

— Kitty, qu'as-tu raconté à George, en ce qui concerne Mark et Rose ?

— Rien que tu n'as pu constater par toi-même, mon trésor. Rose est follement amoureuse de Mark. C'est visible.

— Je ne te crois pas.

— Mon cher Maurice, tu ne t'attends pas à ce que cette fille passe le restant de sa vie dans le giron de son papa, j'espère ?

— Non, non, jamais de la vie !

— Alors !

— Alors... Je ne savais pas... Je ne peux pas croire que...

— Il a surgi ici il y a cinq minutes, apparemment dans tous ses états, et ils se sont enfermés dans le salon. Va les voir. Si tu veux, je t'autorise à ne pas te changer pour le repas.

— Merci, ma chère, murmura-t-il avant de disparaître à l'intérieur de la maison.

S'il avait été moins préoccupé, il se serait sans aucun doute arrangé pour les prévenir de sa proche irruption dans la pièce. Mais il avait la tête ailleurs. D'un geste brusque, il ouvrit la porte. Et découvrit sa fille dans les bras de Mark Lacklander.

3

La vallée du Chyne

Rose et Mark se comportèrent à la manière classique des amants surpris en flagrant délit d'étreinte passionnée : ils s'écartèrent vivement, Rose blême comme un linge, Mark rouge pivoine.

— Pardonnez-moi, dit le colonel. Je suis désolé.

Il s'inclina solennellement devant sa fille.

Rose, mue par une spontanéité fébrile, se précipita vers lui et s'accrocha à son cou.

— Il fallait bien que cela se sache tôt ou tard, n'est-ce pas, Papa chéri ?

— Monsieur, j'ai l'honneur de vous demander la main de votre fille, intervint Mark.

— Mais je ne l'épouserai que si notre mariage te réjouit. Je le lui ai déjà dit.

Le colonel se libéra avec infiniment de douceur des bras de sa fille.

— D'où venez-vous, Mark ? demanda-t-il.

— De Chyning : c'était ma journée d'hôpital.

— Je vois.

Le colonel observa tour à tour Rose et son amoureux, et songea combien ils paraissaient à la fois heureux et vulnérables.

— Asseyez-vous, tous les deux, ordonna-t-il. Il faut que je réfléchisse à la façon dont je vais vous dire ce que j'ai à vous dire. Asseyez-vous.

Déconcertés, ils s'exécutèrent.

— Lorsque vous retournerez à Nunspardon, Mark, vous trouverez votre père très bouleversé. À cause d'une conversation que je viens d'avoir avec lui. Je suis libre de vous en répéter ici l'essentiel, mais j'hésite. Il me semble que c'est à lui de vous annoncer la nouvelle.

— La nouvelle ? Quelle nouvelle ?

— Je crains qu'elle ne soit pas bonne, malheureusement. Il s'opposera catégoriquement à toute idée de mariage entre Rose et vous.

— Je ne peux pas le croire, murmura Mark.

— Cependant, vous le croirez. Et peut-être reviendrez-vous vous-même sur votre projet de... (pardonne-moi, ma Rose, mais c'est une possibilité)... votre projet d'alliance avec une Cartarette.

— Mais Papa ! s'exclama Rose d'un ton volontairement ironique. À quoi joues-tu ?

— Mon enfant, crois-moi, ce n'est pas par amusement.

— En tout cas, annonça Mark qui se leva d'un mouvement brutal, je peux vous assurer que pour rien au monde cela ne modifiera mes sentiments envers Rose... Ne vous souciez de rien, mon amour. Je vais de ce pas éclaircir la situation.

— Essayez, je vous en prie, acquiesça le colonel.

Il prit Mark par le bras, et ils se dirigèrent ensemble vers la porte.

— Demain, vous ne me considérerez plus comme votre ami, Mark. J'espère que vous comprendrez que j'agis contraint et forcé.

— Contraint et forcé ? répéta Mark. Heu... Eh bien... Oui, d'accord.

Il avança son menton Lacklander, fronça ses sourcils Lacklander.

— Écoutez, monsieur, si mon père (et je ne peux imaginer le contraire) accepte cette union, vous y opposerez-vous ? Je préfère vous prévenir dès maintenant que la moindre objection, d'un côté comme de l'autre, ne changera en rien nos intentions.

— Votre question n'est donc que pure formalité. À présent, je vous laisse avec Rose. Au revoir, Mark, conclut-il en lui tendant la main.

Le colonel parti, Mark se tourna vers Rose et la saisit par les bras.

— Tout ceci est absurde ! affirma-t-il. Comment diable ces vieux messieurs pourraient-ils influencer notre destin ?

— Je n'en sais rien, mais j'ai l'impression que l'affaire est grave. Mon pauvre père est visiblement rongé par l'inquiétude.

— Bon ! Inutile de tenter d'établir un diagnostic sans connaître le fin mot de l'histoire. Je vais à la maison et je vous appelle d'ici un quart d'heure. Le plus important, le plus extraordinaire, le plus surprenant, le plus merveilleux, c'est que vous m'aimiez, ma Rose adorée. Au revoir...

Il l'embrassa rapidement et disparut.

La jeune fille demeura longuement immobile à savourer leur bonheur tout neuf. Où ses scrupules concernant son père s'étaient-ils envolés ? Elle n'était même pas franchement émue par l'étrangeté de son comportement... Elle se rendit compte, alors, combien elle était heureuse, tout d'un coup. Allant se placer devant une porte-fenêtre dominant la vallée, elle contempla, en face, le domaine de Nunspardon. À quoi bon s'affoler ? Sa joie était si intense qu'elle en avait mal partout ! C'était donc cela, l'amour...

Le temps passa. Le gong résonna, annonçant que l'heure était venue de passer à table. Au même instant, le téléphone sonna. Elle se jeta sur l'appareil.

— Rose, attaqua d'emblée Mark, dites-moi que vous m'aimez. Tout de suite.

— Je vous aime.

— Donnez-moi votre parole d'honneur que vous m'épouserez. Dites-le-moi, Rose. Promettez-le-moi.

— Je vous le promets.

— Bien, dit Mark. Je passerai vous voir à vingt et une heures.

— Savez-vous ce qui se passe ?

— Oui. Et c'est affreusement compliqué. Je vous embrasse, ma chérie. À plus tard.

— À plus tard.

Envoûtée par sa passion, Rose alla dîner.

À vingt heures, le commandant Syce sombra dans les abîmes de la mélancolie. Aux alentours de dix-sept heures, il s'était offert un cognac. La dose d'alcool lui avait remonté le moral, et sa bonne humeur était restée stable jusqu'au quatrième verre. Pendant toute cette période, il s'était imaginé prenant un emploi et y réussissant à merveille. Mais petit à petit, son enthousiasme s'était estompé, et comme toujours dans ces cas-là, il s'était dit qu'il allait se consoler en tirant quelques flèches. Il avait été dans un état de dépression similaire, le jour où sa flèche était passée par-dessus ses taillis pour tomber dans le bas du parc de M. Danberry-Phinn, tuant net la pauvre mère de Thomasina Twitchett.

Ce soir, il était tout spécialement déprimé. Peut-être sa rencontre avec le colonel, pour lequel il avait beaucoup d'estime, avait-elle soudain mis l'accent sur sa propre solitude ? Pour couronner le tout, son couple de gardiens était en vacances, et il n'avait rien prévu pour son dîner. Il alla rassembler son matériel de tir et se dirigea en boitant vers sa pelouse. Mais il n'avait même plus envie de pratiquer son sport favori. Il avait mal à la jambe. Enfin ! Il pouvait au moins se promener un peu.

Au sommet de la colline, il découvrit Miss Kettle, assise sur le bas-côté, le regard morose rivé sur sa bicyclette, laquelle avait été retournée pour tenir sur sa selle.

— Bonsoir, commandant. J'ai un pneu crevé, déclara-t-elle.

— 'Soir. Vraiment ? Pas de chance !

— Je n'arrive pas à me décider à la pousser sur les cinq kilomètres qu'il me reste à parcourir jusqu'à Chyning, aussi m'apprêtais-je à attaquer les grandes manœuvres. Pomper n'a servi à rien.

Elle fixa d'un air dubitatif sa trousse à outils, ouverte à ses pieds. Syce, hésitant, la regarda essayer de glisser un levier sous son pneu.

— Mais non ! Pas comme ça ! protesta-t-il, lorsque la scène lui fut insupportable. Tonnerre de Brest ! Vous n'arriverez à rien de cette manière !

— Je veux bien vous croire.

— D'ailleurs, il vous faut un seau d'eau, pour trouver le trou.

Elle le dévisagea, complètement dépitée.

— Tenez ! marmonna-t-il. Donnez-moi ça.

Remettant le vélo d'aplomb, il se permit encore un commentaire râleur, puis se mit à pousser l'engin dans son allée. Miss Kettle rassembla ses petites affaires et lui emboîta le pas, son visage exprimant un mélange de compassion et d'amusement.

Le commandant Syce poursuivit son chemin jusqu'à la cabane du jardinier, et, sans un mot, entreprit de défaire le pneu. Miss Kettle se percha sur un banc pour l'admirer dans ses œuvres.

— Je vous suis vraiment reconnaissante de m'être venu en aide ! soupira-t-elle enfin. J'ai eu une dure journée. Avec cette épidémie dans le village, ces cas isolés à droite et à gauche, et maintenant, ça !... Que vous êtes adroit ! Je suis passée à Nunspardon, tout à l'heure. Lady Lacklander souffre d'un panaris à l'orteil, et le Dr Mark m'a demandé de lui appliquer des cataplasmes.

Le commandant Syce émit un son informe.

— Si vous voulez mon avis, le baronet héritier ploie sous la charge de ses nouvelles responsabilités, poursuivit-elle imperturbablement. Il est entré au moment précis où je m'en allais. Il était nerveux, très blanc.

Miss Kettle adorait bavarder en balançant ses courtes jambes. Elle s'interrompait de temps à autre pour s'ébahir de l'adresse de Syce. « Dommage », songea-t-elle. « Ses mains tremblent. Il a un teint d'alcoolique. Et pourtant, il est gentil. Quel dommage ! »

Il acheva la réparation et remit le pneu en place. Lorsqu'il eut terminé, il voulut se lever, mais un petit cri lui échappa, et il plaqua les mains au bas de son dos en retombant sur ses genoux.

— Eh bien ! s'écria Miss Kettle. Qu'est-ce qui vous prend ? Un lumbago ?

Le commandant Syce jura entre ses dents et l'implora de partir.

— Désolé, marmonna-t-il. Navré. Confus. Excusez-moi. Aïe !

Miss Kettle fit alors preuve de toutes ces qualités qui lui attiraient la préférence de ses malades... l'esprit d'initiative, la chaleur humaine et l'autorité. Ignorant les objurgations du commandant, suivies d'un descriptif coloré de ses douleurs, elle se mit à quatre pattes à ses côtés et le poussa tout doucement jusqu'au banc, où elle le soutint jusqu'à ce qu'il fût, bien que plié en deux, sur ses pieds. Elle l'accompagna jusqu'à la maison et le fit s'allonger sur le divan de son lugubre salon.

— On se couche, on se couche !

Dégoulinant de transpiration, à bout de souffle, il la fusilla des yeux.

— Qu'allons-nous bien pouvoir faire de vous, à présent ? continua-t-elle. N'ai-je pas aperçu un plaid dans le vestibule, à l'instant ? Je reviens.

Elle sortit et reparut presque aussitôt avec la couverture. Maternelle et généreuse, elle le recouvrit, puis l'abandonna pour aller lui chercher un verre d'eau.

— Je suppose que vous me trouvez un peu envahissante. Tenez ! Prenez ces deux cachets !

Il s'exécuta sans la regarder.

— Ce n'est pas la peine, grommela-t-il. Merci. Je vais me débrouiller.

Elle haussa les épaules et repartit.

En son absence, il tenta de se lever, mais se ravisa, très vite foudroyé par le mal. Il crut un moment qu'elle était rentrée chez elle et commençait à se demander s'il survivrait ou non à son malheur, lorsqu'il l'entendit marcher, quelque part au loin dans la maison. Elle resurgit subitement, deux bouillottes sous les bras.

— Le truc, c'est la chaleur !

— Où les avez-vous trouvées ?

— Je les ai empruntées aux Cartarette.

— Seigneur !

Elle les cala derrière son dos.

— Le Dr Mark ne va pas tarder.

— Seigneur !

— Il était chez les Cartarette, et si vous voulez mon avis, ils vont bientôt nous annoncer une bonne nouvelle. Du moins, c'est l'impression que j'aurais eue, s'ils n'avaient pas tous eu l'air plutôt contrarié.

Au grand dam du colonel, elle lui enleva ses chaussures.

— Ho ! Hisse !... Alors, l'aspirine fait son effet ?

— Heu... Je crois que oui. Je vous en supplie...

— Votre chambre est là-haut, j'imagine ?

— Je vous supplie de...

— Nous verrons ce que va dire le médecin, mais je vous conseille plutôt de prendre la chambre de la gouvernante. Pour vous épargner l'escalier... À condition qu'elle ne soit pas occupée par une gouvernante, bien sûr, ajouta Miss Kettle avec un rire jovial.

Elle le dévisagea avec une telle bonhomie et une telle bonté qu'il ne put que céder.

— Voulez-vous une tasse de thé ? lui proposa-t-elle.

— Non, merci.

— En tout cas, moi, je ne vous donne rien de plus fort sans l'accord du médecin.

Il rougit, rencontra la lueur espiègle dans ses prunelles, sourit.

— Allons ! J'aime mieux ça !

— Je suis vraiment désolé de vous causer tous ces problèmes.

— J'aurais pu en dire autant pour mon vélo, non ? Tenez ! Voici le médecin.

Une fois de plus, elle s'enfuit, puis revint avec Mark Lacklander. Ce dernier, nettement plus pâle que son patient, s'agaça des protestations de Syce.

— Très bien, il semble que je sois de trop. Si vous le voulez, il ne s'agira pas d'une visite professionnelle.

— Mon Dieu ! Mon garçon, ce n'est pas du tout ce que je voulais dire. Je vous suis très reconnaissant, au contraire... Je veux dire... Vous êtes si occupé... Je...

— Voyons cela... Nous n'allons pas vous bouger.

L'examen fut bref.

— Si ce lumbago ne s'estompe pas, nous allons devoir prendre des mesures plus féroces. En attendant, Miss Kettle va vous mettre au lit...

— Seigneur !

— ... Et je repasserai demain matin. Comptez sur moi. Il vous faudra un ou deux médicaments. Je vais téléphoner à l'hôpital et vous les faire envoyer immédiatement. Cela vous convient-il ?

— Oui, oui. Merci. Merci... Mais vous n'avez pas l'air en grande forme vous-même. Désolé de vous avoir dérangé.

— Ce n'est rien. Nous vous coucherons ici, près du téléphone. Au moindre problème, appelez-moi. À propos, Mme Cartarette a proposé...

— Non ! hurla Syce, avant de s'empourprer.

— ... de vous apporter vos repas. Mais peut-être serez-vous guéri d'ici demain. En attendant, je vous confie à Miss Kettle. Bonsoir.

Lorsqu'il fut parti, l'infirmière déclara d'un ton enjoué :

— Vous allez devoir supporter ma présence un peu plus longtemps que prévu, semble-t-il. À présent, nous allons vous laver et au dodo !

Une demi-heure plus tard, il était dans son lit avec un chocolat chaud et une tartine grillée. Miss Kettle l'observa d'un air intrigué.

— Voilà, annonça-t-elle. Je vous laisse. Soyez sage, et si vous ne pouvez l'être, soyez prudent.

— Merci, bredouilla-t-il. Merci. Merci. Merci.

Elle était à la porte, lorsque sa voix l'arrêta dans son élan.

— Je... heu... Vous connaissez sans doute les *Vies brèves* d'Aubrey ?

— Non. Qui était-ce ?

— Il a écrit une *Vie brève* au sujet d'un certain Sir Jonas Moore. Je cite : « Sa sciatique il soigna, car ses fesses ébouillanta. » Je suis soulagé que vous n'ayez pas choisi cette méthode.

— Tiens donc ! s'écria Miss Kettle, enchantée. Voilà que vous sortez enfin de votre coquille ! Bonne nuit !

Pendant les trois jours qui suivirent, Miss Kettle, allant ici et là, eut tout loisir de remarquer (et sur ce point, elle était d'une perspicacité infaillible) qu'il se tramait un drame dans le comté. Partout où elle se rendait, que ce fût chez Lady Lacklander panser son orteil, chez le jardinier de Hammer Farm soigner l'abcès de sa petite fille, ou encore chez le commandant Syce (dont le lumbago persistait), elle était frappée par la nervosité inhabituelle de ses malades, autant que par celle du Dr Mark Lacklander. Rose Cartarette, qu'elle rencontra dans son jardin, lui parut blême et agitée, tandis que le colonel avait les traits tirés, et que Mme Cartarette semblait au comble de l'exaspération.

— Kettle ! attaqua Lady Lacklander, dès le mercredi, tout en grimaçant devant le cataplasme que n'allait pas tarder à recevoir son panaris. Connaissez-vous un remède à la mauvaise conscience ?

L'infirmière n'en voulait pas à Lady Lacklander, qui la connaissait depuis vingt ans, de l'appeler ainsi par son patronyme : au contraire, c'était presque une manifestation de son affection.

— Ah ! Non ! Je n'ai aucune recette toute faite pour ce genre d'ennui.

— Je m'en doute. Depuis combien de temps vous occupez-vous de nous tous, à Swevenings, Kettle ?

— Trente ans, si l'on inclut mes cinq années à l'hôpital de Chyning.

— Vingt-cinq ans de cataplasmes, lavements, pansements et autres massages, murmura Lady Lacklander. Je suppose que vous finissez par nous connaître par cœur. Il n'y a rien de tel qu'une bonne maladie pour vous révéler un caractère. Et rien de tel qu'une histoire d'amour pour le déguiser, ajouta-t-elle, contre toute attente. Vous me faites souffrir abominablement.

— Soyez courageuse si vous le pouvez, ma chère, lui conseilla Miss Kettle, sachant que la vieille dame acceptait volontiers ce titre de « chère ». Mais je ne comprends pas exactement ce que vous voulez dire en parlant d'une histoire d'amour qui peut déguiser un caractère.

Lady Lacklander commença par accueillir l'application suivante avec un petit cri de douleur.

— Deux personnes amoureuses se présentent d'instinct l'une à l'autre sous leur meilleur jour. Elles se parent de leurs plus beaux atours, comme le paon déploie ses plumes. Elles se montrent magnanimes, charitables, modestes... admirables. Elles s'arrangent pour cacher leurs moindres défauts. Elles n'y peuvent rien, vous savez, Kettle. C'est ainsi.

— Voyez-vous cela !

— Allons ! Ne feignez pas de ne pas savoir de quoi je

parle, vous m'avez parfaitement saisie. Vous êtes lucide, vous, ce qui n'est guère le cas des habitants de Swevenings. Vous adorez les ragots, bien sûr, mais je ne vous crois pas mesquine. Me trompé-je ?

— Pas du tout ! Quelle idée !

— Bien. Dites-moi donc, sans manières, ce que vous pensez de NOUS.

— VOUS... heu... de l'aristocratie ?

— Précisément. Nous trouvez-vous veules, décadents, fades, surannés, bref, impossibles ?

— Non, non, assura Miss Kettle, accroupie, s'accrochant avec fermeté au fin talon de Lady Lacklander.

— C'est pourtant ce que nous sommes, dans certains cas.

— C'est plutôt une question de rang.

— Ah, Kettle ! Vous êtes une Élisabéthaine de la plus pure espèce ! Vous êtes sensible à la nuance. Vous êtes un Ulysse au féminin, ma vieille... Cependant, je vous signale que le rang est désormais dépendant du comportement.

Miss Kettle émit un rire jovial et répliqua qu'elle n'y comprenait rien. Lady Lacklander lui expliqua que cela signifiait, entre autres, qu'on ne pouvait descendre au-dessous d'un certain niveau sans rencontrer de sérieux problèmes.

— Je veux dire par là, poursuivit-elle en soufflant pour apaiser sa souffrance... Je veux dire que nous aurions tout intérêt à nous contenter des quelques tâches qui, par héritage interposé, nous revenaient autrefois de droit. Je veux dire, enfin, que quoi que pensent les autres, nous leur devons de réagir d'une certaine manière face à certaines situations. N'est-ce pas, Kettle ?

— Certainement...

— Remarquez, je me fiche éperdument de ce qu'ils pensent. Mais tout de même.

Elle s'absorba dans une méditation morose pendant que la garde-malade achevait de lui panser l'orteil.

— En somme, reprit soudain Lady Lacklander, nous pouvons nous permettre tout ce que nous voulons, sauf le manque de dignité. C'est la médiocrité qu'il faut éviter. Kettle, je suis extrêmement inquiète.

Miss Kettle la dévisagea d'un air intrigué.

— Dites-moi... Parle-t-on, dans le village, de mon petit-fils ? Avez-vous entendu des rumeurs d'amourette ?

— Plus ou moins, avoua-t-elle, puis, après une pause : Ce serait merveilleux, non ? Elle est adorable. Et future héritière, de surcroît !

— Bof !

— De nos jours, on ne peut plus trop se permettre de faire la fine bouche... J'ai entendu dire que tout irait à la fille.

— Des biens inaliénables. Évidemment, Mark n'aura rien avant d'avoir réussi. Mais ce n'est pas ce qui me cause le plus de soucis.

— Quoi qu'il en soit, à votre place, je m'adresserais directement au Dr Mark, madame. Une tête bien faite sur des épaules solides, si vous voulez mon avis !

— Ma chère Kettle, mon petit-fils, comme vous avez sans doute pu l'observer par vous-même, est amoureux. Il sera donc, et c'est ce que je m'efforce en vain de vous démontrer, enclin à adopter une attitude de mépris. D'ailleurs, l'affaire le concerne. Non, je vais devoir tout prendre en main personnellement. Personnellement. Dites-moi, sur le chemin du retour, vous passez bien par Hammer Farm, non ?

Miss Kettle répondit par l'affirmative.

— J'ai rédigé un petit mot pour le colonel Cartarette. Soyez mignonne de le lui déposer, voulez-vous ?

Miss Kettle répondit que Lady Lacklander pouvait compter sur elle, et se leva pour aller chercher la missive sur le bureau de la châtelaine.

— Quel dommage ! soupira celle-ci à l'instant précis où l'infirmière allait partir. George n'est décidément qu'un imbécile. Ah ! Quel dommage !

Elle fut confortée dans son jugement concernant George dès le lendemain soir, lorsqu'elle l'aperçut au loin, jouant au golf avec Mme Cartarette. Ayant atteint un âge considéré comme délicat chez les Lacklander, George s'emberlificotait lamentablement depuis quelque temps dans sa folle passion pour Kitty Cartarette : celle-ci lui donnait la sensation d'être un homme puissant, dangereux, et cette pensée le grisait. Elle ne cessait de lui répéter combien il était chevaleresque, prêtant ainsi un petit côté médiéval à des élans en général moins flatteurs. Elle ne lui accordait que de rares et maigres récompenses, distribuant ses faveurs à doses homéopathiques. Ainsi, sur le terrain de golf de Nunspardon, était-il autorisé à observer, critiquer et corriger son swing. Et si l'intérêt qu'il prenait à cet exercice n'était pas uniquement athlétique, Mme Cartarette feignait de n'en rien deviner. Elle swinguait inlassablement, tandis qu'il reculait d'un pas pour la regarder, puis s'avançait pour rectifier sa technique.

Longeant le Sentier du Ruisseau à la fraîcheur du crépuscule, suivie d'un valet chargé de porter son attirail d'artiste et sa canne-siège, Lady Lacklander contempla son fils et son élève, au second tee. Elle constata la façon dont George se balançait sur ses pieds, la tête penchée de côté, pendant que Mme Cartarette swinguait (swinguant tout ce qu'elle pouvait swinguer). « George aurait-il l'idée d'employer envers Maurice la tactique de l'attaque indirecte ? Mais non, pauvre garçon ! Il en est incapable ! » songea-t-elle avec dépit.

Les deux silhouettes disparurent au-delà de la colline, et Lady Lacklander continua de marcher, l'esprit préoccupé. À cause de son panaris, elle était obligée de porter des bottines de chasse ayant appartenu à son défunt mari. Elle avait sur la tête un casque colonial datant de l'antiquité (pratique pour se protéger les yeux) et cachait sa corpulence sous un pantalon trop large en tweed et une blouse flottante. Ses mains étaient, comme toujours, couvertes de diamants.

Lady Lacklander et son domestique atteignirent Bottom Bridge, bifurquèrent vers la gauche et s'immobilisèrent devant un groupe d'aulnes laissant entrevoir un coude dans le cours d'eau. Sur les ordres de sa maîtresse, le valet installa le chevalet, remplit un gobelet d'eau, déplia le tabouret en toile, et plaça, juste à côté, la canne-siège : lorsqu'elle s'éloignait de son œuvre pour la juger, Lady Lacklander avait l'habitude de se servir de ce précieux soutien.

Ces tâches accomplies, il l'abandonna. Elle rentrerait seule à Nunspardon et se changerait pour le repas, servi à vingt et une heures. Le valet reviendrait alors chercher ses impedimenta. Elle percha ses lunettes sur le bout de son nez et posa sur son sujet du jour un regard comme ceux qu'accordait volontiers Miss Kettle à ses patients récalcitrants. Le moment était venu de se mettre à l'ouvrage.

Il était donc dix-huit heures trente, lorsqu'elle s'attela à son aquarelle, là dans le Pré du Bas, sur la rive gauche du Chyne, au-dessous de Bottom Bridge.

À dix-neuf heures, ayant rassemblé tout son équipement de pêche, M. Danberry-Phinn descendait Watt's Hill. Il n'alla pas jusqu'à Bottom Bridge, préférant virer à gauche et remonter légèrement le Chyne.

À dix-neuf heures, Mark Lacklander, ayant examiné un malade dans le village, partait à pied le long de Watt's Lane. Il avait à la main sa mallette, car il voulait percer l'abcès de la fille du jardinier, ainsi que sa raquette et ses tennis, car il se proposait ensuite une partie avec Rose Cartarette. Il espérait en profiter pour avoir une conversation sérieuse avec le père de cette dernière.

À dix-neuf heures encore, Miss Kettle, après avoir déposé la missive de Lady Lacklander à Hammer Farm, fonçait en roue libre dans l'allée du commandant Syce.

À dix-neuf heures, toujours, Sir George Lacklander, se

sachant bien à l'abri derrière un bosquet, enlaçait Mme Cartarette avec ferveur, détermination... et une motivation ultérieure.

Ce fut donc à dix-neuf heures que les espoirs, les passions et les craintes accumulés depuis la mort de Sir Harold Lacklander se rejoignirent pour se fondre les uns aux autres comme autant de ruisseaux dévalant les pentes, influencés dans leur parcours par divers accidents de terrain, mais destinés aux mêmes tourbillons.

À Hammer Farm, Rose et son père, assis dans le bureau, se dévisageaient, atterrés.

— Quand Mark t'en a-t-il parlé ? lui demanda le colonel.

— Le soir même... après que tu es arrivé et que tu nous... que tu nous as surpris. Il est rentré à Nunspardon, son père lui a tout raconté, et il est revenu me le dire. Bien sûr, continua-t-elle en le regardant droit dans les yeux, bien sûr, il aurait eu tort de feindre qu'il ne s'était rien passé. C'est extraordinaire comme nous nous devinons l'un l'autre !

Le colonel, la joue appuyée sur sa main, eut un demi-sourire indulgent.

— Ma pauvre petite, murmura-t-il.

— Papa, tu comprends, j'espère, que sur un plan purement théorique Mark est de ton côté ? Parce que... Eh bien ! Parce qu'il faut avant tout démontrer les faits. C'est le point de vue des scientifiques, en tout cas.

Le colonel grimaça, mais ne dit rien.

— Et je suis d'accord ! ajouta Rose. Toutes choses étant égales...

— Ah !

— Mais justement, elles ne le sont pas, papa chéri ! Au contraire ! En termes de bonheur, elles sont complètement inégales ! D'après Mark, sa grand-mère est très angoissée. Et tout cela, si tôt après la mort de Sir Harold... elle risque de craquer !

Le bureau du colonel s'ouvrait sur son bosquet et une

partie de la vallée que les arbres ne masquaient pas : Bottom Bridge, et une aire réduite au-dessous, sur la rive droite du Chyne. Rose s'approcha de la fenêtre.

— Elle est quelque part par là, en train de dessiner. Or, elle ne travaille plus que lorsqu'elle est tracassée.

— Elle m'a envoyé un mot. Elle veut que j'aille à sa rencontre à vingt heures. Sans doute espère-t-elle avoir achevé son œuvre et s'être calmée. Mauvaise heure, ma foi ! Je me passerai de dîner, ma chérie. Demande-leur de mettre ma part de côté, veux-tu ? Et excuse-moi auprès de Kitty.

— D'accord ! promit Rose d'un air faussement enjoué. Il y a un autre problème, ajouta-t-elle, c'est celui du père de Mark.

— George.

— Oui, George. Nous savons tous qu'il n'est pas franchement brillant, n'est-ce pas ? Cependant, il n'en demeure pas moins le père de Mark, il est dans tous ses états, et...

Rose retint son souffle, son menton trembla, ses yeux bleus se remplirent de larmes, et elle se précipita dans les bras de son père.

— À quoi bon jouer les femmes courageuses ? sanglota-t-elle. Je ne suis pas du tout courageuse ! Mark m'a demandé de l'épouser, et je lui ai répondu que je ne le pouvais pas, à cause de toi... Et puis, j'étais si malheureuse que, lorsqu'il a insisté, j'ai fini par accepter. Et maintenant, alors que nous nous aimons tant, il nous arrive cette catastrophe ! Nous devons leur infliger cette gifle magistrale. Mark dit que ça ne changera rien pour nous, mais c'est le contraire ! Comment puis-je être sa femme, en sachant ce que sa famille pense de toi, mon papa chéri, toi que j'aime le plus au monde ? Quant à *son* père, hoqueta-t-elle... *son* père prétend que, s'il m'épouse, il ne le lui pardonnera jamais et qu'il se vengera. Ce ne serait pas drôle pour nous, n'est-ce pas, de jouer le rôle des amants maudits ?

— Mon pauvre, pauvre bébé, murmura le colonel, aussi sentimental qu'accablé. Mon pauvre bébé !

Et il la gratifia entre les omoplates d'une série de coups qui se voulaient tendres.

— Le bonheur de tant d'entre nous est en jeu ! pleura Rose. Nous sommes tous concernés !

Sortant un mouchoir de sa poche, son père lui essuya les paupières, l'embrassa, la poussa de côté. A son tour, il alla à la fenêtre observer Bottom Bridge, puis, plus haut, les toits de Nunspardon. Le terrain de golf était désert.

— Tu sais, Rose, je ne suis pas l'unique responsable de cette affaire. Il reste une décision à prendre, de laquelle dépendra la mienne. Ne sois pas trop optimiste, ma chérie, mais peut-être y a-t-il encore une chance. Je vais d'ailleurs m'en occuper tout de suite, avant d'aller voir Lady Lacklander. Traîner davantage ne servirait à rien. J'y vais.

Il se dirigea vers sa table, ouvrit un tiroir, en extirpa une enveloppe.

— Kitty ?...

— Oh, oui, elle est au courant.

— C'est toi qui le lui as dit, Papa ?

Mais il était déjà sorti. Sans tourner la tête, et d'un ton trop détaché pour être convaincant, il répondit :

— Oh, non, non. Elle a joué au golf avec George. J'imagine qu'il a choisi de lui en parler. Ce cher George est un redoutable moulin à paroles.

— Elle joue avec lui en ce moment même, non ?

— Ah, bon ? Ah, oui, c'est possible. Il me semble qu'il est venu la chercher, en effet. Elle avait besoin de prendre l'air.

— Oui, marmonna Rose.

Son père partit donc rencontrer M. Danberry-Phinn. Il emportait avec lui son matériel de pêche, car il avait l'intention d'aller ensuite directement à son rendez-vous avec Lady Lacklander, puis au ruisseau, histoire de se détendre un peu. Skip, son fidèle épagneul, était sur ses talons.

Lady Lacklander consulta la montre incrustée de diamants qu'elle avait accrochée à sa voluptueuse poitrine et s'aperçut qu'il était dix-neuf heures. Elle peignait depuis une demi-heure, et déjà, elle était assaillie par un phénomène qu'elle connaissait trop : le découragement.

— Curieux, murmura-t-elle, qu'avec mon caractère et ma volonté je n'arrive qu'à ces lamentables résultats. Enfin ! Je me sens en meilleure forme pour ma conversation avec Maurice Cartarette, et c'est tant mieux. Encore une heure et il sera là, s'il est ponctuel, ce qu'il est probablement.

Penchant son œuvre, elle y appliqua au premier plan un lavis vert pâle. Quand il fut presque sec, elle quitta son tabouret et recula jusqu'au sommet d'un monticule, où elle se jucha sur sa canne-siège pour examiner son travail à travers une lorgnette encerclée de joyaux. Son siège de fortune s'enfonça sous son poids. Quand elle revint à son tableau, Lady Lacklander l'abandonna là, en position verticale. De loin, on aurait dit un étrange champignon géant. C'est du moins ce que se dit M. Phinn, dont la vue était remarquable, lorsqu'il l'aperçut en arrivant à Bottom Bridge en compagnie de Thomasina Twitchett. De la rive droite, il lança d'un geste maniéré, mais néanmoins adroit, sa ligne dans les eaux les plus souvent fréquentées par La Vieille. Lady Lacklander, dont l'ouïe était tout aussi remarquable, perçut le ronronnement de son moulinet, et, tout en restant invisible, put déduire qui était le pêcheur, et quels étaient ses mouvements. Au même instant, bien au-dessus, à Watt's Hill, le colonel Cartarette, ne trouvant personne à Jacob Cottage, contournait la maison, jetait un coup d'œil vers la vallée, et distinguait à la fois Lady Lacklander et M. Phinn, minuscules comme les figurines de la carte imaginaire de Miss Kettle.

— J'ai le temps de parler avec lui avant de la rejoindre, marmonna-t-il. Mais je laisse ça ici, au cas où nous ne nous rencontrerions pas.

Il glissa son enveloppe dans la boîte aux lettres de M. Phinn, et, fort tourmenté, alla emprunter le Sentier du Ruisseau, son cher vieux Skip à ses côtés.

Miss Kettle, regardant par la fenêtre de la salle à manger d'Uplands, aperçut le colonel juste avant qu'il ne disparaisse derrière le bosquet du commandant Syce. Elle acheva de masser les muscles endoloris de ce dernier en déclarant :

— Voilà le colonel qui part à la pêche du soir ! Vous n'en auriez pas supporté autant, il y a deux jours, hein ?

— Non, non, je ne pense pas...

— Et c'est tout ce que vous trouvez à dire pour me remercier ?

— Non, non ! Écoutez ! Écoutez...

Il se tordit le cou pour essayer de la voir.

— Seigneur ! Qu'essayez-vous de me dire ?... Je...

— Allons, allons ! le rassura-t-elle, je plaisantais. Là ! C'est tout pour aujourd'hui, et, d'après moi, je serai bientôt débarrassée de vous !

— Évidemment. Je ne peux abuser de votre gentillesse.

Miss Kettle rangeait. Elle parut ne pas avoir entendu ce commentaire, et sortit se laver les mains. Lorsqu'elle reparut, Syce était assis sur le bord de son lit improvisé. Il était en pantalon, chemise, écharpe et robe de chambre.

— Bravo ! Vous avez fait tout ça tout seul ?

— J'espère que vous me ferez l'honneur de boire un petit quelque chose avant de partir.

— En service ?

— Vous ne l'êtes plus, il me semble.

— Bon ! Je vais boire un verre avec vous, mais j'espère que vous n'en profiterez pas pour en reprendre une demi-douzaine dès que j'aurai le dos tourné.

Le commandant Syce, cramoisi, grommela une phrase au sujet des « types n'ayant rien de mieux à faire ».

— Vous m'en direz tant ! Quelle idée ! Trouvez-moi une meilleure explication !

Ils burent en s'observant d'un air amical. Le commandant Syce, se servant d'une canne, alla chercher un album de photos prises du temps où il appartenait à la Navy. Miss Kettle adorait les photos et s'intéressa en toute sincérité aux interminables séries de vaisseaux, de ports et d'officiers en uniforme. Un peu plus loin, au détour d'une page, elle découvrit une ravissante aquarelle représentant une corvette, puis un menu illustré dans la marge de drôles de caricatures. Elle s'extasia, mais avisant le regard terrifié de son hôte, elle s'exclama :

— Ce n'est pas de vous ?... Si ? C'est de vous ! Eh bien ! Mais que vous êtes habile !

Sans un mot, il lui remit entre les mains un petit portfolio, lequel contenait d'autres dessins. Miss Kettle ne connaissait rien à cet art, mais elle savait ce qu'elle aimait. Et elle aimait beaucoup tout ce qu'elle voyait en ce moment. Elle s'apprêtait à le refermer, à regret, lorsqu'une image attira plus particulièrement son attention parce qu'elle avait été rangée à l'envers. La retournant, l'infirmière vit une femme sur une chaise longue, un fume-cigarette entre les doigts ; une magnifique bougainvillée servait de toile de fond à ce superbe portrait.

— Ma parole ! Ma parole... Mais c'est Mme Cartarette !

Syce voulut lui reprendre l'aquarelle, puis se ravisa.

— À une fête. L'ai connue en Orient. En permission. J'avais oublié.

— Ce devait donc être avant leur mariage... Vous savez, vous pourriez m'exécuter ma carte imaginaire de

Swevenings, poursuivit-elle, et elle lui confia son rêve d'en posséder une.

Elle se leva enfin, rassemblant ses affaires, et il l'imita, mais avec un cri de douleur.

— Ah ! Je vois que je n'en ai pas encore complètement fini avec vous. Demain, même heure ?

— Parfait. Merci. Merci. Merci.

Il lui accorda un de ses rares sourires et la regarda s'éloigner dans l'allée. Il était vingt heures quarante-cinq.

Miss Kettle avait laissé son vélo dans le village, où elle devait passer la soirée avec le Club des Femmes. Elle suivit donc le Sentier du Ruisseau. Le crépuscule avait envahi la vallée du Chyne, et ses pas résonnaient de manière étrange sur la terre ferme. Boum, boum, boum... À un moment, elle se figea, pencha la tête, l'oreille aux aguets. De là-haut, à Uplands, elle perçut la vibration d'une corde, suivie d'un « ploc » sourd. Elle se sourit à elle-même et se remit à marcher. Elle entendait déjà les gargouillis du cours d'eau.

Elle ne traversa pas Bottom Bridge, préférant longer un sentier rocailleux sur la rive droite du Chyne, et dépasser un groupe d'aulnes, suivi d'un bosquet de saules pleureurs. Il arrive parfois, lorsqu'on se promène seul le soir, que l'on se sente tout d'un coup observé. Miss Kettle eut subitement cette sensation, mais, n'étant pas femme à s'abandonner à ses frayeurs, l'ignora.

« Le temps s'est rafraîchi », songea-t-elle.

Un hurlement transperça le silence. Une grive, surgie des feuillages, lui effleura le visage, puis, de nouveau, il y eut un cri. C'était un chien.

Se précipitant à travers la saulaie, elle trouva le corps du colonel Cartarette, et son fidèle Skip qui le pleurait.

4

Le Pré du Bas

Miss Kettle était accoutumée à la mort. Elle n'avait pas besoin d'entendre les lamentations de Skip pour comprendre que la personne recroquevillée devant elle, la tête posée sur une touffe d'herbe, ne respirait plus. Elle s'agenouilla auprès du corps, glissa une main sous la veste en tweed et la chemise de soie. « Il refroidit déjà », songea-t-elle. Une casquette en tweed piquée de mouches artificielles recouvrait le visage. Avait-elle été posée là exprès ? L'infirmière la souleva, et, le bras en l'air, se figea. La tempe du colonel était défoncée, comme s'il avait reçu un coup de marteau sur la tête. L'épagneul se remit à hurler.

— Oh ! Tais-toi ! vociféra-t-elle.

Elle replaça le chapeau et se leva, se cognant dans son mouvement à une branche. Réveillés en sursaut, les oiseaux installés pour la nuit dans les saules s'éparpillèrent. Le Chyne gargouillait, et là-haut, dans le Petit Bois de Nunspardon, une chouette hulula.

— Il a été assassiné, murmura Miss Kettle.

Elle passa en revue dans son esprit toutes les règles d'or telles qu'elles étaient décrites en général dans ses romans policiers préférés. Primo : ne pas toucher au cadavre. Or elle y avait touché. Secundo : envoyer quelqu'un chercher la police. Elle n'avait personne à qui confier cette mission. Tertio : il lui semblait se rappeler qu'il était recommandé de ne pas laisser le corps, et pourtant, si elle voulait téléphoner au brigadier Oliphant de Chyning, elle n'avait d'autre solution que de l'abandonner. En compagnie du chien, lequel continuerait sans aucun doute de pleurer son maître. L'obscurité avait enveloppé la campagne, la lune n'était pas encore levée ; pourtant, l'infirmière distingua, non loin de la main du colonel, le scintillement des écailles d'une truite et d'une lame de couteau. À moins d'un pas de là gisait sa canne à pêche. Il ne fallait bouger aucun de ces objets, bien sûr. Et tout d'un coup, Miss Kettle pensa au commandant Syce (dont elle venait de découvrir que son prénom était Geoffrey) : elle regretta qu'il ne fût pas auprès d'elle pour l'aider. Ce constat la stupéfia, et elle s'empressa de remplacer l'image de Geoffrey Syce par celle de Mark Lacklander.

— Je vais aller trouver le médecin, décida-t-elle.

Elle caressa distraitement Skip, qui gémit en posant les pattes sur ses genoux.

— Ne pleure pas, mon petit, le consola-t-elle d'une voix tremblante. Ne pleure pas ! Là... Bon chien.

Elle s'empara de son sac et se détourna.

Émergeant de la saulaie, elle se demanda pour la première fois qui pouvait bien avoir réduit le colonel Cartarette à l'état de poupée de cire brisée. Une brindille craqua. Peut-être l'assassin était-il encore dans les parages ? Au secours ! Vite ! Elle se précipita vers Bottom Bridge en s'efforçant de ne pas donner forme humaine aux ombres tout autour. Au sommet de Watt's Hill, les fenêtres des trois maisons, Jacob Cottage, Uplands et Hammer Farm, étaient éclairées, volets clos. Elles paraissaient terriblement loin.

Miss Kettle traversa le pont et gravit le chemin en zigzag contournant le terrain de golf, pour atteindre enfin le Petit Bois de Nunspardon. Là, haletante, elle se rappela tout d'un coup qu'elle avait une lampe de poche quelque part dans son sac. Elle l'y chercha.

— On se calme, Kettle ! Pas de panique. Ah !

Le Sentier du Ruisseau menait de là à la route principale, mais un autre chemin, moins connu, continuait à travers les arbres jusqu'à Nunspardon. Ce fut celui-là qu'elle emprunta, pour arriver enfin devant l'imposante façade georgienne.

Elle connaissait bien le valet qui lui ouvrit.

— Oui, William, c'est encore moi. Le docteur est-il là ?

— Depuis environ une heure, Miss.

— Je veux le voir. C'est urgent.

— Toute la famille est réunie dans le bureau, Miss. Je vais m'assurer que...

— Ne vous dérangez pas ! Ou plutôt, si : assurez-vous si cela vous chante, mais je ne serai pas loin derrière vous. Demandez-lui de sortir : j'ai à lui parler.

Le domestique la dévisagea d'un air sceptique, mais obtempéra, impressionné probablement par son autorité naturelle. Il alla de l'autre côté du vaste hall et poussa une porte qu'il laissa ouverte. Miss Kettle l'entendit annoncer :

— Miss Kettle, pour le Dr Lacklander, Madame.

— Moi ? s'enquit Mark. Seigneur ! Bon, je viens.

— Amenez-la-nous, ordonna Lady Lacklander. Tu pourras lui parler ici, Mark. Je veux voir Kettle.

Entendant ces paroles, la garde-malade s'avança sans hésiter. Les trois Lacklander s'étaient retournés sur leurs sièges. George et Mark se mirent debout. Ce dernier vint à sa rencontre.

— Kettle ! Dans quel état êtes-vous ? s'écria Lady Lacklander.

— Bonsoir, madame. Bonsoir, Sir George... Puis-je vous voir un instant, monsieur ? ajouta-t-elle à l'intention de Mark, en plaçant ses mains derrière son dos. Il y a eu un petit accident.

— Bien. De qui s'agit-il ?

— C'est le colonel Cartarette, docteur.

Toutes les figures se figèrent, comme pour se retrancher derrière un masque d'impassibilité.

— Que s'est-il passé ?

Mark se tenait entre l'infirmière et les autres membres de sa famille. L'infirmière arrondit les lèvres : « mort »...

— Venez avec moi, marmonna-t-il en la saisissant par le bras.

— Il n'en est pas question ! protesta sa grand-mère en se hissant hors de son fauteuil. Qu'est-il arrivé à Maurice Cartarette ? Ne me cachez rien, je suis sans doute plus apte que vous à faire face à une urgence. Qu'est-il arrivé à Maurice ? répéta-t-elle.

Mark, qui n'avait pas relâché Miss Kettle, lui répondit :

— Très bien, Gran'. Miss Kettle va tout nous raconter.

— Nous vous écoutons. Et si c'est aussi grave que semble le trahir votre apparence, Kettle, je propose de nous asseoir ! Que dis-tu, George ?

Son fils avait émis un son informe. Il s'empressa de hausser le ton :

— Mais oui, Mère, bien sûr !

Mark poussa une chaise vers Miss Kettle, qui, jambes flageolantes, s'y laissa choir avec un soupir de soulagement.

— Bon ! Abrégez : il est mort, n'est-ce pas, Kettle ?

— Oui, madame.

— Où ? voulut savoir George.

Miss Kettle le lui dit.

— Quand l'avez-vous découvert ? demanda Lady Lacklander.

— Tout à l'heure : je suis venue directement.

— Mais pourquoi ici, Kettle ? Pourquoi ne vous êtes-vous pas arrêtée à Uplands ?

— Il faut que j'annonce la nouvelle à Kitty, déclara Sir George.

— Il faut que je prévienne Rose ! s'exclama au même instant le Dr Mark.

— Kettle, vous avez parlé d'accident, intervint Lady Lacklander. Quelle sorte d'accident ?

— Il a été assassiné, madame.

À ce moment-là, elle pensa tout d'un coup que les trois Lacklander, bien que de trois générations différentes, se ressemblaient, du moins superficiellement. Mais si l'écartement des yeux et la largeur de la bouche, chez Lady Lacklander comme chez Mark, suggéraient une certaine générosité, ces traits semblaient ne trahir chez George qu'une grande naïveté.

— C'est pourquoi j'ai préféré me rendre chez vous.

— Vous voulez dire qu'il gît assassiné dans mon Pré du Bas ? aboya Sir George.

— C'est exactement cela, monsieur.

— Comment est-il mort ?

— Il semble avoir reçu des coups à la tête.

— Vous avez vérifié ?

— Évidemment.

Mark se tourna vers Sir George.

— Nous devons appeler le commissaire. Voulez-vous vous en charger, Père ? Je descends avec Miss Kettle. L'un d'entre nous ferait mieux de rester ici jusqu'à l'arrivée de la police. Si vous ne pouvez le joindre, téléphonez au brigadier Oliphant, de Chyning.

Sir George se caressa la moustache.

— Je crois savoir quelles responsabilités j'ai à prendre, Mark.

— George ! Assez de manières ! explosa Lady Lacklander. Ce garçon a raison... Et maintenant, reprit-elle tandis que son fils, écarlate et penaud, se dirigeait vers l'appareil, occupons-nous de Rose et de sa femme.

— Gran'... commença Mark, mais Lady Lacklander l'arrêta d'un impérieux geste de la main.

— Oui, oui, je me doute que tu veux toi-même le dire à Rose, Mark, mais, à mon avis, tu aurais tout intérêt à me laisser les voir ensemble d'abord. J'y resterai jusqu'à ce que tu m'y rejoignes. Demande la voiture.

Mark appuya sur le bouton de la sonnette.

— Inutile d'attendre, conclut Lady Lacklander. Emmène Miss Kettle avec toi... Kettle, nous vous remercions de votre initiative. Préférez-vous m'accompagner, ou repartir avec mon petit-fils ?

— Je vais suivre le docteur, madame. Ayant découvert le cadavre, je serai probablement obligée de faire une déposition.

Elle s'était déplacée vers la porte, quand la voix de Lady Lacklander lui coupa son élan :

— Quant à moi, ayant été la dernière personne à parler avec lui, je suppose que l'on m'interrogera aussi.

Dans le salon de Hammer Farm, l'assemblée était incongrue. Kitty Cartarette, Mark Lacklander et Miss Kettle attendaient que Lady Lacklander revînt du bureau du colonel, où elle se trouvait en compagnie de Rose. Elle était arrivée la première à Hammer Farm, son chauffeur l'y avait déposée pendant que Mark et Miss Kettle redescendaient dans la vallée, et que George avertissait la police de Chyning. George, s'étant rappelé qu'il était juge de paix, devait être en conférence téléphonique avec ses confrères de la cour.

C'était donc à Lady Lacklander qu'avait échoué la tâche d'apprendre le drame à Kitty. Elle avait trouvé cette dernière, toujours en pantalon moulant noir et pull orange, dans le salon. Au cours de ses innombrables périples de femme de diplomate, Lady Lacklander avait eu l'occasion de rencontrer les femmes les plus excentriques ; elle connaissait bien les tactiques de celles qu'elle aimait baptiser « petites aventurières ». En ce qui concernait Kitty Cartarette, elle avait des idées très arrêtées. Elle était prête, néanmoins, à lui accorder certaines qualités, dans la mesure où celle-ci donnerait à penser qu'elle en possédait.

— Ma chère, avait commencé Lady Lacklander, je suis porteuse de mauvaises nouvelles.

Remarquant l'air affolé de la jeune femme, elle avait tout de suite songé que Kitty la soupçonnait de vouloir lui parler de sa liaison avec George.

— Ah ? Quelles nouvelles, je vous prie ?

— C'est au sujet de Maurice.

Lady Lacklander avait patienté une seconde, puis poursuivi :

— Je crains que ce ne soit grave...

Kitty l'avait dévisagée, les yeux ronds.

— Mort ? Maurice, mort ? Comme cela se peut-il ? Il est descendu pêcher, et je suis sûre qu'il est passé par le pub... Comment peut-il être mort ? avait-elle répété, tandis que ses mains aux ongles laqués se mettaient à trembler.

Lady Lacklander avait achevé son récit, pendant que Kitty, secouée de sanglots, se tordait les doigts. Tête détournée, elle avait arpenté la pièce de long en large (la démarche toujours aussi provocante, constata Lady Lacklander) et fini par s'arrêter devant un plateau sur une petite table pour se verser à boire.

— Voilà une excellente initiative ! avait approuvé Lady Lacklander.

Kitty s'était empressée de lui proposer quelque chose, mais elle avait refusé catégoriquement, tout en se disant que cette femme manquait singulièrement d'éducation. Comment la supporterait-elle, si George venait à l'épouser ?

À cet instant précis, Miss Kettle et Mark étaient apparus devant une porte-fenêtre. Lady Lacklander avait agité la main.

— Voici mon petit-fils et l'infirmière. Vous permettez qu'ils entrent ? Ce serait mieux, non ?

— Heu... oui, bien sûr. Si vous voulez.

Lady Lacklander s'était péniblement extirpée de son fauteuil pour aller leur ouvrir.

— Le brigadier Oliphant est sur les lieux, avait murmuré Mark. Ils vont contacter Scotland Yard. Rose est-elle... ?

— Pas encore. Elle est quelque part dans le jardin.

Mark s'était approché de Kitty et adressé à elle d'un ton calme mais ferme que sa grand-mère avait admiré. Kitty, vaincue, s'était assise docilement. Miss Kettle s'était avancée et lui avait pris son verre vide. Une voix claire et charmante s'était élevée dans le hall.

— *Allez-y, Allez-vous-en, la Mort, Et sous un cyprès...*

Mark avait pivoté sur ses talons.

— Je viendrai te chercher quand elle te réclamera, lui avait promis Lady Lacklander.

D'un mouvement étonnamment leste pour son âge et sa corpulence, elle avait disparu dans le vestibule. Le refrain s'était tu, la porte s'était refermée.

Les hoquets de Kitty Cartarette s'étaient considérablement espacés.

— Excusez-moi, marmonna-t-elle en portant son regard de Miss Kettle à Mark. C'est le choc.

— Mais bien sûr, répondit l'infirmière.

— J'ai vraiment du mal à le croire. Pas vous ?

— Oui, marmonna Mark.

— C'est tellement bizarre... Maurice !... Qu'est-ce que c'est que cette histoire d'assassinat ?

— Je crains malheureusement qu'il ne s'agisse bel et bien d'un meurtre.

— Ah, oui, j'oubliais : vous l'avez vu, et vous êtes médecin.

Son menton trembla. Elle le frotta du revers de la main. Une traînée de rouge sillonnait sa joue. Le fait qu'elle ne s'en fût pas aperçue était la preuve de sa détresse.

— Non, non ! Ce n'est pas possible. Je ne peux pas le croire. Nous l'avons vu, en bas, à la pêche.

Puis, soudain, elle demanda :

— Où est George ?

Miss Kettle vit que Mark se raidissait.

— Mon père ?

— Ah, oui, c'est vrai... C'est votre père. Je n'y pensais plus. C'est idiot.

— Il s'occupe d'une ou deux démarches indispensables : il a fallu prévenir la police tout de suite.

— George est allé chercher la police ?

— Il a téléphoné. Il viendra ici dès que possible, je crois.

— Oui. Je suppose que oui.

Miss Kettle vit le fils de George pincer les lèvres. À ce moment précis, l'intéressé entra, et le groupe fut encore plus mal assorti.

Miss Kettle avait le don de se fondre dans le décor dès qu'elle ne jugeait plus sa présence indispensable. Elle entreprit donc d'exercer ce talent en se dirigeant vers la porte-fenêtre pour sortir sur la terrasse et aller s'asseoir sur un banc, face à la vallée. Mark, qui l'aurait sans doute volontiers suivie, demeura sur place. Son père, extraordinairement séduisant et plutôt intimidé, se précipita vers Kitty. Celle-ci répéta ce geste qui avait tant choqué Mark, tendant sa main gauche, que Sir George effleura d'un baiser. Il exhalait un mélange de déférence, de désarroi et de dévotion.

— Ma très chère Kitty, attaqua-t-il d'une voix de circonstance. Je suis navré. Désolé. Que dire ? Que faire ?

Apparemment, il en avait déjà dit, ou fait, plus que tous les autres, pour la consoler, car elle parut se ressaisir aussitôt. Elle le regarda droit dans les yeux.

— Comme c'est gentil à vous d'être venu.

Ils s'assirent côte à côte, George lui tapotant les mains. Apercevant son fils, il lui dit qu'il lui parlerait dans un moment. Mark s'apprêtait à se réfugier dehors, lorsque la porte s'ouvrit, laissant apparaître la tête de Lady Lacklander.

— Mark ?...

Il la rejoignit dans le hall.

— Dans le bureau...

Un instant plus tard, il y enlaçait Rose, en larmes.

— Ne faites pas attention à moi, dit Lady Lacklander. Je vais appeler New Scotland Yard. Ton père me dit qu'ils sont avertis, mais j'aimerais qu'ils nous envoient le fils d'Helena Alleyn.

Mark cessa momentanément d'embrasser la chevelure de Rose.

— Vous voulez dire l'inspecteur principal Alleyn, Gran' ?

— Je ne sais pas quel est son titre, mais il y a vingt-cinq ans, quand il a quitté la Branche Spéciale pour devenir détective, c'était un garçon charmant. Allô ? Le central ? Ici Hermione, Lady Lacklander... Passez-moi New Scotland Yard, Londres. C'est extrêmement urgent. Il s'agit d'un meurtre... Oui, oui, d'un meurtre. Je vous serais reconnaissante de m'établir immédiatement la communication... J'aime mieux traiter avec un gentleman, ajouta-t-elle à l'intention de Mark.

Ce dernier avait entraîné Rose vers un fauteuil. Agenouillé devant elle, il essuyait avec douceur ses larmes.

— Allô ? New Scotland Yard ? Oui, ici Hermione, Lady Lacklander. Je voudrais parler à M. Roderick Alleyn. S'il n'est pas dans les parages, vous savez probablement où il peut être contacté. Je ne connais pas son titre...

Elle poursuivit de son ton net et sûr de douairière aristocrate. Mark tapota les yeux de Rose.

Son père, seul dans le salon avec Kitty, s'agitait :

— Je suis navré que vous soyez si bouleversée, Kit.

— C'est le choc, sûrement... Je suis beaucoup plus fragile que vous ne l'imaginez, ajouta-t-elle, sans rancœur. Oh ! Je sais ce qu'ils pensent de moi, tous. Peut-être pas vous, mais les autres. Ils vont dire que je suis triste pour la forme. Je ne suis pas des leurs, George.

— Taisez-vous, Kit. Taisez-vous, écoutez-moi... Il

faut que je vous demande... Si vous pouviez seulement chercher... vous savez bien... cette... Enfin, si on retrouvait...

Mais elle était ailleurs.

— C'est affreux de parler de cela maintenant, Kitty, insista-t-il, mais... mais les conséquences sont telles, que... Je sais que vous me comprendrez.

— Oui, d'accord. Très bien... Mais laissez-moi *réfléchir* !

Miss Kettle, sur son banc, fut tirée de ses réflexions par quelques gouttes de pluie.

— Il va y avoir de l'orage...

Sachant que sa présence ne serait pas mieux appréciée dans le salon que dans le bureau, elle décida d'aller s'abriter dans le hall. Elle était à peine entrée, quand l'orage éclata sur la vallée du Chyne.

Alleyn et Fox avaient travaillé fort tard sur une fastidieuse affaire de détournement de fonds. À vingt et une heures quarante-huit, Alleyn ferma le dossier d'un geste décidé.

— Ouf ! C'en est fini, soupira-t-il. Quel escroc ! J'espère qu'ils le condamneront au maximum. Venez donc avec moi boire un verre, Fox. Je suis célibataire en ce moment, et je m'ennuie. Troy et Rocky sont à la campagne. Alors ? Qu'en dites-vous ?

Fox se frotta le menton.

— Ma foi, monsieur Alleyn, l'idée me paraît bonne. J'accepte avec plaisir votre proposition.

— Tant mieux.

Alleyn embrassa d'un regard les murs de son bureau d'inspecteur principal à New Scotland Yard.

— Parfois, murmura-t-il, j'ai l'impression de découvrir pour la première fois ce qui m'entoure. C'est une sensation terrifiante. Allons-y !

Ils étaient à mi-chemin de la porte, quand le téléphone sonna.

— Oh ! Flûte ! marmonna Fox en revenant sur ses pas pour répondre. Bureau de l'inspecteur principal, bonsoir ! Heu... Oui, oui, il est là...

— Dites que je suis mort ! chuchota Alleyn.

Fox plaça sa main sur le combiné.

— C'est une certaine Lady Lacklander, de Swevenings...

— Lady *Lacklander* ? Juste ciel ! C'est la veuve de ce pauvre Sir Harold Lacklander ! Que lui arrive-t-il, je me le demande ?

— L'inspecteur Alleyn prend l'appel, annonça Fox, avant de lui tendre l'appareil.

Perché sur le bord de sa table, Alleyn colla le récepteur à son oreille et entendit une voix incisive :

— ... Je ne sais pas quel est son titre exact, je ne sais même pas s'il est dans vos couloirs, mais je vous serais vraiment reconnaissante de me retrouver M. Roderick Alleyn. Je suis Hermione, Lady Lacklander. Suis-je bien à New Scotland Yard ? M'avez-vous entendue ? Je veux parler à...

Alleyn s'annonça prudemment.

— Ah ! Pourquoi ne pas vous être exprimé plus tôt ?... Hermione Lacklander. Je ne vais pas perdre un temps précieux à me rappeler à votre bon souvenir. Vous êtes le fils d'Helena Alleyn, et je veux vous arracher une promesse. Un de mes amis vient d'être assassiné. Le commissariat local réclame vos hommes en renfort. Je souhaiterais que vous vous occupiez personnellement de cette affaire. Je pense que c'est possible ?

Maîtrisant sa surprise, Alleyn répliqua :

— Je crains de ne pouvoir accepter la mission que si le sous-préfet me la confie.

— Qui est-ce ?

Alleyn le lui dit.

— Passez-le-moi !

Un second téléphone se mit à sonner, et Fox décrocha. Un instant plus tard, il leva une main pour attirer l'attention de son collègue.

— Un petit instant, je vous prie, Lady Lacklander...

Mais elle poursuivait, intarissable, aussi plaqua-t-il le combiné sur sa poitrine.

— Qu'y a-t-il, Fox ?

— Le bureau central, monsieur. Nous avons ordre de nous rendre à Swevenings. Homicide.

— Les ânes ! Nous ?

— Nous.

Alleyn reprit son propre appareil.

— Lady Lacklander ? Il semble que je sois chargé de l'affaire.

— J'en suis heureuse. Je vous conseille de vous y mettre rapidement. À plus tard ! conclut-elle d'un ton redevenu mondain, avant de raccrocher.

Pendant ce temps, de son côté, Fox avait pris des notes.

— J'en ferai part à M. Alleyn. Oui, oui... Très bien. Je le lui dirai. Merci.

Il raccrocha à son tour.

— Un certain colonel Cartarette. Nous devons aller dans un village appelé Chyning, dans le Barfordshire, où nous attend le brigadier local. Nous en avons pour deux heures. Tout est prêt en bas.

Alleyn avait rassemblé ses affaires, chapeau, manteau et mallette. Fox suivit son exemple, et ensemble, ils descendirent.

La nuit était chaude et immobile. Les éclairs sillonnaient le ciel au-dessus de l'East End. L'air empestait le pétrole et la poussière.

— Nous devrions nous joindre à la police fluviale, grommela Alleyn. Nous serions plus au frais.

Une voiture les attendait devant l'immeuble : les brigadiers Bailey et Thompson étaient déjà à bord. Comme ils quittaient le Yard, Big Ben sonna vingt-deux heures.

— C'est une femme remarquable, expliqua Alleyn. Une turbine à la place du cerveau, un tonneau en guise de corps. Ma mère, qui n'est pourtant pas impressionnable, a toujours été terrifiée par Hermione Lacklander.

— Vraiment, monsieur Alleyn ? Son mari est mort récemment, il me semble ?

— Parfaitement. Il y a vingt-cinq ans, il fut l'un de mes grands chefs blancs des services diplomatiques. Un type sérieux... Il aurait pu aller encore plus loin. Mais déjà à cette époque, elle n'était pas de tout repos. Quel est son rôle dans cette histoire ? Quelle *est* l'histoire, à propos ?

— Un certain colonel Maurice Cartarette a été retrouvé mort, le crâne défoncé, au bord d'un ruisseau à truites. Le commissaire régional s'est adressé à nous, car il prétend être surchargé pour cause de visite royale à Siminster. Il paraît que de toute façon, même en temps normal, il manque de personnel.

— Qui l'a retrouvé ?

— L'infirmière du comté. Il y a une heure environ.

— Vous m'en direz tant, murmura Alleyn, après un bref silence. Je me demande en quel honneur cette femme s'est accrochée à mon nom.

— À mon avis, elle voulait avoir affaire à quelqu'un de sa classe.

— Vous croyez ? répondit Alleyn distraitement. Avant la guerre, son mari était chargé d'affaires à Zlomce. Je me rappelle que la Branche Spéciale a dû intervenir, à cette époque. Il y avait eu une bavure : un message décodé, suivi du suicide du bonhomme en question. Il était soupçonné d'avoir été de mèche avec des agents allemands connus. J'appartenais à la Branche Spéciale, en ce temps-là, et je me suis beaucoup occupé de tout cela. Peut-être la douairière a-t-elle envie de ruminer quelques souvenirs ? Ou peut-être dirige-t-elle tout simplement Swevenings, colonels refroidis et *tutti quanti*, avec cette même virtuosité qu'elle déployait pour conduire la vie mondaine de son mari ? Connaissez-vous Swevenings, mon cher Fox ?

— Pas du tout, monsieur.

— J'y suis allé avec Troy, qui y a peint pendant une semaine, il y a un ou deux étés de cela. C'est superficiellement joli et fondamentalement beau. Bucolique à souhait ; mais promenez-vous après la tombée de la nuit, et tout est possible. C'est un des lieux les plus anciens de toute l'Angleterre. « Swevenings » signifie : rêves. Plusieurs batailles s'y sont déroulées, notamment durant la rébellion de Bolingbroke, puis durant les guerres civiles. Le colonel n'est pas le premier soldat à verser son sang à Swevenings.

Ils roulèrent pendant un long moment dans un silence entrecoupé par intervalles de propos décousus comme peuvent en échanger deux vieux complices.

— Nous allons à la rencontre d'un orage, annonça tout d'un coup Alleyn.

D'énormes gouttes s'écrasèrent sur le pare-brise, bientôt suivies d'une averse violente.

— Un temps sympathique pour le travail sur le terrain, marmonna Fox.

— C'est sans doute local. Encore que... Mais non ! Ma foi, nous y sommes presque. Voici Chyning. Chyning... je crois que cela veut dire « bâillement ».

— Rêves, bâillements... Drôle d'endroit ! De quelle langue s'agit-il, à votre avis ?

— C'est de l'anglais de Chaucer, mais ne comptez pas sur moi pour la traduction. Toute la région a été surnommée Vale de Traunce ou « des méditations ». C'est pittoresque, mais c'est ainsi. Voilà la lumière bleue !

L'air était plus frais. La pluie battait sur les toits, cascadait le long des murs. Alleyn précéda ses collègues jusqu'au bâtiment typique des commissariats régionaux, où ils furent accueillis par un brigadier aux cheveux couleur de sable.

— Inspecteur principal Alleyn, monsieur ? Brigadier Oliphant. Très heureux de vous voir, monsieur.

Alleyn fit les présentations, et il y eut un échange solennel de poignées de main, suivi d'une rengaine devenue courante dans les forces de la police depuis quelques années :

— Nous manquons d'hommes. Dès que survient une affaire de cette envergure, nous ne savons plus vers qui nous tourner. Le commissaire m'a dit : « Qu'est-ce qu'on peut faire, Oliphant ? Si l'on prend ceux de Siminster, pourrons-nous conclure l'enquête ? » J'ai été obligé de lui répondre que non, monsieur Alleyn.

— Tssst ! fit Fox.

— Parfaitement, monsieur Fox ! enchaîna Oliphant. Quand on n'a pas les hommes, à quoi bon foncer ? J'ai laissé mon unique gendarme auprès du corps, ce qui réduit mon équipe à moi-même. Nous y allons, monsieur Alleyn ? C'est un peu humide, malheureusement.

Alleyn et Fox accompagnèrent Oliphant dans son véhicule, tandis que Bailey, Thompson et le chauffeur du Yard les suivaient. Sur le chemin, le brigadier Oliphant fit un compte rendu concis. Sir George Lacklander avait appelé Sir James Punston, commissaire, lequel avait à son tour appelé Oliphant, sur le coup de vingt et une heures. Oliphant et son agent s'étaient aussitôt rendus dans le Pré du Bas, où ils avaient trouvé le Dr Mark Lacklander, Miss Kettle l'infirmière et le cadavre du colonel. Ils avaient pris la déposition de Miss Kettle et lui avaient demandé de se tenir à leur disposition. Le Dr Lacklander, qui, en présence d'Oliphant, avait procédé à un rapide examen du défunt, était ensuite parti annoncer la terrible nouvelle à la famille, emmenant Miss Kettle avec lui. Le brigadier était retourné à Chyning transmettre son rapport au commissaire, lequel avait décidé de s'adresser au Yard. Son assistant veillait sur le colonel en compagnie du chien de ce dernier, la pauvre bête ayant résisté avec vigueur à toute tentative d'éloignement.

— Avez-vous une opinion sur cette affaire, Oliphant ? lui demanda Alleyn.

La question était pleine de tact, et le brigadier en fut flatté.

— Pas exactement, monsieur. Je n'irai pas jusque-là. Cependant, j'ai fait très attention de ne rien bouger. Il est sur une parcelle de galets entourée de saules en demi-lune et protégé, sur la moitié ouverte, par le cours d'eau. Il est étendu sur le côté droit, plus ou moins enroulé sur lui-même comme s'il s'était agenouillé avant de tomber. Sa casquette lui recouvrait le visage. Miss Kettle l'a ôtée lorsqu'elle a découvert le cadavre, ainsi que le Dr Lacklander quand il a voulu examiner la plaie à la tempe gauche. Une vilaine plaie, précisa-t-il, se décontractant imperceptiblement. Entourée, d'après le médecin, de larges fractures. Mon assistant en a eu des haut-le-cœur, lui dont l'expérience se borne à l'ivrognerie et au tapage nocturne.

Alleyn et Fox ayant ricané comme il convenait, le policier enchaîna :

— Avec nos lampes de poche, nous n'avons pas relevé la moindre trace d'arme. Mais nous n'avons pas trop insisté : nous ne voulions pas risquer de brouiller les pistes à force de piétiner.

— Admirable, décréta Alleyn.

— Nous nous sommes contentés de suivre la règle, n'est-ce pas, monsieur ?

— Vous n'avez rien remarqué d'autre ?

Alleyn faisait plus preuve de gentillesse que de curiosité, pourtant la réaction du brigadier le surprit.

— Si je n'ai rien remarqué ? Mon Dieu ! Que si ! Dites-moi, monsieur, aimez-vous la pêche à la ligne ?

— Plus ou moins. Il m'arrive de pratiquer ce sport, oui. Pourquoi ?

— Écoutez-moi bien, ordonna Oliphant, oubliant d'un seul coup son rôle officiel. Il y a dans le Chyne une énorme truite de plusieurs kilos, de quoi vous écœurer... Une truite rusée s'il en existe, méfiante, arrogante... Parfois, elle surgit tel un monstre, poursuivit-il en appuyant sur l'accélérateur pour gravir Watt's Hill. Et clac ! Elle mord à l'hameçon... Mais ce n'est arrivé qu'à trois reprises. La dernière, pas plus tard qu'il y a quinze jours, et l'heureux pêcheur était justement notre défunt... Le crochet est resté coincé dans la mandibule du poisson. Une autre fois, c'est Sir Harold Lacklander, récemment décédé lui aussi, qui l'a perdue pour l'avoir trop taquinée... Et ce soir, CE SOIR, s'écria-t-il, pour la troisième et dernière fois, La Vieille a mordu... pour de bon ! Elle gisait près du cadavre. C'était bien elle, ou je ne m'appelle plus Oliphant. Belle fin pour le colonel, tout de même.

Ils avaient emprunté Watt's Lane, étaient descendus dans la vallée et avaient remonté l'autre versant, fendant une pluie battante pour atteindre le village. Oliphant gara son véhicule en face de *L'Âne tranquille*. Une silhouette en ciré et chapeau de tweed se tenait dans l'entrée éclairée.

— Le commissaire, monsieur. Sir James Punston. Il m'avait promis de venir jusqu'ici vous rencontrer.

Traversant la route, Alleyn alla se présenter. Le commissaire était un homme impressionnant, aux traits burinés. Il avait officié autrefois aux Indes.

— J'ai pensé qu'il était mieux de venir, déclara Sir James, voir de quoi il retournait. Sale affaire. Ce Cartarette était un type charmant. Je n'imagine pas qui a pu vouloir sa peau ; vous nous le direz, je suppose. J'y vais avec vous. Mauvais temps, n'est-ce pas ?

La voiture du Yard s'était arrêtée derrière celle d'Oliphant. Bailey, Thompson et le chauffeur en descendirent et déchargèrent leur matériel avec cette économie de gestes caractéristique d'une longue habitude. Les deux groupes se rejoignirent enfin et, menés par le commissaire, gravirent un monticule, puis suivirent un sentier rocailleux et détrempé. Leurs lampes balayaient ajoncs et rideau de pluie.

— Nous sommes sur le Sentier du Ruisseau, expliqua le commissaire. Il traverse le domaine de Nunspardon et débouche au pied de Bottom Bridge, de l'autre côté duquel est notre mort. Il paraît que la douairière vous a appelé.

— En effet, acquiesça Alleyn.

— Heureusement qu'ils avaient décidé de vous envoyer de toute façon : sans quoi, elle aurait remué ciel et terre pour vous avoir.

— Je ne comprends pas où elle vient se placer dans cette histoire.

— Nulle part, en vérité. Elle a simplement décidé, dès son arrivée à Nunspardon, de mener à la baguette Chyning et Swevenings... Les gens ne semblent pas en prendre ombrage. Ce doit être la survie de l'instinct féodal... Ce n'est pas inhabituel, en ces lieux retranchés. Swevenings est particulièrement isolé, et Hermione, Lady Lacklander, les tient tous dans sa poche.

Tandis qu'ils se laissaient glisser le long de la colline boueuse, Sir James continua son exposé par une description de la famille Cartarette ainsi que de leurs voisins, usant d'une verve exceptionnelle pour parachever son portrait de Lady Lacklander.

— Ici, tout le monde connaît tout le monde, chacun sait ce qui se passe chez l'autre. Les Lacklander, les Phinn, les Syce, les Cartarette vivent dans leurs demeures respectives depuis des générations. Ils sont tous amis intimes, bien que l'on puisse constater, depuis quelques années, un rafraîchissement des relations entre les Lacklander et ce cher Occy Phinn. D'ailleurs, à y réfléchir, il me semble bien que Maurice Cartarette s'est brouillé lui aussi avec Phinn, à propos d'un problème de pêche. Évidemment, Occy est un peu siphonné. Il se dispute avec tout un chacun. Cartarette, en revanche, était un homme fort agréable. D'une courtoisie irréprochable, un peu compassé peut-être, surtout avec ceux qu'il n'aimait pas ou avec lesquels il s'était querellé. Mais il ne cherchait noise à personne. Au contraire. J'ai toujours entendu dire, à propos, que Cartarette et cet imbécile de George

Lacklander se regardaient en chiens de faïence. Enfin !... Bref... Voici notre pont.

Comme ils le traversaient, ils entendirent la pluie battre la surface de l'eau. Parvenus au bout, leurs pieds s'enfoncèrent dans la boue. Ils prirent un chemin sur leur gauche : les chaussures d'Alleyn se remplirent d'eau, une cascade dévala du bord de son chapeau.

— Quel sale temps ! marmonna le commissaire. Le terrain sera impossible à examiner.

Une branche de saule mouillée fouetta le visage d'Alleyn. Au sommet de la colline, sur leur droite, ils pouvaient apercevoir les fenêtres éclairées de trois maisons. Un peu plus loin, cependant, les arbres les masquèrent.

— Les gens qui habitent là-haut peuvent-ils voir cet endroit ? demanda Alleyn.

— Non, monsieur, répliqua le brigadier Oliphant. Leurs propres bosquets, et ces saules, les en empêchent. Ils aperçoivent la bande de l'autre côté, au-dessus du pont, et un tout petit peu plus bas.

— C'est la propriété de M. Danberry-Phinn, non ? s'enquit le commissaire. Juste au-dessus du pont ?

— M. *Danberry*-Phinn ? répéta Alleyn.

— M. Octavius Danberry-Phinn, pour être précis. Mais il est permis de se dispenser du « Danberry ». C'est l'excentrique dont je vous parlais. Il habite la maison du haut. À Swevenings, nous n'avons pas d'idiot du village. Mais nous avons un vieux monsieur farfelu. C'est nettement plus chic, observa Sir James d'un ton acide.

— Danberry-Phinn, dit Alleyn. N'y a-t-il aucune relation avec les Lacklander ?

— Les deux hommes sont de Swevenings, bien sûr, répliqua brièvement Sir James.

Sa voix s'estompa, tandis qu'il s'enfonçait dans un bouquet de roseaux. Non loin de là, un chien hurla, et une voix d'homme s'insurgea :

— Ça va ! Tais-toi !

Une lumière dansa devant eux.

— Nous y sommes ! s'écria Sir James. C'est vous, Gripper ?

— Oui, monsieur.

Un agent apparut dans la lueur de leurs torches.

— Le chien pleure toujours, murmura le brigadier.

— Pour ça, oui alors, monsieur Oliphant ! Je l'ai attaché.

Il éclaira Skip, lié par un mouchoir à une branche de saule pleureur.

— Salut, mon vieux ! dit Alleyn.

Tous s'écartèrent afin qu'il pût se rapprocher du cadavre.

— Il faut vous pencher un peu, monsieur, lui recommanda le policier de garde.

Alleyn distingua enfin la masse sombre.

— Nous l'avons recouvert de bâches dès que nous avons senti arriver la pluie.

— Très bien.

— ... Nous avons aussi protégé le terrain tout autour, du mieux que nous pouvions. Avec des briques et quelques planches récupérées dans l'abri à bateaux, là-bas. Mais je crains que l'eau n'y ait coulé malgré tout.

— Ce n'est pas grave, vous avez fait votre possible. Je crois qu'avant de nous approcher encore, nous allons prendre les photos. Bailey, venez par ici ! Débrouillez-vous comme vous pouvez. Photographiez-le tel quel, puis découvert. N'omettez pas les détails, au cas où ils seraient effacés d'ici demain... Mais je crois bien que le temps se lève !

Ils tendirent tous l'oreille. La campagne était dégoulinante, mais la pluie avait cessé, et lorsque Bailey eut installé son appareil, une lune timide s'était levée. Quand il eut épuisé sa dernière pellicule, Alleyn vint sur la pointe des pieds jusqu'au cadavre et se pencha sur la tête, illuminant la tempe défoncée.

— Un instrument pointu ? s'enquit Fox.

— C'est un gros trou, en fait. Mais quelle a été l'arme du crime ? Impossible encore de le déterminer.

Quittant le visage du mort, il éclaira, près des mains du colonel Cartarette, une tache scintillante.

— C'est La Vieille...

Le commissaire et le brigadier Oliphant, surexcités, confirmèrent cette constatation. Alleyn revint sur les mains ; l'une d'elles serrait une lanière verte.

— De l'herbe. Il s'apprêtait à y envelopper sa truite. Voilà son couteau... et là, son panier.

— C'est ce que nous avons pensé, monsieur.

— Impressionnant, ce poisson, non ? intervint le commissaire avec une note d'envie.

— Comment la surface était-elle avant la pluie ? demanda Alleyn.

— Eh bien, monsieur... comme vous pouvez le voir, ce sont des galets. Sous les saules, la terre était sèche... Nous avons relevé ce que nous avons supposé être les traces de pas du défunt, sur la rive, plus molle, à l'endroit où il s'était mis pour pêcher, ainsi que là où il est tombé. Malheureusement, nous n'avons rien vu d'autre et n'avons pas osé insister, de peur d'effacer le peu dont nous disposions.

— Vous avez eu raison. À votre avis, va-t-il pleuvoir de nouveau d'ici le matin ?

Les trois hommes du comté reculèrent jusqu'au pré pour observer le ciel.

— D'après moi, c'est fini, monsieur, prétendit le brigadier.

— Tout va bien ! proclama l'agent.

— Ça s'éclaircit, promit Sir James Punston.

— Brigadier, recouvrez tout et surveillez l'endroit jusqu'au lever du soleil. Avons-nous des indices concernant les heures ? Quelqu'un est-il passé par ici ?

— Miss Kettle, monsieur, c'est elle qui l'a trouvé. Et le jeune Dr Lacklander, qui est revenu avec elle examiner le mort : lui affirme qu'il est venu par là et qu'il a traversé le pont un peu plus tôt dans la soirée. Nous n'avons parlé à personne d'autre, monsieur.

— Le ruisseau est-il profond, ici ? voulut savoir Alleyn.

— Environ un mètre cinquante, répondit Oliphant.

— Vraiment ? Et il gît sur le côté droit, parallèlement et face au cours d'eau. À moins d'un mètre du bord. La tête pointant vers l'aval, les pieds vers le pont. Quant à la truite, elle est tout au bord, près de l'herbe qu'il coupait pour l'en envelopper. Et la plaie est sur la tempe gauche. Si je comprends bien, il était accroupi à moins d'un mètre du bord et allait entourer d'herbe sa proie. Bien... Et si, comme je peux en juger par les marques de talons près de ses pieds, il est tombé dans la position qu'a maintenue le corps, de deux choses l'une... Fox ?

— Soit il a été frappé par un gaucher se tenant derrière lui, soit il a été frappé par quelqu'un devant lui, à un mètre au moins de distance.

— Ce qui placerait l'assaillant dans le ruisseau, compléta Alleyn. Au fond, ce n'est peut-être pas si absurde que cela. Bon. Continuons. Ensuite ?

Le commissaire, qui s'était réfugié dans un silence songeur, intervint :

— Je pense que d'éventuels témoins vous attendent à Hammer Farm. C'est la maison des Cartarette, là-haut sur Watt's Hill. Si vous voulez bien m'excuser, Alleyn, je ne vous y accompagnerai pas. Cela ne servirait à rien. Si vous avez besoin de moi, je suis à dix kilomètres, à Tourets. Je serai enchanté de vous rendre service, mais je pense que vous préférez travailler en toute tranquillité. À votre place, c'est ce que je voudrais, en tout cas. À propos, j'ai prévenu, à *L'Âne tranquille*, que vous aurez besoin de lits pour ce qui reste de la nuit. Une chambre est prête pour vous en haut de l'escalier. Ils vous prépareront un petit déjeuner à l'aube si vous leur laissez un petit mot. Dormez bien !

Il disparut sans accorder à Alleyn le loisir de le remercier.

Le brigadier leur servant de guide, Alleyn et Fox partirent pour Hammer Farm. Alleyn avait réussi à persuader Skip de les y suivre, et après deux ou trois faux départs éplorés, il finit par leur emboîter le pas. Soudain, Oliphant qui menait le cortège émit un juron.

— Qu'y a-t-il ? demanda Alleyn.

— Seigneur ! J'ai cru que quelqu'un m'observait ! Seigneur ! Vous avez vu ça ?

Sa lampe de poche s'attarda sur des feuilles de saule détrempées, d'où les fixait une paire de disques lumineux.

— Touche de surréalisme dans le Pré du Bas, murmura Alleyn, amusé.

C'était une paire de lunettes, prisonnières d'une branche.

— Cueillons ce fruit avec toutes les précautions d'usage, conseilla-t-il en l'enveloppant dans son mouchoir.

La lune inondait de ses rayons le Pré du Bas, à présent, créant des ombres mystérieuses sur l'abri à bateaux. Le paysage était romantique à souhait, digne d'une gravure sur bois.

Ils grimpèrent le long du Sentier du Ruisseau jusqu'au sommet de Watt's Hill. Skip se mit brusquement à gémir en remuant la queue. La cause de son excitation apparut bientôt sous la forme d'une grosse chatte, installée au beau milieu du chemin, en pleine toilette. Skip s'assit en lâchant une sorte de râle. Thomasina Twitchett (car c'était elle) lui jeta un regard indifférent et se roula sur le dos, aux pieds d'Alleyn, en ronronnant. Alleyn aimait les chats. Il s'accroupit, découvrit qu'elle avait envie de se faire porter. Il la ramassa. Elle le remercia d'un coup de museau affectueux.

— Vous, ma chère, vous avez mangé du poisson ! dit-il.

Il ne se doutait pas, à cet instant, de l'importance de cette découverte.

5

Hammer Farm

Comme ils se rapprochaient de Hammer Farm, Alleyn constata que les trois domaines du haut de Watt's Hill aboutissaient à des bosquets qui les séparaient de la partie basse de la colline et masquaient la vue sur le Chyne et Bottom Bridge. Le Sentier du Ruisseau remontait à travers les arbres pour se diviser en trois allées privées desservant les trois maisons. Le brigadier conduisit ses hôtes vers la première de celles-ci. Thomasina Twitchett bondit des bras d'Alleyn, et, le saluant d'un miaulement ambigu, disparut dans la nature.

— Encore une créature de M. Phinn, sans doute, dit Oliphant. Il est fou des chats, notre M. Phinn.

— Humm... murmura Alleyn, dont les doigts empestaient le poisson.

Ils émergèrent enfin devant une rangée de portes-fenêtres éclairées derrière leurs rideaux tirés.

— Ce n'est plus une ferme depuis belle lurette, expliqua le brigadier. Mais la dame l'a beaucoup arrangée.

Skip aboya et partit en avant. Un rideau s'ouvrit, et Mark Lacklander sortit sur la terrasse, suivi de Rose.

— Skip ? appela cette dernière. Skip ?

Il se jeta vers elle en gémissant. Secouée de sanglots, elle s'agenouilla devant le chien et le serra dans ses bras.

— Non, ma chérie, je vous en prie ! protesta Mark. Il est trempé, plein de boue. Laissez-le.

Alleyn, Fox et le brigadier Oliphant s'étaient immobilisés. Mark et Rose les aperçurent, éclairés par un rayon de lune, leurs cirés mouillés brillant dans la nuit, les bords de leurs chapeaux cachant leurs visages. Pendant un instant, personne ne bougea, personne ne parla. Puis, subitement, se découvrant, Alleyn s'avança. Rose se redressa, son peignoir maculé par les pattes sales de Skip.

— Miss Cartarette ? s'enquit-il. Nous sommes de New Scotland Yard. Je suis Alleyn, inspecteur principal.

Rose était une jeune femme fort bien élevée, et douée d'une dignité naturelle. Elle lui tendit la main et lui présenta Mark. Fox fut appelé, et le brigadier Oliphant resta poliment en arrière.

— Entrez, je vous en prie ! les invita Rose.

— Ma grand-mère est ici, monsieur Alleyn, ajouta Mark, ainsi que mon père, lequel avait prévenu la police locale.

— Miss Kettle aussi, j'espère ?

— Miss Kettle aussi.

— Épatant ! Nous entrons, Miss Cartarette ?

Alleyn et Fox se débarrassèrent de leurs manteaux et les abandonnèrent sur une chaise de jardin.

Rose les précéda dans le salon, où ils purent découvrir Lady Lacklander, formidable masse noire enfoncée dans un fauteuil. Alleyn remarqua qu'elle portait à un pied (d'une finesse étonnante) un ravissant escarpin, tandis que l'autre était chaussé d'une charentaise d'homme. Kitty Cartarette était vautrée sur un divan, une jambe moulée de velours noir glissant vers le sol, son éternel fume-cigarette entre les doigts, un verre dans sa main libre et un cendrier débordant de mégots à son coude. Il était visible qu'elle avait pleuré, mais elle avait pris la peine d'atténuer les ravages provoqués par ses larmes en se remaquillant vaguement, et, bien que tremblante, elle paraissait avoir repris ses esprits. Entre ces deux femmes bizarrement assorties se tenait, le dos à la cheminée, sirotant un whisky, l'élégant Sir George Lacklander. Et un peu à l'écart, parfaitement à l'aise, était assise Miss Kettle.

— Tiens ! Tiens ! s'exclama Lady Lacklander en s'emparant de sa lorgnette. Bonsoir à vous ! Vous êtes Roderick Alleyn, n'est-ce pas ? Nous ne nous sommes plus revus depuis que vous avez quitté les services diplomatiques, ce qui ne date pas d'hier, ni même d'avant-hier. Combien d'années cela fait-il ? Et comment se porte votre maman ?

— Plus longtemps que nous le voudrions et très bien, étant donné les circonstances, répondit-il en prenant dans la sienne sa main boursouflée comme un coussin à épingles.

— Étant donné les circonstances ? Quel âge a-t-elle ? Cinq ans de moins que moi, et je me porte à merveille ! Kitty, voici Roderick Alleyn : Mme Cartarette. Mon fils, George.

— Comment allez-vous ? l'accueillit celui-ci d'un ton glacial.

— ... Et voilà Miss Kettle, notre infirmière du district... Bonsoir, poursuivit-elle en fixant Fox.

— Bonsoir, madame, répondit-il, placide.

— Inspecteur Fox, annonça Alleyn.

— Bien. Que vous proposez-vous de faire de nous ? Prenez votre temps, je vous en prie.

Alleyn songea qu'il pouvait peut-être prendre son temps, mais qu'il devait surtout prendre l'affaire en mains. Cette douairière avait une idée derrière la tête. Il se tourna vers Kitty Cartarette.

— Je suis désolé de vous ennuyer avec cela maintenant, car j'imagine que vous avez subi un choc terrible. Dans un cas comme celui-ci, l'enquête de la police est une étape particulièrement désagréable. Cependant, si vous me le permettez, madame Cartarette, j'aimerais vous demander... je vous demande à tous, d'ailleurs, si vous avez la moindre opinion concernant ce drame.

Silence. Il dévisagea Kitty Cartarette, puis Rose, laquelle se tenait à l'autre bout de la pièce, aux côtés de Mark.

— Je n'arrive toujours pas à le croire, avoua Kitty. Tout cela me paraît tellement... invraisemblable !

— Et vous, Miss Cartarette ?

— Non. Non, je ne pense pas un instant que quelqu'un le connaissant ait eu envie de le tuer.

George Lacklander s'éclaircit la gorge. Alleyn lui jeta un coup d'œil.

— Je... heu... Je... heu... Personnellement, je crois que ce ne peut être que l'œuvre d'un clochard de passage. Un braconnier, peut-être. Je veux dire que... que tout ceci est incroyable.

— Je vois, murmura Alleyn. Question suivante : savons-nous qui a approché le colonel Cartarette, disons... dans les deux heures précédant le moment où l'a découvert Miss Kettle ? Si je ne me trompe, c'était aux alentours de vingt heures cinquante-cinq ?

— Parfaitement, acquiesça Lady Lacklander. Mais qu'entendez-vous par « approché » ?

— D'assez près pour le voir ou l'entendre.

— Moi, déclara-t-elle. Je lui avais fixé un rendez-vous pour vingt heures : il est arrivé avec vingt minutes d'avance. Notre rencontre a eu lieu sur la rive opposée à la saulaie où il a été retrouvé.

Fox, s'étant discrètement retiré derrière le piano, prenait des notes. Lady Lacklander lui tournait le dos, pourtant, elle sentit qu'il s'activait. Elle se déplaça dans son fauteuil pour l'observer, sans commentaire.

— C'est un début, au moins, concéda Alleyn. Nous y reviendrons plus tard, si vous le voulez bien. Quelqu'un a-t-il eu connaissance des mouvements du colonel Cartarette après cette réunion, laquelle a duré... Combien de temps, à votre avis, Lady Lacklander ?

— Oh... une dizaine de minutes. Je me rappelle avoir consulté ma montre une fois que Maurice Cartarette m'eut quittée. Il a retraversé Bottom Bridge. Il a tourné à gauche et a disparu parmi les saules. Il était dix-neuf heures cinquante et une, précisément. J'ai rangé mes affaires, et je les ai laissées là, pour que mon valet me les remporte à la maison. J'avais fait un peu d'aquarelle.

— Dix-neuf heures cinquante et une ? répéta Alleyn.

— Je ne l'ai pas vu, intervint Kitty, mais... Mais je ne devais pas être bien loin de lui, puisque je rentrais du terrain de golf. Je suis arrivée chez moi à vingt heures cinq, je m'en souviens.

— Le terrain de golf ?

— Celui de Nunspardon, expliqua George Lacklander. Mme Cartarette et moi-même avons joué ensemble ce soir, monsieur.

— Ah, oui. Le terrain qui s'étend au-dessus du ruisseau, sur le versant d'en face, c'est bien cela ?

— Oui, mais il se prolonge au-delà du sommet de la colline.

— Le second tee, ajouta Mark, domine la vallée.

— Je vois. Vous êtes passée par Bottom Bridge, madame Cartarette ?

— Oui. J'ai emprunté le Sentier du Ruisseau.

— N'aviez-vous pas une perspective sur la saulaie ?

Kitty appuya les paumes de ses mains sur ses tempes.

— Si, sans doute. Je ne pense pas qu'il s'y trouvait : je l'aurais sûrement aperçu. À vrai dire, je ne regardais pas vraiment par là. J'observais les hauteurs. Je cherchais à... je cherchais à repérer M. Phinn, conclut-elle après avoir observé George à la dérobée.

Dans le silence qui suivit, Alleyn eut la certitude que la méfiance des Lacklander était à son comble. Tous trois s'étaient raidis, sur le qui-vive.

— M. Danberry-Phinn ? Et l'avez-vous repéré ?

— Pas à ce moment-là, non. Il avait dû regagner sa demeure, ou partir se promener.

— Pêcher ? devina Alleyn.

— Oui.

— Braconner ! explosa George Lacklander. Oui, monsieur ! Braconner !

Mark et sa mère émirent de petits cris atterrés.

— Ah ? questionna Alleyn. Qu'est-ce qui vous permet de l'affirmer ?

— Nous l'avons vu. Non, Mère, j'insiste pour le dire. Nous l'avons vu, lorsque nous étions au second tee. Il me loue les eaux supérieures, au-dessus du pont, et Maurice Cartarette me loue... pardon, Kitty, me *louait* celles du bas. Et là... C'est insensé !... Il était là, sur son propre territoire, rive droite, jetant sa ligne et la laissant courir avec le courant, sous le pont, jusque dans les eaux de Cartarette !

Lady Lacklander ricana. George se tourna vers elle, stupéfait et scandalisé.

— Franchement ! Quelle audace ! proclama Mark.

— C'est honteux, renchérit George. Le geste était délibéré. Et son hameçon était dirigé vers le trou de La Vieille. Je l'ai vu, de mes propres yeux ! N'est-ce pas, Kitty ? Ce type ne mérite pas notre considération. Au contraire ! acheva-t-il avec une violence qui surprit et intrigua Alleyn.

— Quand ce déplorable incident a-t-il eu lieu ?

— Je n'en sais rien.

— À quelle heure avez-vous entamé votre partie ?

— À dix-huit heures trente. Non ! s'écria George, cramoisi. Non, un peu plus tard. Vers dix-neuf heures.

— Mais il n'était pas plus de dix-neuf heures quinze lorsque vous avez atteint le second tee ?

— Ce devait être à peu près cela.

— Quel est votre avis, madame Cartarette ?

— Oui, oui, ce devait être à peu près cela.

— M. Phinn vous a-t-il vus ?

— Pas lui. Trop occupé à braconner, grommela George.

— Pourquoi ne l'avez-vous pas pris sur le fait ? s'enquit Lady Lacklander.

— Je m'y apprêtais, mais Kitty a pensé qu'il valait mieux ne rien dire. Nous nous sommes éloignés, profondément dégoûtés.

— Je vous ai vus vous éloigner, déclara Lady Lacklander. Tu n'avais pas l'air particulièrement dégoûté, George.

Kitty arrondit la bouche pour protester, puis se ravisa, tandis que George était de plus en plus violacé.

— Ah, bien sûr ! s'exclama Alleyn. Vous étiez à votre aquarelle, n'est-ce pas, Lady Lacklander ? Où vous étiez-vous installée, exactement ?

— Dans un creux de la longueur de cette salle, sous le pont, rive gauche.

— Près d'un massif d'aulnes ?

— Vous êtes observateur. Parfaitement. J'ai vu mon fils et Mme Cartarette par intervalles, entre les arbres.

— Mais vous ne pouviez distinguer les activités de M. Phinn ?

— Pas moi. Mais quelqu'un...

— Oui, je vous prie ?

— Nul autre que ce pauvre Maurice Cartarette. Il l'a surpris en flagrant délit, et je peux vous dire que leur querelle a été violente.

Issus d'un autre milieu, les Lacklander auraient sûrement trahi les émotions qui devaient les submerger tous les trois. Car, en dépit d'une apparente impassibilité, Alleyn crut déceler chez Mark un certain soulagement plus que de la surprise, et, chez son père, un mélange de ces deux sentiments. Rose paraissait simplement contrariée, Kitty fixait le vide. Ce fut, contre toute attente, Miss Kettle qui prit la parole.

— Ce vieux poisson ! marmonna-t-elle. Que d'histoires pour une truite !

Alleyn se dit qu'il l'interrogerait la première lorsqu'il en viendrait aux entretiens en solo.

— Comment savez-vous qu'ils se sont disputés, Lady Lacklander ?

— Primo : je les ai entendus ; secundo : Maurice est venu me trouver tout de suite après qu'ils se furent séparés. Voilà comment je le sais, mon bon monsieur.

— Que s'est-il passé, au juste ?

— J'ai cru comprendre que Maurice Cartarette était descendu dans la vallée avec l'intention de pêcher un peu après notre rendez-vous. Émergeant de son bosquet, il a vu Occy Phinn en pleine action près du pont. Maurice s'est approché sur la pointe des pieds. Il a pris Occy la main dans le sac : il venait d'attraper La Vieille. Ils ne se sont pas rendu compte de ma présence, parce que j'étais dans mon creux, sur l'autre rive. Ma foi ! Je doute qu'ils auraient maîtrisé leur langue dans le cas contraire... Pour un peu, ils en seraient venus aux coups. Je les ai entendus trépigner sur le pont. Je me suis demandé si je devais me lever, telle une déesse obèse, pour aller les calmer, quand tout d'un coup Occy a hurlé que Maurice pouvait l'avoir, son poisson... et Maurice a répliqué qu'il ne voulait pas être vu mort avec cette bestiole entre les mains.

Une lueur horrifiée dansa brièvement dans les prunelles de Lady Lacklander, un peu comme s'ils s'étaient adressés à elle.

— Seulement voilà... Il a été vu mort avec cette bestiole entre les mains.

Elle agita le bras avant de poursuivre :

— Il y a eu un bruit sourd, comme si quelqu'un avait jeté un objet lourd et mouillé sur le sol. Maurice a promis que le scandale serait à la mesure du crime commis. Occy l'a menacé de faire mettre son chien à la fourrière pour avoir poursuivi *ses* chats. Ils se sont arrêtés là-dessus. Maurice s'est précipité vers moi, blême de rage. Occy, que je sache, est remonté, tout aussi furieux, à Jacob Cottage.

— Le colonel avait-il la truite avec lui ?

— Non. Je vous l'ai dit : il refusait d'y toucher. Il l'a abandonnée là, sur le pont. Je l'ai remarquée en rentrant à la maison. Elle y est peut-être encore.

— Elle gît près du colonel Cartarette, déclara Alleyn. Ma question est donc : qui l'y a déposée ?

Cette fois, le silence fut nettement plus pesant.

— Il a dû revenir la ramasser par la suite, murmura Mark, d'un ton sceptique.

— Non ! protesta Rose avec véhémence.

Tous se tournèrent vers elle. Son visage était sillonné de larmes, sa voix vibrait d'émotion. Depuis l'arrivée d'Alleyn, elle avait à peine prononcé un mot, et l'inspecteur s'était même demandé, à un moment, si elle les écoutait.

— Non ? s'enquit-il avec douceur.

— Il n'aurait pas fait ça, affirma-t-elle.

— C'est vrai, renchérit Kitty. Il n'était pas comme ça.

Elle étouffa un sanglot.

— Je suis désolé, intervint précipitamment Mark. Ce que j'ai dit est stupide. Vous avez raison, bien sûr. Le colonel n'était pas comme ça.

Rose le dévisagea d'un regard qui traduisit pour Alleyn toute l'intensité de leur relation. Ainsi donc, ils étaient amoureux... Quant au père, il convoitait la seconde Mme Cartarette. Le monde était bien petit, à Swevenings...

— Êtes-vous restée longtemps, après qu'il fut reparti ? demanda Alleyn à Lady Lacklander.

— Non. Nous avons bavardé une dizaine de minutes, puis Maurice a retraversé le pont, comme je vous l'ai dit, et s'est volatilisé dans la nature, sur la rive droite.

— Par quel chemin êtes-vous rentrée chez vous ?

— Je suis passée par le sentier menant directement au Petit Bois de Nunspardon.

— Pouviez-vous voir la saulaie ?

— Absolument. À mi-parcours, je me suis arrêtée pour reprendre mon souffle, et, en me retournant, j'ai vu Cartarette qui lançait sa ligne.

— Vers vingt heures.

— Vers vingt heures, oui.

— Vous aviez laissé votre attirail sur place, il me semble ?

— Oui.

— Qui est allé le chercher ?

— Un des domestiques. William, probablement.

— Non, Gran'. Non, c'est moi qui y suis allé.

— Toi, Mark ? Mais que fabriquais-tu...

Les mots moururent sur ses lèvres. Mark raconta brièvement qu'après une visite à un malade dans le village, il était allé jouer au tennis à Hammer Farm, et qu'il s'était attardé là-bas jusque vers vingt heures dix. Regagnant Nunspardon par le Sentier du Ruisseau, il avait distingué à l'approche de Bottom Bridge les affaires de sa grand-mère sur un monticule. Il les avait donc remontées au domaine, parvenant à destination juste à temps pour avertir William qu'il était inutile de redescendre. Alleyn lui demanda s'il avait remarqué une grosse truite sur le pont. Mark répondit que non, mais au même instant, sa mère vociféra :

— Tu as bien dû la voir, Mark ! Énorme, les yeux exorbités, là où Octavius Phinn l'avait jetée par terre. Sur le pont, mon garçon ! Tu as pratiquement dû lui marcher dessus !

— La Vieille n'était pas là. Je suis navré, Gran', mais elle n'y était pas quand je suis rentré à la maison.

— Madame Cartarette, reprit Alleyn, vous avez dû emprunter Bottom Bridge quelques minutes après le départ de Lady Lacklander, non ?

— C'est exact, répliqua Kitty. Nous l'avons vue s'enfoncer dans le Petit Bois de Nunspardon au moment où nous atteignions le second tee.

— Et Sir George a regagné à son tour son domicile par le Petit Bois, tandis que vous dévaliez la colline par le Sentier du Ruisseau.

— Oui, murmura-t-elle d'un ton las.

— Avez-vous vu cette truite extraordinaire sur la chaussée du pont ?

— Pas la moindre trace.

— Donc, entre dix-neuf heures cinquante et vingt heures dix, quelqu'un est venu prendre ce poisson et le porter jusqu'à la saulaie. Êtes-vous tous d'accord pour affirmer que le colonel Cartarette n'aurait pas changé d'avis à propos de la truite ?

George s'indigna : comment pouvait-il en être absolument certain ? Lady Lacklander décréta que, d'après leur conversation, elle était persuadée que pour rien au monde il ne serait revenu sur ses paroles. S'il ne voulait pas y toucher, jamais il n'aurait cherché à l'envelopper d'herbe pour la ranger dans son panier, ce qu'il était pourtant en train de faire à l'instant de sa mort.

— Il s'agit bien de La Vieille ?

— Aucun doute possible, assura Mark.

— À propos, avez-vous remarqué la saulaie, alors que vous remontiez chez vous ?

— Je ne m'en souviens pas. J'étais très chargé, et je ne...

Ce fut alors que Kitty Cartarette cria.

Pas très fort : elle se maîtrisa rapidement, mais elle s'était à demi redressée sur son divan, et, les yeux arrondis, fixait l'horizon derrière Alleyn. Elle porta les deux mains à sa bouche. Alleyn remarqua qu'elle avait les sourcils en accent circonflexe.

Tous pivotèrent sur eux-mêmes pour découvrir l'objet de la surprise de Kitty, mais ne virent rien.

— Il y a quelqu'un dehors, chuchota-t-elle. Un homme a regardé par cette fenêtre ! George !

— Ma chère, c'est le reflet de mon fils que vous avez aperçu. Il n'y a personne, décréta Lady Lacklander.

— Si !

— C'est probablement le brigadier Oliphant, intervint Alleyn. Nous l'avons laissé dehors. Fox ?

Fox avait déjà bondi, mais avant d'arriver à la porte-fenêtre, il fut arrêté dans son élan : de l'autre côté des vitres, une silhouette s'avançait, hésitante. Kitty émit un râle. Fox posa la main sur la poignée. À l'extérieur, la lampe de poche d'Oliphant s'arrêta sur le visage d'un homme couronné d'une casquette. Fox lui ouvrit.

— Je vous prie de bien vouloir excuser cette intrusion

impardonnable, dit M. Danberry-Phinn. Je suis à la recherche d'un poisson.

M. Phinn réagit de façon singulière. Ébloui par la lumière, il plissa les paupières et le nez, ce qui lui conféra un air en parfaite contradiction avec sa pâleur et ses mains tremblantes. Il fixa Fox, puis, au-delà de l'inspecteur, les autres personnes rassemblées dans la pièce.

— Je crains d'avoir mal choisi mon moment. Je ne pensais pas que... J'espérais voir... bredouilla-t-il, la pomme d'Adam effectuant de furieux allers et retours... Voir... heu... le colonel Cartarette.

Il révéla toutes ses dents, serrées en un sourire des plus étranges.

Kitty émit un son indéterminable, tandis que Lady Lacklander déclarait :

— Mon cher Octavius...

Mais Alleyn coupa court à son introduction en s'avançant.

— Vous avez bien dit que vous étiez à la recherche d'un poisson ?

— Pardonnez-moi, répondit Phinn, mais il ne me semble pas avoir l'honneur de... À moins que je n'aie l'honneur de... ?

Clignant des yeux, il se détourna d'Alleyn pour examiner Fox. Fox était de ces détectives, de plus en plus rares de nos jours, qui ressemblent à leur métier. C'était un homme grand, imposant, aux cheveux grisonnants et aux yeux brillants.

— En tout cas, en ce qui vous concerne, je n'ai *pas* l'honneur... poursuivit M. Phinn avec un petit rire. Non, indubitablement, je n'ai pas l'honneur...

— Nous sommes officiers de police, expliqua Alleyn. Le colonel Cartarette a été assassiné, monsieur Phinn. Vous êtes bien Octavius Danberry-Phinn, n'est-ce pas ?

— C'est... c'est abominable ! s'écria-t-il. Ma chère

madame Cartarette ! Ma chère Miss Rose ! Je suis atterré ! ATTERRÉ !

— Vous feriez mieux d'entrer, Occy, décréta Lady Lacklander. Ils vont vouloir bavarder avec vous.

— Avec *moi* !

Il s'exécuta néanmoins, et Fox ferma la porte-fenêtre derrière lui.

— Oui, j'aimerais m'entretenir un moment avec vous, monsieur, renchérit Alleyn. Je vais d'ailleurs vous interroger tous individuellement, mais auparavant, j'aimerais que M. Phinn nous décrive ce poisson qu'il cherche.

Il leva une main. Ceux qui auraient été tentés de protester se ravisèrent.

— Monsieur Phinn, nous sommes tout ouïe...

— Je suis... Je suis tellement bouleversé, horrifié par ce que je viens d'apprendre...

— C'est affreux, oui, acquiesça Alleyn. Et le poisson ?

— Le poisson ? Le poisson, mon cher monsieur, est une truite magnifique. Une truite célèbre. Truite entre toutes les truites. Une pièce extraordinaire. Et c'est moi, figurez-vous, qui l'ai pêchée.

— Où ? s'enquit Lady Lacklander.

— Au-dessus de Bottom Bridge, ma chère Lady L. Au-dessus de Bottom Bridge.

— Décidément, Occy, vous êtes un fumiste.

— C'est un mensonge ! rugit George. Un mensonge, Octavius ! Vous l'avez braconnée. Vous pêchiez *sous* le pont. Nous vous avons vu, du second tee.

Les lèvres de M. Phinn devinrent toutes blanches.

— Mon Dieu ! Mon Dieu ! George, que d'histoires !

Fox s'était discrètement écarté pour reprendre son carnet de notes.

— Quelle drôle de façon de parler, reprit Phinn en s'inclinant d'abord devant Kitty, puis devant Rose. Dans une maison où l'on porte le deuil ! Franchement, George, vous me décevez !

— Seigneur ! Je vais...

Mais Alleyn arrêta George dans son élan.

— Qu'est-il advenu de votre proie ? demanda-t-il à M. Phinn.

Celui-ci prit une longue aspiration et se lança :

— Fort de mon triomphe, annonça-t-il d'une voix dont il ne maîtrisait pas parfaitement les trémolos, j'ai décidé de tenter ma chance dans les eaux supérieures du Chyne. J'ai donc délicatement posé ma truite sur le lieu même de sa défaite, c'est-à-dire sur la rive au-dessus, j'insiste : *au-dessus* de Bottom Bridge. Lorsque j'y suis revenu plus tard, *beaucoup* plus tard, bien que je ne puisse vous préciser *combien de temps* plus tard (car je n'avais pas ma montre), je suis retourné à l'endroit exact où aurait dû se trouver ma Princesse des Proies, et...

Il eut un large geste du bras :

— ... Pfffuitt ! Volatilisée ! Disparue ! Plus la moindre trace ! Perdue !

— Écoutez, Occy, coupa Lady Lacklander, laquelle fut à son tour interrompue par Alleyn.

— Je vous en prie, madame...

Elle le fusilla des yeux.

— Si cela ne vous ennuie pas ?...

Elle croisa les mains et y appuya toute sa collection de mentons.

— Très bien, soupira-t-elle. Après tout, c'est moi qui vous ai appelé à la rescousse. Allez-y !

— Qu'avez-vous fait en découvrant cette disparition ? demanda-t-il à M. Phinn.

— Ce que j'ai fait ? balbutia-t-il. Que pouvais-je faire ? La nuit tombait. J'ai fouillé les alentours du pont, en vain. La truite s'était envolée. Je suis rentré chez moi, amèrement déçu.

— Et vous y êtes resté environ quatre heures, si mes calculs sont justes. Il est une heure cinq du matin. N'est-il pas un peu curieux que vous rendiez visite à M. Cartarette à une heure pareille ?

Dévisageant son interlocuteur, l'inspecteur principal songea que ce dernier s'était attendu à la question.

— Pourquoi ? s'exclama-t-il en présentant ses mains, paumes vers le ciel. Mon cher monsieur, je vais vous dire pourquoi. Frisant la tentative de suicide suite à la perte de cette prise homérique, j'étais incapable de contempler avec sérénité l'idée de dormir. Ma peine et ma fureur m'auraient accompagné dans mon lit. J'ai essayé de lire, j'ai essayé de dialoguer avec mes cohabitants (mes chats, monsieur), je me suis obligé à écouter une indescriptible bouffonnerie à la radio... Et tout cela, j'ai le regret de vous l'annoncer, pour rien : mon esprit était hanté par LA TRUITE. Il y a environ trois quarts d'heure, éprouvant le besoin impérieux de prendre l'air, je suis allé me promener le long du Sentier du Ruisseau. Émergeant derrière le bosquet de Syce, j'ai aperçu de la lumière à ces fenêtres. Connaissant l'intérêt que portait, en tant que copêcheur, ce pauvre Cartarette (il ravala sa salive) à ce poisson, je... j'ai... Ma chère Lady L., pourquoi m'observez-vous ainsi ?

— Occy ! s'exclama-t-elle. Yard ou pas Yard, je ne peux me contenir davantage. J'étais tout près, lorsque vous vous êtes querellé avec Maurice Cartarette. J'ai tout entendu. Qui plus est, un peu plus tôt, George et l'épouse de Maurice vous ont aperçu en train de braconner sous le pont. Je vous ai entendu, soit vous, soit Maurice, jeter la truite au sol, sur la chaussée. Vous vous êtes quittés fous de rage. Maurice s'est précipité directement vers le monticule où j'achevais mon aquarelle, et m'a répété l'incident. À présent, mon cher Roderick Alleyn, vous pouvez vous fâcher si vous le voulez, mais vraiment, je ne pouvais tolérer plus longtemps ces affabulations.

M. Phinn cligna des paupières et se mordit les lèvres.

— Autrefois, ma femme et moi plaisantions toujours en disant qu'il était imprudent de contredire Lady Lacklander.

Seuls, Alleyn et Fox le regardaient.

— Monsieur Phinn... Vous portez des lunettes en temps normal, non ?

Il eut un geste curieux, son pouce et son index volant à son nez pour les rajuster. Il cacha ainsi, momentanément, la rainure rouge qui le barrait.

— Pas toujours. Uniquement pour lire.

Lady Lacklander frappa les deux mains sur les bras de son fauteuil.

— Nous y voilà ! Bien ! J'ai dit ce que j'ai dit. À présent, George, j'aimerais que tu me ramènes à la maison.

Il fut lent à venir l'aider à se lever, aussi Alleyn s'empressa-t-il de la hisser sur ses pieds.

— Et hop ! Elle est debout ! ironisa Lady Lacklander, s'attardant un bref instant pour dévisager M. Phinn, lequel ne put émettre qu'un mot incompréhensible. Vous permettez que je reparte chez moi ? ajouta-t-elle à l'intention d'Alleyn.

Il haussa un sourcil.

— Je me sentirai nettement plus en sécurité vous sachant là-bas, madame.

— Emmenez-moi à ma voiture. J'ai du mal à marcher, à cause de cet orteil à la noix. Il ne va pas mieux, Kettle. George, tu pourras me rejoindre dans cinq minutes. J'ai deux mots à dire à Roderick Alleyn.

Elle salua Rose, la tenant serrée contre elle. La jeune femme lâcha un sanglot.

— Ma pauvre enfant. Ma pauvre Rose. Il faudra venir nous voir dès que possible. Demandez à Mark qu'il vous donne un petit quelque chose pour dormir.

Kitty s'était levée, elle aussi.

— C'est très gentil à vous d'être venue, dit-elle, la main tendue.

Lady Lacklander la prit dans la sienne, et, après une pause imperceptible, fit comprendre à Kitty qu'elle devait l'embrasser. Kitty s'exécuta, prudemment.

— Passez demain, Kitty. À moins qu'ils ne vous mettent derrière les barreaux.

— Qu'ils essaient ! s'indigna Miss Kettle, se manifestant pour la première fois depuis l'arrivée de M. Phinn.

Lady Lacklander gloussa et, ignorant M. Phinn, gratifia Alleyn d'un signe du menton. Il poussa la porte et la suivit dans le hall jusqu'à l'entrée principale, devant laquelle attendait une imposante voiture de modèle ancien.

— Je vais m'asseoir derrière, déclara Lady Lacklander. George prendra le volant. Il m'agace toujours prodigieusement, en temps de crise.

Alleyn ouvrit la portière, alluma la lumière à l'intérieur du véhicule.

— Bien ! souffla-t-elle, enfin installée. Et maintenant, dites-moi, non pas comme un policier s'adressant à une octogénaire, mais comme un homme discret s'adressant à l'une des plus vieilles amies de sa mère... Que pensez-vous de l'attitude de M. Phinn ?

— Les octogénaires, même vieilles amies de ma mère, ont tort de m'attirer au-dehors dans l'espoir de m'arracher des confidences.

— Ah ! Ainsi, vous refusez de me répondre.

— M. Phinn avait-il un fils prénommé Ludovic ? Ludovic Danberry-Phinn ?

Dans la pénombre, il vit son visage se durcir.

— C'est exact. Pourquoi ?

— Je pouvais difficilement me tromper : avec un nom pareil !

— À votre place, je ne parlerais pas du garçon. Il a appartenu aux services de la diplomatie et vous savez certainement combien sa réputation a été entachée. Ce fut un véritable drame. Mais le sujet n'est jamais évoqué.

— Ah, non ? Et quelle sorte d'homme était le colonel Cartarette ?

— Arrogant, chevaleresque. Entêté comme une mule. Consciencieux, scrupuleux, perfectionniste au point que c'en était une obsession.

— Vous pensez à un incident en particulier ?

— Non.

— Cela vous ennuierait-il de me dire de quoi vous avez parlé, avec le colonel ?

Lady Lacklander demeura très calme.

— Nous avons parlé d'Occy et de son braconnage ; nous avons soulevé un problème d'ordre personnel aussi, mais qui doit pour l'instant demeurer secret et qui ne peut avoir aucun rapport avec la mort de Maurice. Bonsoir, Roderick. Je peux vous appeler Roderick ?...

— Dans l'intimité seulement.

— Impertinent ! railla-t-elle en pointant l'index sur son torse. Retournez martyriser tous ceux-là, les pauvres ! Et dites à George de se presser.

— Vous rappelez-vous exactement ce que M. Phinn et le colonel Cartarette se sont dit pendant leur dispute ?

Elle le dévisagea attentivement, croisa ses mains scintillantes de joyaux.

— Pas mot à mot. Ils se sont querellés à propos du poisson. Mais Occy se brouille avec tout le monde.

— Ont-ils évoqué d'autres sujets ?

Lady Lacklander ne le quitta pas des yeux.

— Non, affirma-t-elle sèchement.

Alleyn s'inclina.

— Bonsoir, madame. Si des bribes de cette discussion vous revenaient de manière plus précise, soyez gentille de les écrire.

— Roderick... Occy Phinn n'est pas un assassin.

— Non ? C'est bon à savoir ! Bonsoir.

Il claqua la portière. La lumière intérieure s'éteignit.

Comme il regagnait la maison, il croisa George Lacklander. Il constata une fois de plus combien cet homme paraissait mal à l'aise en sa présence.

— Je... heu... Tiens ! C'est vous ! Je... heu... J'aimerais vous parler, si c'est possible. En fait, je ne pense pas que vous vous en souveniez, c'était il y a mille ans, ha ! ha !... mais nous avons déjà eu l'occasion de nous rencontrer. À l'époque où vous étiez, je pense, l'un des plus brillants jeunes gens sous les ordres de mon père !

Les souvenirs-datant-de-vingt-cinq-ans d'Alleyn à propos de George se limitaient aux commentaires acerbes de Sir Harold Lacklander à son égard.

— L'imbécile ! On ne peut rien attendre de lui, avait un jour confié Sir Harold à Alleyn. Qu'il prenne des poses à Nunspardon et devienne, avec le temps, juge de paix.

Alleyn se dit que cette prophétie s'était probablement réalisée. Répondant à la première question de George, l'inspecteur principal feignit de n'avoir pas entendu la suite.

— Je vous en prie.

— À vrai dire, j'aimerais savoir de quoi il retourne, précisément. Je vous signale au passage, bien que cela ne change sans doute rien à la situation, que je suis juge de paix.

Alleyn ne réagit pas.

— Oui, reprit George. Heu... Donc, je voulais vous demander comment cela va se passer pour... pour le corps de ce pauvre Maurice Cartarette. Après tout, si je m'en soucie, c'est surtout pour Kitty. Enfin pour elles, l'épouse et la fille. Peut-être puis-je me rendre utile en ce qui concerne l'organisation des obsèques et tout le reste ?... Non ?

— Le cadavre restera où il est, sous surveillance, jusqu'au matin. Il sera ensuite transporté à la morgue la plus proche, où un médecin de nos services procédera à un examen approfondi, voire à une autopsie. Bien entendu, nous préviendrons Mme Cartarette dès que possible de la date à laquelle pourront se dérouler les funérailles. Je pense que nous pourrons lui rendre la dépouille de son mari d'ici trois jours, mais je ne garantis rien.

— Je comprends ! Je comprends, je comprends.

— Ceci reste entre nous, mais je vais devoir poser la question à tous ceux qui ont foulé le domaine du colonel Cartarette hier soir... C'est bien aux alentours de dix-neuf heures que vous avez joué au golf avec Mme Cartarette ?

— Je n'ai pas remarqué l'heure exacte, répliqua-t-il précipitamment.

— Mme Cartarette se le rappellera peut-être. Elle vous a rejoint sur le terrain ?

— Heu... non. Non, je... heu... Je suis passé la chercher en voiture. Je rentrais de Chyning.

— Mais vous ne l'avez pas raccompagnée chez elle ?

— Non. Nous avons pensé que c'était plus court de marcher. De l'endroit où nous étions.

— Oui, je vois... Et Mme Cartarette dit être parvenue chez elle à vingt heures cinq environ. Vous avez sans doute joué au golf pendant environ une heure. Combien de trous ?

— Nous n'avons pas effectué un véritable parcours. Mme Cartarette débute. C'était sa première... heu... tentative. Elle m'avait demandé de l'entraîner. Nous... heu... Nous n'avons joué que deux trous. Le reste du temps, nous nous sommes contentés d'exercices de swing.

— Oui, oui. Vous vous êtes séparés vers dix-neuf heures cinquante. Où ?

— En haut du Sentier du Ruisseau... il me semble.

— Pouviez-vous, de là, apercevoir Lady Lacklander venant vers vous ? Elle a entamé son ascension à dix-neuf heures cinquante.

— Je n'ai pas baissé les yeux. Je n'ai rien remarqué.

— Vous ne pouviez donc pas non plus reconnaître le colonel Cartarette. Lady Lacklander prétend qu'il pêchait de la saulaie, et que celle-ci est visible du Sentier du Ruisseau.

— Je n'ai pas regardé vers le bas. Je... heu... Je me suis contenté d'escorter Mme Cartarette jusqu'au chemin, puis je suis rentré par le Petit Bois de Nunspardon. Ma mère est arrivée quelques instants plus tard. Et maintenant, si vous voulez bien m'excuser, il faut absolument que je reconduise Mère à la maison. À propos ! N'hésitez pas, nous sommes à votre entière disposition... Si vous avez besoin d'un quartier général... nous sommes là.

— C'est très aimable à vous. Oui, je pense que je peux vous laisser partir. Malheureusement, je vais vous demander de ne pas quitter Swevenings jusqu'à nouvel avis.

Il vit la mâchoire de George tomber mollement.

— Évidemment, si vous avez un rendez-vous important ailleurs, vous pourrez me consulter, nous aviserons. Je descends à *L'Âne tranquille*.

— Juste ciel ! Mon cher Alleyn...

— Oui, je sais, c'est ennuyeux, mais c'est ainsi. Quelle idée saugrenue d'aller se faire tuer dans votre Pré du Bas ! Bonne nuit !

S'étant débarrassé de George, Alleyn repartit vers le salon où il trouva Rose, Mark et Kitty, plongés dans un silence pesant. M. Phinn s'arrachait les ongles, et Fox discutait avec Miss Kettle des vertus de l'apprentissage des langues étrangères par le disque.

— Je ne progresse pas comme je l'espérais ! avoua le policier.

— Quant à moi, le peu de français que je connais, je l'ai appris en parcourant la Bretagne à vélo : je n'avais pas le choix, il fallait bien que je parle !

— C'est ce que l'on me dit : mais comment m'échapper ?

— Vous avez des vacances de temps à autre, non ?

— C'est vrai, soupira Fox. C'est vrai. Nous avons des vacances. Mais je ne suis jamais allé plus loin que Birchington. Excusez-moi, Miss Kettle, voici le patron.

Alleyn leur accorda un coup d'œil dont ils n'eurent aucun mal à déchiffrer la signification. Il s'adressa à Kitty.

— J'aimerais avoir une petite conversation avec Miss Kettle. Puis-je m'isoler dans une pièce, s'il vous plaît ? J'ai vu ce qui m'est apparu comme un bureau, en passant dans le hall.

Il eut la nette impression que Mme Cartarette appréhendait de lui abandonner cette pièce. Elle hésita visiblement, mais Rose s'interposa.

— Bien sûr ! Venez, je vous y conduis.

Fox s'était approché de la porte-fenêtre, et, d'un geste majestueux, avait ordonné au brigadier de rentrer. Ce dernier apparut dans l'embrasure.

— Vous connaissez tous le brigadier Oliphant,

commença Alleyn. Il se chargera de toutes les formalités locales. J'ai pensé que vous voudriez régler quelques problèmes avec lui, madame Cartarette. Je vous serais reconnaissant de bien vouloir lui donner les noms de l'avocat et du banquier de votre époux, et de toute autre personne qu'il conviendrait d'avertir de cette triste nouvelle. Monsieur Phinn, vous aurez l'amabilité de répéter votre récit au brigadier Oliphant, qui prendra votre déposition et vous la fera signer.

M. Phinn cligna des paupières : ce devait être un tic.

— Rien ne m'y oblige.

— Rien du tout. Cependant, nous allons devoir vous importuner tous en vous priant de bien vouloir nous signer des dépositions. Aussi, si vous passez le premier, serez-vous libre de rentrer chez vous dès que vous aurez terminé. J'espère que vous n'aurez pas trop de mal sans vos lunettes. Miss Cartarette... le bureau ?

Rose les guida de l'autre côté du hall dans la salle où, huit heures plus tôt, elle avait avoué à son père l'amour qu'elle portait à Mark. Alleyn et Fox la suivirent. Elle attendit un moment, fixant d'un regard étonné les fauteuils et la table.

— J'ai l'impression qu'il est encore là, murmura-t-elle. Cet endroit n'existe que par lui. C'était ici son refuge... Monsieur Alleyn, mon père était un homme adorable. Il était autant mon fils que mon père, il était entièrement dépendant de moi. Je ne sais pas pourquoi je vous raconte tout cela.

— Parfois, cela soulage de se confier à des étrangers : ce sont les confidents les moins compliqués.

— Oui... vous avez raison. Je suis heureuse de vous l'avoir dit.

Alleyn comprit qu'elle subissait le contrecoup du choc initial.

— Mark m'assure qu'il n'a rien dû sentir. Je sais qu'il n'a pas dit cela uniquement pour me consoler : il est médecin, il sait de quoi il parle. Je suppose, en un sens, que ce fut pour lui un soulagement.

— Quelque chose le tracassait ?

— Oh, oui, soupira Rose. Mais je ne peux rien vous dire ; c'est secret. De toute façon, cela ne vous apporterait rien de le savoir.

— On ne sait jamais.

— Dans ce cas, si.

— Quand l'avez-vous vu pour la dernière fois ?

— Ce soir, enfin... hier soir. Il est sorti peu après dix-neuf heures, je crois. il devait être dix-neuf heures dix.

— Où est-il allé ?

Elle marqua une légère hésitation, puis se décida :

— Il me semble qu'il voulait rendre visite à M. Phinn. Il a emporté son attirail en m'annonçant qu'il irait pêcher un peu plus tard et qu'il ne serait pas de retour pour le dîner. Les domestiques devaient lui mettre un en-cas de côté.

— Savez-vous pourquoi il voulait voir M. Phinn ?

Rose attendit un long moment avant de répondre.

— C'était au sujet de cette histoire d'édition, je crois.

— Une histoire d'édition ?

Elle repoussa une mèche de cheveux tombée sur son front, pressa le dos de ses mains sur ses yeux.

— Je ne sais pas qui a pu faire cela !

Elle était de toute évidence épuisée, pourtant Alleyn préféra prolonger encore un moment son interrogatoire.

— Pouvez-vous me raconter, brièvement, quelle sorte de vie il menait depuis vingt ans ?

Elle était perchée sur le bras du fauteuil, son coude droit posé sur le dossier, dont elle caressait indéfiniment la place où son père avait si souvent posé sa tête. Elle était calme. D'une voix neutre, elle parla des missions qu'avait effectuées le colonel à travers le monde, évoqua son poste à Whitehall durant la guerre, sa nomination, ensuite, en tant que secrétaire militaire à Hong Kong, puis son retour en Europe, son second mariage, sa retraite, son désir d'écrire l'histoire de son régiment. Il lisait énormément, vouait une passion aux dramaturges élisabéthains, passion que partageait sa fille... Rougis par les larmes, les yeux de Rose s'attardèrent sur une table où s'éparpillaient diverses mouches artificielles.

— C'est toujours moi qui les préparais...

Elle bâilla. La porte s'ouvrit, et Mark Lacklander apparut, furieux.

— Ah ! Vous voilà ! s'écria-t-il en avançant vers elle. Vous allez vous coucher immédiatement. J'ai demandé à Miss Kettle de vous préparer une boisson chaude. Je passerai vous voir plus tard et je vous donnerai un calmant. Il faut que j'aille en chercher à Chyning. Vous n'avez plus besoin de moi, j'imagine ? ajouta-t-il en se tournant vers Alleyn.

— Malheureusement, si, pour quelques minutes.

— Ah ! Heu... Ah, bon, puisque vous le dites.

— Mark, je ne veux pas de drogues.

— Nous verrons cela plus tard. Allez vous coucher... Miss Cartarette est ma patiente, et ce sont mes ordres.

— Ils me paraissent raisonnables, répliqua Alleyn. Dormez bien, Miss Cartarette. Je tâcherai de vous importuner le moins possible.

— Vous ne m'importunez pas du tout, le rassura-t-elle poliment en lui tendant la main.

— J'aimerais, si cela était possible, voir Miss Kettle, décréta Alleyn. Et vous ensuite, je vous prie, docteur.

— Bien sûr, monsieur.

Saisissant Rose par le bras, Mark l'entraîna dans le hall.

— Je me demande bien ce qui turlupine tous ces gens, hormis un meurtre abominable, mon cher Fox.

— J'ai un drôle de pressentiment, mais ce n'est qu'un pressentiment : à mon avis, tout se rattache à cette fameuse truite.

— Et moi, j'ai le pressentiment que vous êtes sur la bonne voie.

6

La saulaie

Miss Kettle se tenait très droite, chevilles et mains croisées. Elle portait sous son manteau d'uniforme une blouse amidonnée à la perfection, et avait sur la tête le bonnet de rigueur. Elle venait de raconter, avec une concision exemplaire, la façon dont elle avait découvert le colonel, et Fox, qui avait comme de coutume tout noté, la dévisagea d'un air satisfait.

— C'est tout, vraiment, acheva-t-elle. Sauf que j'avais la désagréable sensation d'être observée. Rendez-vous compte !

Son récit ayant jusque-là été très neutre, tous deux écarquillèrent les yeux de surprise.

— Vous allez me prendre pour une hystérique, mais à un moment, j'ai cru entendre une brindille craquer ; j'ai pensé que c'était un oiseau, mais je n'ai rien vu. Rien du tout. Et pourtant, j'avais la sensation qu'on me regardait. Remarquez, cela arrive souvent, lorsque l'on est de garde, la nuit... Un malade éveillé vous fixe dans le noir... Vous pouvez rire, si vous en avez envie.

— Nous n'en avons aucune envie. N'est-ce pas, Fox ?

— Aucune, renchérit l'assistant d'Alleyn. J'ai moi-même souvent éprouvé ce genre de chose, autrefois, en nocturne. Et chaque fois, il y avait bien quelqu'un, tapi dans les ombres ou derrière une porte.

— Voyez-vous ça ! s'exclama Miss Kettle, ravie.

— Vous connaissez bien tous ces gens, je suppose ? s'enquit Alleyn. Dans ces régions isolées, les infirmières de district de Sa Majesté sont un peu comme des officiers de liaison.

Miss Kettle parut flattée de cette comparaison.

— Ma foi, les rencontres ne manquent pas. Bien sûr, mon métier m'entraîne plus particulièrement dans les familles défavorisées, mais avec la pénurie du personnel, ces temps-ci, je suis de plus en plus souvent amenée à m'occuper des classes supérieures. Ceux-là paient le plein tarif, ce qui est excellent pour la santé de la Sécurité sociale : c'est pourquoi j'accepte toujours de les soigner, dans la mesure où ceux qui n'ont aucun moyen financier ne sont pas privés. C'est ainsi que je panse l'orteil de Lady Lacklander, par exemple.

— Ah, oui, l'orteil de Lady Lacklander, murmura Alleyn.

— Une vilaine infection.

— Ttttt ! Ttttt ! siffla Fox.

— J'ai aussi veillé le vieux monsieur, de nuit. J'étais avec lui quand il est mort. Et la famille, bien sûr. Tiens ! Le colonel était présent, lui aussi.

— Le colonel Cartarette ? demanda Alleyn, distraitement.

— En personne ! Enfin... non ! Je dis n'importe quoi. Le colonel n'est pas revenu dans la chambre. Il est resté sur le palier, avec les papiers.

— Les papiers ?

— Les Mémoires du vieux monsieur. M. Cartarette avait dans l'idée de les publier, je crois, mais je ne suis pas franchement au courant. Sir Harold était très tracassé par cette histoire. Il n'a pas lâché prise avant d'avoir vu le colonel. Cela dit, Sir Harold fut un homme important en son temps, et je ne doute pas que ses Mémoires auront beaucoup de succès.

— En effet. Il fut un ambassadeur d'envergure.

— Exactement. Je dis toujours que des hommes

comme lui, il ne nous en reste plus guère de nos jours. Avec lui, tout était merveilleusement entretenu. Il avait un esprit assez féodal.

— Peu de familles peuvent encore se le permettre, intervint Alleyn. Ne les a-t-on pas surnommés les Lacklander-la-Chance ?

— Absolument ! Remarquez, il y en a qui reprochaient au vieux monsieur d'en faire un peu trop.

— Ah ? murmura Alleyn. Comment cela ?

— Eh bien, il n'a rien laissé à son petit-fils. Parce qu'il s'était engagé dans la médecine plutôt que dans l'armée. Oh ! Au bout du compte, tout lui reviendra quand même, mais d'ici là, il est obligé de se contenter de ce qu'il gagne... Mais écoutez-moi ! Je bavarde, je bavarde ! Où en étais-je ? Ah, oui ! Le vieux monsieur et ses Mémoires. Eh bien ! Il ne les avait pas plus tôt remis au colonel, que son état s'est brusquement détérioré. C'est M. Cartarette qui a donné l'alarme. Nous sommes tous entrés précipitamment. J'ai couru chercher un verre de cognac. Le Dr Mark lui a fait une piqûre, mais il est parti en quelques minutes. « Vic », disait-il. « Vic, Vic, Vic »... mais c'est tout.

— Vic ?

— Bon ! Si vous n'avez plus rien à me...

— Pouvez-vous me dire qui habite la maison entre celle-ci et celle de M. Phinn ?

Miss Kettle sourit.

— Uplands ? C'est la demeure du commandant Syce. Encore une de mes victimes ! ajouta-t-elle, puis elle rougit. Le pauvre ! Paralysé par un lumbago !

— En dehors du coup, donc ?

— Oui, si vous cherchez... Oh ! Mon Dieu ! Nous voici à une heure invraisemblable discutant de tout et de rien, alors que vous êtes à la recherche d'un assassin ! C'est affreux !

— Surtout, ne vous inquiétez pas, voulut la rassurer Fox.

— Bien sûr que je m'inquiète ! s'emporta-t-elle. Et même si le coupable était un vagabond ! Les vagabonds sont des hommes comme les autres !

— M. Phinn est-il aussi un de vos malades ?

— Pas vraiment, non. Je lui ai soigné un furoncle, mais il y a de cela plusieurs années. À votre place, cependant, je ne me soucierais pas de lui.

— Dans notre profession, nous sommes obligés de nous intéresser à tout le monde.

— Pas à moi, j'espère !

Fox émit un râle qui se voulait réconfortant.

— Miss Kettle, reprit Alleyn. Vous aimiez bien le colonel Cartarette, n'est-ce pas ? J'ai déduit de votre attitude que vous aviez pour lui un respect énorme.

— Oh, oui ! C'était un homme adorable, doux : un véritable gentleman. Un père dévoué. Jamais un mot plus haut que l'autre.

— Pas même au sujet de M. Phinn ?

— Écoutez-moi bien ! commença-t-elle, furieuse. Écoutez, répéta-t-elle, plus doucement. M. Phinn est un peu excentrique. Je n'affirmerai pas le contraire : vous l'avez vu vous-même, et de toute façon, vous entendrez toutes sortes de rumeurs à son propos. Mais il n'est pas méchant. Enfin... Peut-être que... Non, non : au fond, il n'est pas méchant. Il a eu un drame abominable dans sa vie, pauvre homme, et depuis, il n'a plus jamais été le même. Cela s'est passé avant la guerre. Son fils unique s'est suicidé. Il ne s'en est jamais remis.

— Ce fils n'appartenait-il pas au service diplomatique ?

— Si, si ! Il s'appelait Ludovic ! Ludovic ! Je vous demande un peu ! Un garçon charmant, intelligent. Il était à l'étranger. On a dit que sa mère en est morte de chagrin, mais elle avait toujours eu le cœur fragile. Quant à M. Phinn, je vous le répète, il ne s'en est jamais remis.

— Je me rappelle en avoir entendu parler. N'était-il pas sous les ordres de Sir Harold Lacklander ?

— Parfaitement ! Le vieux monsieur était châtelain dans l'âme. Vous savez bien, les vieilles familles de Swevenings, etc. Je crois qu'il a demandé que lui soit envoyé le jeune Phinn. En tout cas, je sais qu'il a été bouleversé par sa mort. D'après moi, il s'en sentait responsable.

— Ainsi, les familles de Swevenings ont un penchant commun pour les voyages ?

Miss Kettle confirma cette hypothèse. Outre Viccy Danberry-Phinn, employé à l'ambassade de Sir Harold, il y avait le commandant Syce, dont le navire avait été basé à Singapour, et le défunt colonel, que ses missions avaient emmené en Extrême-Orient, et notamment à Singapour. Après une courte pause, Miss Kettle précisa qu'il avait dû rencontrer là sa seconde épouse.

— Ah ? murmura Alleyn sans manifester le moindre intérêt. À l'époque où Syce s'y trouvait ?

Il avait lancé la question au hasard, mais la cible fut atteinte. Miss Kettle devint écarlate et s'exclama d'un ton excessivement enjoué :

— Je crois savoir que le commandant et la seconde Mme C. se sont connus en Orient... J'ai d'ailleurs vu récemment une ravissante aquarelle de lui, représentant Mme Cartarette. On la reconnaîtrait entre mille. Le portrait est très ressemblant.

— Avez-vous connu la première Mme Cartarette ?

— Si je l'ai connue ? À peine... Ils n'ont été mariés que dix-huit mois : elle est décédée en mettant au monde Miss Rose. C'était une héritière, vous savez : toute la fortune ira à la fille. Ce n'est un secret pour personne. Le colonel a eu de grosses difficultés financières, mais jamais il n'a touché à l'argent de sa première femme. Ce n'est un secret pour personne, insista-t-elle. Ce ne sont pas des cancans.

Alleyn orienta habilement la conversation sur Mark Lacklander, et Miss Kettle fut trop heureuse de louer les mérites du jeune médecin. À la question de Fox concernant ses affaires amoureuses, l'infirmière s'enthousiasma : les sentiments du docteur étaient visibles comme le nez au milieu de la figure !

— Si je comprends bien, vous aimez rester entre vous, à Swevenings.

Miss Kettle gloussa.

— Oh, que oui ! Comme je le disais à un de mes patients, Swevenings, c'est un peu comme ces cartes illustrées d'autrefois, vous savez ? Un univers clos. Je pensais justement...

Les mots moururent sur ses lèvres, et elle s'empourpra, avant de conclure, contre toute attente :

— Personnellement, je suis pour les vieilles familles et la tradition.

Fox haussa soudain les sourcils.

— Mais j'y pense, tout d'un coup ! Je me trompe peut-être, voire certainement, cependant... L'actuelle Mme Cartarette est d'un tout autre univers, il me semble. Elle m'est apparue nettement plus... mondaine...

Miss Kettle marmonna quelque chose qui ressemblait vaguement à « demi-mondaine », et poursuivit précipitamment :

— Il est vrai que, dans la vallée, nous avons tendance à nous refermer sur nous-mêmes, et qu'elle aime les frivolités... Si vous n'avez plus besoin de moi, je vais dire un mot au docteur, avant que Miss Rose et sa belle-mère ne se couchent.

— Vous pouvez disposer. Nous vous demanderons de signer une déposition concernant votre découverte du cadavre. Bien entendu, vous serez appelée comme témoin.

— Oui.

Elle se leva. Les deux hommes l'imitèrent. Alleyn ouvrit la porte, et l'infirmière porta son regard de l'un à l'autre.

— Ce ne peut pas être quelqu'un d'ici, décréta-t-elle. Nous ne sommes pas des assassins. Je vous l'assure.

Alleyn et Fox se contemplèrent avec cet air lointain de deux collègues depuis longtemps habitués à travailler ensemble.

— Avant d'interroger le Dr Lacklander, dit Alleyn, résumons un peu la situation, mon cher Fox. À quoi pensez-vous ?

— Je me disais que cette Miss Kettle est une femme charmante.

Alleyn le dévisagea, ahuri.

— Auriez-vous par hasard eu le cœur transpercé par la flèche de Cupidon ?

— Ah ! Ce n'est pas pour demain, monsieur Alleyn ! Mais j'aime les femmes comme elle, solides, compactes.

— Oubliez un moment les contours de Miss Kettle, compacts ou centrifuges, et réfléchissez. Le colonel Cartarette a donc quitté sa maison à dix-neuf heures dix pour rendre visite à Octavius Danberry-Phinn. Ce dernier ne devait pas être chez lui, puisque nous savons qu'ils se sont disputés violemment près de Bottom Bridge. Et ce, aux alentours de dix-neuf heures trente. À dix-neuf heures quarante, Cartarette et Phinn se sont séparés. Le colonel a traversé le pont pour aller retrouver Lady Lacklander, dans un creux, rive gauche pratiquement en face de la saulaie, où elle achevait une aquarelle. Selon toute apparence, cette rencontre à la fraîcheur du crépuscule était prévue. Elle a duré une dizaine de minutes. À dix-neuf heures cinquante, le colonel Cartarette a abandonné Lady Lacklander, retraversé le pont, et viré à gauche pour se diriger immédiatement vers la saulaie déjà citée, Lady Lacklander l'y ayant elle-même repéré alors qu'elle remontait la colline vers Nunspardon. Peu après vingt heures, Mme Cartarette saluait ce joyeux imbécile de George Lacklander et descendait ladite colline. À dix-neuf heures quinze, George et elle avaient aperçu le vieux Phinn braconnant, aussi le cherchait-elle des yeux sur son chemin. Elle a dû rater de peu Lady Lacklander, qui s'était sans doute déjà enfoncée dans le Petit Bois. Kitty...

— Qui ?

— Kitty Cartarette, elle s'appelle Kitty. Elle est arrivée avec force déhanchements près des eaux supérieures du Chyne, s'attendant à y rencontrer M. Phinn. Elle n'a pas distingué son mari dans la saulaie : ses pensées étaient ailleurs. Elle est rentrée chez elle. Elle n'a rien remarqué d'anormal sur le pont. Lady Lacklander, en revanche, avait repéré une énorme truite gisant sur la chaussée, à l'endroit où, toujours selon Lady L., M. Phinn l'avait jetée dans un mouvement de colère, trente-cinq minutes plus tôt. Ensuite, nous savons que Mark Lacklander (revenant d'une partie de tennis et de flirt innocent avec l'adorable Rose Cartarette) est parti de cette demeure à l'instant où Mme Cartarette y parvenait. Il n'a pas trouvé de truite à Bottom Bridge, mais il a récupéré l'attirail de dessin de sa grand-mère et l'a gentiment remonté à Nunspardon, épargnant ainsi une tâche supplémentaire à l'un des domestiques. Il a disparu dans le Petit Bois, et la vallée a été tranquille, du moins jusqu'à vingt heures cinquante-cinq, heure fatidique à laquelle Miss Kettle (ayant fini de masser le dos du commandant Syce) est allée dans le Pré du Bas, a entendu hurler un chien et découvert le cadavre. Ce sont les faits dont nous disposons. Qu'en concluons-nous ?

Fox se frotta le menton.

— L'endroit est isolé, mais l'action ne manque pas.

— N'est-ce pas ? On descend une colline par-ci. On traverse un pont. On remonte une colline par-là. Et ainsi de suite. Personne ne se rencontre, sauf le défunt et ce vieux Phinn, à dix-neuf heures trente, et le défunt et Lady Lacklander, dix minutes plus tard. Autrement, ils se sont tous ratés à quelques instants près. Je ne me rappelle pas exactement la géographie de la vallée, mais il apparaît que depuis les maisons situées de ce côté, seules les eaux supérieures du Chyne et quelques mètres de terrain au-dessous du pont sur la rive droite sont visibles ; nous allons devoir vérifier tout cela dès le lever du soleil... ce qui ne va pas tarder, d'ailleurs. À moins de tomber dans les buissons sur un villageois furieux ou sur un rôdeur de type asiatique, je crains que le groupe des suspects ne soit considérablement réduit.

— Vous voulez dire qu'ils sont tous là, dit Fox en désignant d'un coup de tête le salon.

— Hormis Miss Kettle, ils nous cachent tous quelque chose. Je suis prêt à le parier. Parlons un peu avec le jeune Lacklander, voulez-vous ? Allez me le quérir, Foxy, et pendant que vous y êtes, voyez où en est M. Phinn avec notre brigadier. Je voulais qu'une oreille attentive reste dans la pièce, et le prétexte de la déposition m'a paru assez plausible. Nous allons devoir relever les empreintes sur la paire de lunettes ; je suis certain qu'elles appartiennent à M. Phinn. S'il a dit tout ce qu'il était prêt à nous dire pour le moment, il sera libre de rentrer chez lui. Mais qu'il reste à notre disposition jusqu'à nouvel avis. Allez ! Ouste !

Fox ayant disparu, Alleyn en profita pour examiner de plus près le bureau du colonel Cartarette. Il repéra les inévitables fauteuils de cuir, collection de pipes et autres photos de régiment, mais aussi une demi-douzaine d'esquisses chinoises, et une admirable bibliothèque contenant non seulement les biographies militaires de rigueur, mais de magnifiques ouvrages de dramaturges et de poètes. Parmi eux, l'inspecteur principal eut la surprise de débusquer un volume de taille considérable intitulé *Une race d'écailleux*, signé Maurice Cartarette. C'était un ouvrage sur les habitudes et caractéristiques de la truite d'eau douce. Sur sa table trônaient une photo de Rose, timide et rêveuse, et une autre de Kitty, imitant sans doute une idole dont il était impossible de deviner l'identité.

Alleyn tira les tiroirs. Les deux premiers étaient

ouverts, mais ne contenaient que du papier, des enveloppes, et quelques notes rédigées à la main par le colonel soi-même. Ceux du milieu étaient fermés à clé. Celui du bas, à gauche, céda au geste du détective. Il était vide. Ce détail intéressa vivement Alleyn, qui se pencha pour l'inspecter de plus près. Mais soudain, il perçut la voix de Fox dans le hall. Il se redressa et s'éloigna.

Mark Lacklander entra avec Fox.

— Je ne vous retiendrai pas longtemps, promit Alleyn. Je n'ai en réalité que deux questions à vous poser. La première : quand vous êtes rentré chez vous hier soir à vingt heures quinze, avez-vous entendu un chien hurler dans le Pré du Bas ?

— Non. Je suis sûr que non.

— Skip restait-il toujours tout près du colonel ?

— Pas quand ce dernier pêchait. Le colonel lui avait appris à demeurer à une distance respectable.

— Vous n'avez pas vu Skip ? insista Alleyn.

— Je n'ai ni vu ni entendu le moindre chien. Cependant, je me souviens d'avoir rencontré un chat. L'un de ceux de la ménagerie d'Occy Phinn, si je ne m'abuse, en promenade du soir.

— Où ?

— De ce côté du pont, répondit Mark, l'air agacé.

— Bien. Donc, vous aviez joué au tennis ici même, n'est-ce pas, avec Miss Cartarette, et vous êtes retourné à Nunspardon via Bottom Bridge et le Sentier du Ruisseau. Et sur le chemin, vous avez ramassé l'attirail de peinture de votre grand-mère.

— C'est exact.

— Portiez-vous autre chose ?

— Mes affaires de tennis seulement. Pourquoi ?

— J'essaie de me faire une idée du tableau. Il vous a fallu quelques minutes pour tout prendre. N'avez-vous rien remarqué d'anormal ?

— Rien. Je n'ai pas regardé dans la direction du ruisseau.

— Bien. Et maintenant, pouvez-vous nous dire, en tant que médecin, ce que vous pensez des blessures à la tête du défunt ?

Mark opta pour la prudence et la circonspection :

— Oui, pour ce que peut valoir mon diagnostic après un examen superficiel.

— Si j'ai bien compris, vous êtes redescendu avec Miss Kettle après qu'elle eut donné l'alarme, vous avez soulevé la casquette recouvrant le visage, observé la plaie, vérifié que le mort était bien mort, replacé la casquette et attendu l'arrivée de la police. Est-ce bien cela ?

— Oui. J'avais une lampe de poche, j'ai effectué un examen le plus complet possible sans le toucher. À vrai dire, j'ai bien vu les plaies.

— Les plaies, au pluriel. Vous pensez donc qu'il a été frappé à plus d'une reprise.

— Il faudrait que je le revoie pour vous l'affirmer. Il m'a semblé qu'il avait été cogné à la tempe avec un instrument, avant d'être transpercé à l'aide d'un autre... À moins que l'outil n'ait été pointu... Mais à quoi bon spéculer ? Votre homme pourra procéder à une observation plus complète et expliquer certaines lésions qui m'ont troublé.

— Mais votre première réaction a été de penser qu'il avait été d'abord cogné, puis transpercé. C'est bien cela ?

— C'est bien cela.

— D'après ce que j'ai observé, reprit Alleyn, il m'a semblé voir, à l'intérieur d'un hématome d'environ cinq centimètres sur trois, un renfoncement circulaire qui aurait pu être provoqué par un gros marteau à surface de frappe concave... si un tel outil existe. Puis, au milieu de ce renfoncement, un trou...

— Oui, c'est aussi ce que j'ai vu, confirma Mark. Mais vous savez, lorsqu'il s'agit de blessures à la tête...

— L'autopsie éliminera sans doute toutes les ambiguïtés, murmura Alleyn.

Il fixa ce garçon séduisant, à l'air intelligent, et décida de tenter sa chance.

— Écoutez... Il ne servirait à rien de feindre que le cas de M. Danberry-Phinn nous indiffère. Il s'est disputé violemment avec le colonel Cartarette moins d'une heure avant sa mort. Que pensez-vous de cela ? Inutile de vous préciser que ceci reste entre nous. Quelle sorte d'homme est-il, ce M. Phinn ? Vous devez le connaître assez bien.

Mark émit un râle et fourra les mains dans ses poches.

— Je ne l'ai jamais vraiment approché. Enfin ! Bien entendu, je l'ai connu toute ma vie, mais il aurait pu être mon père, et n'avait aucune raison de s'intéresser à moi tant que j'étais étudiant ou médecin débutant.

— Votre père le connaît donc mieux.

— En tant que contemporain et habitant de Swevenings, oui. Mais ils n'ont pas grand-chose en commun.

— Et son fils Ludovic ?

— Oh ! Je l'ai connu, oui. Assez peu. Il est allé à Eton, alors que je suis wykehamiste. Il a voulu entrer en diplomatie, alors que je quittais Oxford pour me perdre dans les méandres des salles de dissection de Thomas... Complètement déclassé... Je vous avouerai que mon grand-père pensait la même chose de vous, ajouta-t-il avec un sourire. N'avez-vous pas préféré l'abandonner pour Lord Trenchard et les rondes en solitaire ?

— Si vous voulez le formuler ainsi... C'est nettement plus flatteur pour moi que pour mes grands chefs blancs. Le jeune Phinn a été employé à l'ambassade de Sir Harold à Zlomce, n'est-ce pas ?

— Parfaitement... Mon grand-père était un formidable « homme de la vallée », comme nous disons par ici. Il aimait jouer les grands seigneurs et s'entourer de gens du pays. Quand Viccy Phinn est entré en diplomatie, je soupçonne mon grand-père dc l'avoir engagé chez lui afin de pouvoir recréer un petit coin de Swevenings en plein Zlomce. Mon Dieu ! J'exagère ! Ce que je veux dire, c'est que...

— Vous vous rappelez sans doute que le jeune Phinn s'est tiré une balle dans la tête, à Zlomce justement ?

— Vous êtes au courant ?

— Le choc a dû être terrible pour votre grand-père.

Mark pinça les lèvres et se détourna.

— Évidemment, souffla-t-il, sortant une cigarette et l'allumant, le dos toujours tourné.

Fox se racla la gorge.

— Je crois savoir que la biographie de Sir Harold sera prochainement publiée.

— C'est Phinn qui vous a dit cela ?

— Tiens ! Pourquoi diable M. Octavius Phinn m'aurait-il annoncé pareille nouvelle ?

Il y eut un long silence, que Mark se résolut enfin à briser.

— Je regrette, monsieur, je refuse de répondre à d'autres questions.

— Vous en avez le droit. Mais je ne suis pas certain que ce soit une sage décision de votre part.

— C'est à moi seul d'en juger. Me permettez-vous de me rendre maintenant au dispensaire ?

Alleyn hésita une fraction de seconde, puis :

— Oui, oui. Bonne journée, docteur Lacklander.

— Excusez-moi.

L'air contrarié, il sortit.

— Mon cher Fox, soupira Alleyn, nous allons nous accorder deux heures de sommeil à *L'Âne tranquille*, mais avant cela, je vous prie une fois de plus d'oublier les contours des infirmières du district, afin de vous pencher sur le tiroir du bas, côté gauche, du bureau du colonel.

Sourcils en triangle, Fox se mit en place, plia les genoux, percha ses lunettes sur le bout de son nez.

— Forcé, annonça-t-il. Récemment. Ébréché.

— Eh, oui ! Le petit bout est par terre. Le coupe-papier sur la table est aussi cassé, et le morceau gît dans le fameux tiroir... Un travail d'amateur pressé. Nous allons poser les scellés sur cette pièce. Demain, nous y viendrons avec le photographe et l'expert en dactyloscopie. Les empreintes de Miss Kettle, de M. Phinn et du Dr Lacklander seront déjà sur leurs dépositions. Mieux vaudrait récupérer discrètement les gobelets à grog de George et Lady Lacklander et les enfermer ici. Quant aux empreintes des autres, nous nous en occuperons plus tard.

Il sortit de sa poche un mouchoir et le déplia, révélant une paire de lunettes de piètre qualité.

— Avant de nous coucher, voyons si M. Danberry-Phinn a laissé sa trace sur ces besicles. Si vous êtes sage, Foxy, je vous raconterai demain matin la triste épopée de Maître Ludovic Phinn.

Kitty Cartarette était couchée dans son gigantesque lit Jacques Ier. Dès le début de son mariage, elle avait demandé qu'il fût restauré et recouvert de velours pêche, mais elle avait tout de suite compris qu'elle commettait une faute de goût. Désireuse d'établir sa position, elle avait donc renoncé à cette idée, mais avait choisi elle-même la coiffeuse, les chaises et la lampe. Elle les fixa d'un œil morne. En se poussant un peu, elle pouvait se voir dans sa glace. Le drap de satin rose encadrait son visage maculé de larmes.

— Je suis horrible, marmonna-t-elle.

Peut-être se rappela-t-elle alors qu'elle se trouvait à la place de son défunt mari ? Si le moindre frisson la parcourut à cette pensée, personne, à Swevenings, n'aurait mis son émotion sur le compte de l'amour qu'elle avait éprouvé pour lui. Lady Lacklander ne prétendait-elle pas elle-même que Kitty était de ces rares femmes qui traversent l'existence sans jamais s'attacher vraiment à qui que ce soit ? En tout cas, elle eût été bien en peine de savoir pourquoi Kitty avait tant pleuré. Le choc ? Oui, bien sûr. Mais le chagrin ?...

On frappa à la porte, et la jeune femme sursauta. Maurice, si respectueux des traditions, avait toujours frappé avant d'entrer.

— Oui ?

La porte s'ouvrit, cédant le passage à Rose. En négligé de mousseline, les cheveux tressés, elle avait l'air d'une écolière. Ses paupières étaient rouges et gonflées, et pourtant elle demeurait jolie, constata Kitty, non sans une certaine amertume.

— J'espère que ma visite ne vous ennuie pas trop, Kitty. Je ne pouvais pas dormir, et comme j'ai vu de la lumière sous votre porte... Mark est allé à Chyning me chercher des calmants. En voudrez-vous ?

— J'en ai, mais merci tout de même. Ils sont tous partis ?

— Lady Lacklander et George, oui, ainsi qu'Occy Phinn, je crois. Voulez-vous que Mark passe vous voir ?

— Pour quoi faire ?

— Il pourra peut-être vous aider... Il m'apporte beaucoup de réconfort.

— Je m'en doute, répliqua sèchement Kitty. C'est gentil à vous d'y penser, mais je vais bien, ajouta-t-elle. Et la police ? Toujours installée dans le bureau de votre père ?

— Ils ont dû s'en aller. Ils se comportent avec une grande discrétion, vraiment. M. Alleyn est un gentleman. C'est appréciable.

— Je m'en doute, répéta Kitty. Rose... Ne vous inquiétez pas. Je suis au courant.

Rose hésita.

— Kitty, je... en attendant le retour de Mark, je réfléchissais... À l'avenir.

— À l'avenir ? Il me semble que le présent devrait vous suffire, non ?

— Je ne peux pas y penser. Pas encore. C'est trop dur. Mais je me suis dit que ça ne serait pas facile pour vous.

Vous ne vous rendez peut-être pas compte que... Je ne sais pas s'il vous l'a dit, mais...

— Oh, si ! Je sais. Il me l'a dit. Il était fort scrupuleux en matière d'argent... Ne vous inquiétez pas, Rose. Je m'en sortirai. Je pensais bien que je n'aurais rien. Les femmes de mon espèce n'ont jamais rien.

— Mais je voulais vous dire de ne pas vous faire de souci. D'un point de vue financier, j'entends. Je veux dire... C'est délicat, mais... mais je veux vous aider... Vous comprenez, poursuivit-elle en se tortillant les doigts, il faut que je vous explique... Je ne vais plus avoir longtemps besoin de Hammer Farm. Mark et moi allons nous fiancer.

— Eh bien ! En voilà une bonne nouvelle ! J'espère que vous serez très heureux, tous les deux. Je ne peux pas feindre d'être très surprise.

— Non, acquiesça Rose. Je crains que nous n'ayons été plutôt... transparents.

Ses yeux se remplirent de larmes, son menton trembla.

— Papa le savait.

— Oui, rétorqua Kitty avec un demi-sourire. C'est moi qui le lui ai dit.

— *Vous ?*

C'était un peu comme si elle prenait conscience pour la toute première fois de l'existence de sa belle-mère...

— Il ne faut pas m'en vouloir : c'était naturel. Je ne pouvais pas ne pas le voir.

— Nous le lui avons annoncé nous-mêmes, marmonna Rose.

— Était-il content ? Écoutez, Rose, poursuivit Kitty d'une voix mi-lasse, mi-indulgente. Ne tournons pas autour du pot : je sais tout à propos des Mémoires du vieux Lacklander.

Rose eut un mouvement de dégoût.

— Je n'y pensais plus. Cela ne change rien.

— Peut-être pas, en effet... Du moins, plus maintenant. Qu'avez-vous ?

Rose avait tressailli.
— J'entends Mark.
Elle se précipita vers la porte.
— Rose ! la rappela Kitty, et Rose s'immobilisa. Je sais que cela ne me regarde en aucune manière, mais... vous êtes dans tous vos états. Nous le sommes tous. Ne prenez pas de décisions hâtives. N'érigez pas trop vite vos barrières, comme aurait dit votre père.
Rose dévisagea Kitty, stupéfaite. Elle avait ouvert la porte. Une main impeccablement manucurée vint se placer sur la sienne.
— Hou-hou ! Puis-je entrer ? s'enquit Mark.
Rose se tourna vers Kitty, laquelle hésita avant de répondre :
— Bien sûr, bien sûr. Venez, Mark.
Il était décidément fort bel homme : grand, brun, doté d'une bouche et d'une mâchoire volontaires qui lui conféraient ce petit plus d'arrogance auquel tant de femmes sont si sensibles. Il contempla Kitty, sans lâcher le bras de Rose ; ils formaient l'un de ces couples que l'on qualifie volontiers de « saisissants ».
— J'ai entendu vos voix, j'ai pensé que je pouvais passer la tête par là. Avez-vous besoin de quoi que ce soit ? J'ai apporté des calmants pour Rose. Si vous en voulez un... ce ne serait peut-être pas une mauvaise idée.
— J'en ai, quelque part par ici.
— Je vous en laisse un, au cas où ?... proposa-t-il en extirpant deux gélules d'un flacon, qu'il posa sur sa table de chevet avant d'aller chercher un verre d'eau. Un devrait suffire.
Il dominait Kitty de toute sa taille, et se tenait entre elle et Rose, qui n'avait pas bougé de son poste près de la porte, au bout de la chambre.
— Vous êtes arrivé le premier sur les lieux du drame, n'est-ce pas ?
— Pas exactement, non. Miss Kettle...

— Oh, celle-là ! éluda Kitty. Ce que je veux savoir... après tout, j'étais sa femme, c'est ce qui s'est passé.

— Rose, allez vite vous coucher, ordonna Mark.

— Non, Mark, répliqua-t-elle, blême comme un linge. Moi aussi, je veux savoir. Je vous en prie.

Mark resta silencieux un moment, puis :

— Primo, je dois vous dire qu'il n'a pas été défiguré.

Kitty grimaça. Rose se cacha les yeux.

— Secundo, je ne pense pas qu'il ait eu le temps de souffrir... Bien. Il a reçu un coup. Là. Sur la tempe.

— C'est tout ? questionna Rose.

— C'est un endroit particulièrement vulnérable, ma chérie.

— Il pourrait donc s'agir de... d'un accident ?

— Je crains que non.

— Oh, Mark, pourquoi ?

— Ce ne peut être un accident, Rose, insista-t-il.

— Mais pourquoi ?

— D'après la nature des blessures.

— Au pluriel ?

Il s'approcha vivement d'elle et lui prit les mains.

— Oui.

— Mais vous aviez dit...

— J'ai compté plusieurs blessures à l'intérieur d'un petit diamètre. Vous affirmer qu'elles n'ont pas été provoquées délibérément reviendrait à vous mentir : je suis certain que le médecin légiste prétendra le contraire.

— Je vois, murmura Kitty. Je suis désolée, mais cela me suffit pour cette nuit. Pouvez-vous me laisser, à présent ?

Mark l'observa d'un œil attentif, puis alla prendre son pouls.

— Non, non, laissez-moi ! Merci...

— Vous avez besoin de calme.

— Rose devrait se coucher : elle titube de fatigue.

— Je suis tout à fait d'accord avec vous, acquiesça froidement le Dr Mark.

— Oui, j'y vais, promit Rose. Tâchez de dormir, Kitty.

Sur ces mots, elle sortit, suivie de près par Mark, qui l'accompagna jusqu'à ses appartements.

— Bonne nuit, Mark chéri.

Elle se libéra délicatement de son étreinte.

— Demain, je vous emmène à Nunspardon, annonça-t-il.

— Oh, non ! C'est impossible ! Pourquoi à Nunspardon ?

— Parce que je veux prendre soin de vous, et parce que votre belle-mère ne vous sera jamais d'un grand secours.

— Oh ! Je saurai la supporter, murmura Rose. Cela n'a aucune importance. J'ai appris à ne pas m'offusquer.

Fox apprit la tragique histoire de Ludovic Phinn en dévorant ses œufs au bacon, dès l'aube, à *L'Âne tranquille*. Bailey et Thompson, qui avaient eux aussi eu droit à deux heures de sommeil à l'auberge, étaient déjà au travail dans le Pré du Bas. Le médecin divisionnaire ne tarderait sans doute pas. La journée promettait d'être belle et chaude.

— Si je suis au courant de cette affaire, c'est parce qu'elle s'est déroulée à l'époque où je me trouvais en mission dans notre Branche Spéciale, en 1937, expliqua Alleyn. En ce temps-là, Sir Harold Lacklander était notre ambassadeur à Zlomce, et Maître Danberry-Phinn était son secrétaire personnel. Le gouvernement allemand avait entamé des négociations avec le pouvoir local à propos de concessions ferroviaires. Nous savions que les Allemands étaient sur le point de signer un contrat important, dont les conséquences pouvaient être désastreuses dans un avenir proche. Lacklander reçut l'ordre de leur mettre des bâtons dans les roues. Il devait offrir aux partenaires de Zlomce des concessions particulièrement intéressantes, et tout le monde s'attendait à ce qu'ils acceptent. Mais les Allemands eurent vent de ce complot, réagirent, et, accélérant le processus de leur côté, conclurent des accords dans des délais records. Notre gouvernement voulut comprendre les raisons d'une telle précipitation. Lacklander, se rendant compte qu'il y avait eu fuite d'informations, prit le jeune Phinn comme bouc émissaire, lequel perdit tous ses moyens et avoua aussitôt. Pauvre garçon ! Il était arrivé à Zlomce, à peine sorti du giron de sa maman chérie. Ses discours étaient peut-être sophistiqués, mais son raisonnement ne l'était guère. Il s'était lié d'amitié avec des personnages douteux, parmi lesquels un jeune homme qui se révéla plus tard être un espion allemand fort persuasif. Il avait convaincu Phinn de collaborer avec lui. Bien entendu, nos propres sources de renseignements étaient plus ou moins nettes : Phinn fut jugé sur un résultat ; il s'était de toute évidence comporté en traître. Un soir, après qu'un télégramme d'importance cruciale fut parvenu à son chef, il était sorti avec son ami nazi. Il avait décodé le message, et il en avait profité pour en révéler le contenu à ses camarades. Il paraît même qu'il s'était laissé soudoyer. Découvrant tout cela, Lacklander le réprimanda vivement, et Phinn alla se tirer une balle dans la tête. Nous avions cru comprendre qu'il idolâtrait Lacklander, aussi son comportement est-il demeuré pour nous un mystère. À mon avis, c'était un garçon brillant, mais peu équilibré ; un fils unique que le père, Octavius (nous l'avons aperçu hier soir), imaginait vivant de la fortune familiale. Sa mère est morte quelques mois plus tard, je crois.

— C'est triste.

— Très.

— Pensez-vous que ce M. Phinn soit un peu...

— Toqué ?

— Heu... excentrique.

— Son attitude cette nuit était pour le moins étrange.

Il avait peur, Fox. N'avez-vous pas eu cette impression ?... À propos, les lunettes étaient bien les siennes.

— Vous m'en direz tant ! s'exclama Fox.

— Ce n'est pas une preuve de quoi que ce soit. Peut-être les avait-il perdues là un peu plus tôt dans la journée. Son hésitation à les reconnaître n'en est pas moins normale.

— Heu...

— Je suis tout à fait d'accord avec vous, Fox ! Quant à moi, j'ai une idée sur la façon dont elles ont pu arriver là.

Il exposa sa théorie que Fox écouta, sourcils haussés.

— Cela étant dit, Fox, conclut Alleyn, plusieurs personnes sont susceptibles d'avoir profité de l'occasion : sa femme, les trois Lacklander, voire Miss Kettle !

Fox arrondit la bouche, vit la lueur moqueuse dans les prunelles de son patron, referma la bouche.

— Nous ne pouvons évidemment pas éliminer l'hypothèse du vagabond ou de l'Oriental surgi des ombres pour une sombre vengeance. Cependant, un détail me paraît important, Fox. Il semble que Sir Harold Lacklander ait, sur son lit de mort, confié au colonel ses Mémoires. Cartarette devait les éditer.

— Alors là ! Je ne peux pas dire que...

— Cela ne signifie peut-être rien du tout, mais d'un autre côté, ne pourrait-il y avoir un lien entre les Lacklander d'une part et M. Octavius Phinn d'autre part, ce lien prenant la forme de Mémoires détenus par le colonel Cartarette ?

— Si je comprends bien, vous vous demandez si ce texte ne contient pas un récit complet des fautes commises par le jeune Phinn, et si le père ne se serait pas violemment opposé à la publication.

— C'est horrible, mais plausible, non ? Et où cela nous mène-t-il ? Cartarette descend la colline à dix-neuf heures vingt, repère Phinn en train de braconner, se dispute avec lui. Ils se séparent. Cartarette se rapproche de

Lady Lacklander qui a tout entendu, reste avec elle une dizaine de minutes, poursuit jusqu'à la saulaie où il s'installe pour pêcher. Lady L. rentre chez elle, Phinn assassine Cartarette parce qu'il s'apprête à publier les Mémoires de Lacklander et par conséquent à déshonorer sa famille. Mais Lady L. ne m'en dit pas un mot. Elle ne me précise pas qu'elle les a entendus se quereller *au sujet* de ce manuscrit (bien que je ne saisisse pas pourquoi elle me l'aurait caché). Elle se contente d'affirmer qu'ils se sont reproché leurs tactiques de pêche, et que Cartarette est ensuite venu lui en parler. Elle ajoute qu'ils ont aussi évoqué un problème d'ordre privé, qui n'a aucun rapport avec la mort de Cartarette. C'est peut-être la vérité. Mais le *problème d'ordre privé* n'aurait-il pas été soulevé, justement, par la perspective de la publication des Mémoires ? Et si oui, pourquoi a-t-elle refusé de l'admettre ?

— Avons-nous une raison valable de croire que c'est à propos de ce livre ?

— Aucune. Je fais ce que je vous déconseille toujours de faire : je spécule. Cependant, le jeune Lacklander n'a visiblement pas apprécié que l'on évoque le sujet. Il s'est refermé comme une huître. Ces Mémoires sont pourtant bel et bien là, Fox. Ils lient les Cartarette aux Lacklander, et peut-être M. Phinn aux deux précédentes familles. Pour l'instant, c'est l'unique point commun entre ces gens en apparence terriblement conventionnels.

— Lady Lacklander ne m'est pas apparue comme une femme conventionnelle.

— Elle a ses principes, croyez-moi. Ah ! J'entends une voiture. Ce doit être le Dr Curtis. Allons dans le Pré du Bas avec lui.

Mais Alleyn se figea soudain et se frotta le nez en dévisageant son collègue.

— N'oublions pas que le vieux Lacklander a rendu l'âme en prononçant à plusieurs reprises, au prix d'un effort semble-t-il douloureux, le mot « Vic ».

— Vic ?

— Parfaitement. Or, Mark Lacklander, en parlant du jeune Phinn, l'a appelé Viccy ! Passionnant, non ? Venez !

Le cadavre du colonel Cartarette était une vision incongrue dans la saulaie, sous le soleil éblouissant de la matinée. Il avait été découvert et gisait là, près du ruisseau, recroquevillé sur lui-même, vide de toute pensée, de toute émotion, la tempe défoncée. Il avait été photographié sous tous les angles. En effet, Bailey et Thompson avaient repris leur travail de la nuit, malheureusement sans grand succès. L'eau avait coulé sous les planches, humidifié le terrain, lavé les galets. En dépit de la bâche, les vêtements sur le corps avaient été trempés.

Après un examen superficiel, le Dr Curtis se redressa.

— Je m'arrête là pour l'instant, annonça-t-il à Alleyn. J'ai remis à Oliphant tout ce que contenaient les poches. Un trousseau de clés, une blague à tabac, une pipe, un briquet. Une boîte d'hameçons. Un mouchoir. Un portefeuille renfermant quelques notes et une photo de sa fille. C'est tout... Si j'ai bien compris, il était encore vivant à vingt heures quinze, et a été trouvé mort à vingt et une heures. Je ne peux guère mieux vous préciser l'heure du décès.

— Les blessures ?

— À mon avis, deux instruments ont servi, ou alors un seul, de deux façons différentes. Je pense qu'il a dû être d'abord assommé d'un coup de marteau ou de pierre. Il a dû perdre connaissance tout de suite, il a même pu mourir...

Alleyn contourna le cadavre et s'approcha du bord de l'eau.

— Pas d'empreintes ?

— J'ai relevé les traces des pas de ceux qui l'ont trouvé, répondit Bailey. Un homme et une femme. Les marques se chevauchent, avancent par là... s'arrêtent, piétinent, repartent... C'est très clair. Et voici celles de ses propres talons, monsieur Alleyn.

— Bien... Il était donc accroupi sur ce petit bout de terre molle. Face au ruisseau. Il avait coupé plusieurs poignées d'herbe à l'aide de son couteau et s'apprêtait à envelopper sa truite. Voilà le couteau, l'herbe, et la truite. Énorme. Le brigadier Oliphant prétend que le colonel l'avait attrapée quelques jours auparavant, mais qu'il l'avait perdue.

Alleyn plongea l'index dans la gueule du poisson.

— Ah, oui ! L'hameçon y est encore. Nous allons l'examiner... Tiens ! Tiens ! Ce n'est pas une vulgaire mouche de commerce. C'est une œuvre d'art. Plumes rouges, tissu or, fil de couleur bronze... J'ai dû voir cela dans le bureau du colonel. C'est Rose Cartarette qui les lui préparait.

Alleyn contempla la tête fracassée du colonel et soupira.

— Cette fois, ce n'est pas vous qui l'aviez prise, La Vieille. Pourquoi diable avez-vous crié à dix-neuf heures trente que vous ne vouliez pas être vu mort, cette bestiole entre vos mains, et pourquoi avez-vous été trouvé mort, cette bestiole entre vos mains, à vingt et une heures ?

La saulaie abritait une sorte de havre miniature, la rive en courbe plongeant de deux mètres environ dans la partie supérieure de la baie, et glissant en pente douce vers une parcelle de galets, plus bas. Le ruisseau s'y jetait en tourbillonnant et reprenait son cours. Alleyn observa attentivement les alentours.

— Fox ! Regardez-moi ça ! s'écria-t-il en indiquant, à un mètre au-dessus du colonel, un parterre de marguerites sauvages.

Il en désigna trois, plus grandes que les autres, dont les têtes avaient été coupées.

— Vous pouvez l'enlever, mais ne piétinez pas trop le terrain autour. Nous allons l'inspecter de nouveau. Fox, avez-vous remarqué, à l'entrée de la saulaie, ce tapis d'herbes aplaties, parsemées de brindilles cassées ? Rappelez-vous que Miss Kettle a eu la désagréable impression d'être observée dans le noir... Allez-y, Oliphant.

Oliphant et son assistant, le brigadier Gripper, s'approchèrent avec une civière. Comme ils soulevaient le corps, une tête de marguerite écrabouillée et détrempée tomba de son manteau.

— Ramassez-la soigneusement, ordonna Alleyn. Nous devons essayer de retrouver les deux autres. Cet assassin l'a dit avec des fleurs.

Oliphant et Gripper allongèrent la dépouille, attendirent. Alleyn retrouva la seconde marguerite sur la rive, juste en dessous de l'endroit où avait reposé la tête du colonel.

— La troisième est peut-être partie dans l'eau. Nous verrons bien.

Alleyn procéda à un examen attentif de la canne à pêche.

— Cette mouche était la petite sœur de l'autre, avec laquelle il avait pris La Vieille une première fois, constata-t-il, puis il renifla. Tiens ! Il a pêché quelque chose, hier soir. Il reste un bout de chair, là, sur l'hameçon... Où donc est sa proie ? Était-elle trop petite ? L'a-t-il remise à l'eau ? Oh ! Cette pluie a vraiment tout gâché !

Il se pencha pour humer les mains raidies du colonel.

— Il a manipulé du poisson. Il faudra relever tous les indices sur la peau, les vêtements, les ongles. Ne perdez surtout pas cette touffe d'herbe qu'il tient encore. Où est le reste ?

Il alla récupérer tous les brins éparpillés là où le colonel les avait coupés. Il observa le couteau et découvrit que lui aussi empestait le poisson. Il s'empara précautionneusement de La Vieille, regarda de près les galets sur lesquels elle avait reposé toute la nuit.

— Toutes ces écailles appartiennent-elles au même poisson ? Voyons un peu cela... Tiens ! Tiens ! Il ne manque pas le moindre centimètre de peau sur celui-ci... Voilà qui est intéressant, murmura l'inspecteur principal, en chaussant ses lunettes.

Ses subordonnés toussotèrent. Fox était béat d'admiration.

— Nous allons devoir demander son avis à un expert, et ses conclusions pourraient bien être décisives quant à l'issue de cette affaire. Selon moi, le colonel avait pris un poisson, qu'il a manipulé à cet endroit précis. Et par la suite, quelqu'un l'a remplacé par La Vieille. Mais qui ? Et quand ?

— Quand ? Avant la pluie, intervint Fox. C'est ce que l'on peut déduire d'après l'état du terrain.

— Peut-être, mais il a aussi été tué avant la pluie, et découvert avant la pluie. Réfléchissez, mon cher Fox. Il a été assassiné, une touffe d'herbe à la main. Ne croyez-vous pas qu'il la coupait pour envelopper son poisson ? Il avait refusé de toucher à La Vieille, qu'il avait abandonnée sur le pont. Tous ceux qui l'ont connu affirment qu'il ne serait pour rien au monde revenu sur ses paroles. Bien. Quelqu'un le tue... Est-ce ce même quelqu'un qui enlève ensuite la truite du colonel et la remplace par La Vieille ?

— C'est ce que vous soupçonnez, n'est-ce pas, monsieur Alleyn ?

— Et pourquoi ?

— Dieu seul le sait ! vociféra Oliphant.

Les brigadiers Bailey, Thompson et Gripper renchérirent. Le Dr Curtis se sourit à lui-même.

— Était-il dans cette position au moment où il a été frappé ? s'enquit Alleyn. D'après moi, il était accroupi, face au ruisseau, l'herbe dans les mains. Êtes-vous d'accord, Curtis ? D'après les marques de ses talons, j'en déduis qu'il est tombé ainsi après avoir reçu le coup à la tempe gauche. Il a pu être cogné par un gaucher, ou attaqué de côté par son assaillant surgissant de là... ou encore, du devant, par un violent swing de droitier... Oui, Oliphant ?

— Excusez-moi, monsieur, cela me fait un peu penser au genre de coup que donne un carrier lorsqu'il veut casser un rocher à hauteur de son genou...

— Ou un revers, comme au tennis, ajouta Gripper.

— Humm, murmura Alleyn, échangeant un bref coup d'œil avec Fox. Mais il n'y avait pas suffisamment de place entre le colonel et le bord du ruisseau... et c'est pourquoi je suggère que l'assaillant a pu se trouver dans l'eau. À présent, venez donc voir par là-haut, vers le pont, mon cher Fox. Faites le grand tour, afin de préserver au mieux le terrain, puis revenez.

Fox rejoignit Alleyn à la pointe basse de la petite baie. Ils observèrent le Chyne dévalant la pente devant la saulaie, laquelle cachait en partie Bottom Bridge, ne laissant apparaître qu'un bout du vieux bachot.

— Charmant tableau, n'est-ce pas ? Une esquisse digne d'un album victorien. Je me demande si Lady Lacklander s'installe ici pour dessiner, de temps à autre... Avez-vous lu *Le Viol de Lucrèce*, Fox ?

— Non, je ne le crois pas... Ne serait-ce pas une œuvre de Shakespeare ?

— Parfaitement. Il y parle des excentricités de l'Avon à Clopton Bridge, mais dans le cas qui nous préoccupe, l'on pourrait tout aussi bien remplacer ces noms par le Chyne et Bottom Bridge... Regardez attentivement cette brindille qui vient vers nous. Elle a été prise dans le courant, mais au lieu de poursuivre tout droit son chemin, elle est poussée dans la baie. La voici ! Elle tourbillonne sur elle-même et repart... en direction du pont. Il s'agit donc d'un contre-courant d'une force considérable. Restez où vous êtes un instant, voulez-vous ? Accroupissez-vous, et penchez votre tête sur une truite imaginaire. Jouez le rôle du pêcheur. Ne vous redressez surtout pas avant que je vous le dise.

— Qu'est-ce que vous manigancez encore ? marmonna Fox en s'exécutant aussitôt.

Alleyn disparut dans la saulaie.

— Qu'est-ce qu'il fabrique ? s'enquit Curtis à la cantonade.

Tous entendirent l'inspecteur principal traverser Bottom Bridge, mais seul Fox, qui continuait docilement de fixer le sol, était en position de le distinguer. Les autres patientèrent, s'attendant plus ou moins à le voir resurgir en face.

Quelle ne fut pas leur surprise lorsque soudain apparut devant eux Alleyn en personne, debout dans la barque, une tête de marguerite fanée à la main !

L'embarcation fut portée transversalement par le courant jusqu'à la saulaie, où elle vint s'échouer en douceur, le fond grattant sur les galets.

— Vous avez perçu ce bruit, je suppose ? demanda Alleyn à son collègue.

Fox sursauta.

— Oui. Mais je n'avais rien vu, rien entendu auparavant.

— Cartarette aussi a dû être étonné. Ce qui explique, selon moi, les marguerites décapitées. Mon cher Fox, tenons-nous notre coupable ?

— Si je saisis bien l'essence de votre pensée, monsieur Alleyn, *vous* le tenez.

7

Watt's Hill

— Récapitulons, proposa Alleyn, du bateau. Primo : j'ai trouvé la tête de marguerite à la proue. C'est-à-dire dans la même ligne que les autres, mais un peu plus loin du point d'impact. Secundo : ce vieux débris est muni d'une amarre longue d'environ dix mètres. Elle est toujours fixée à l'autre bout, et pour regagner ma place, il me suffira de me hisser à l'aide du cordage. J'imagine que cette installation a été prévue pour Lady Lacklander, laquelle, si j'en juge par ces quelques taches de couleur et ce tube de peinture écrasé, s'assied là de temps à autre pour peindre. Voilà une constatation qui me pousse à réfléchir. Je serais curieux de la voir, cette déesse voluptueuse, pour ne pas dire obèse, se hissant jusqu'au port... J'ai ramassé aussi une grande épingle à cheveux jaune, ainsi que deux ou trois mégots de cigarettes, certains maculés de rouge à lèvres, d'autres non. Ils semblent être là depuis plusieurs jours, leur histoire ne nous intéresse donc guère.

— Sir G. et sa petite amie ? suggéra Fox.

— Je savais que je pouvais compter sur vous, mon vieux ! Mais revenons-en à nos moutons. Tertio : rappelons-nous que cette barque n'est pas visible des domaines de Watt's Hill. Ce n'est que d'ici, et d'un point de vue précis entre les saules pleureurs, que l'on peut l'apercevoir... Vous pouvez l'emporter, Gripper.

Le Dr Curtis avait recouvert le cadavre. Gripper et le chauffeur du Yard, assistés de Thompson et de Bailey, transportèrent le colonel Cartarette sur son côté du ruisseau jusqu'à Watt's Lane, où s'était garée l'ambulance de l'hôpital de Swevenings.

— C'était un vrai gentleman, soupira le brigadier Oliphant. J'espère que nous attraperons le coupable.

— Oh ! N'ayez aucune crainte ! le rassura Fox.

— Selon moi, reprit Alleyn, l'assassin a vu Cartarette sur l'autre rive, accroupi devant sa proie. Je pense qu'il est monté dans le bachot, qu'il a lâché du lest et qu'il s'est laissé emporter par ce que je me plairai à appeler « le courant de Shakespeare », pour aller s'échouer sur les galets. À mon avis, toujours, le colonel connaissait suffisamment cette personne pour se contenter de relever la tête en l'entendant arriver. Bien... Si je me poste ici, face à l'endroit où le colonel Cartarette s'activait sur son poisson, je peux l'atteindre d'un coup...

— *Si*, souligna Fox.

— Oui, je sais, ce ne sont que des supputations. Mais si vous avez une meilleure idée, je vous encourage vivement à me la soumettre, ironisa gentiment Alleyn.

— Heu... Pour l'instant, monsieur, je ne suis pas très inspiré.

— Ce qui me trouble, c'est la position des trois marguerites décapitées. Il est vrai qu'à l'aide d'un instrument adéquat, elles auraient pu atterrir la première sur le colonel, la seconde au bord de l'eau, la troisième dans la barque. Supposons que ce fut le cas... L'arme n'aurait pas pu, dans la foulée, atteindre le colonel.

Oliphant observa la perche dans le bateau.

— Non, Oliphant, intervint Alleyn. Essayez de vous mettre debout dans cette coquille de noix, de tourner ce machin autour de vous, de décapiter trois marguerites et de frapper un joli rond bien net à la tempe d'un homme accroupi... Il faudrait être champion au lancer de marteau !

— En déduisez-vous que les fleurs furent mutilées au second passage ? Ou un peu plus tôt dans la journée ?

— Excusez-moi, interrompit brusquement le brigadier Oliphant, mais êtes-vous certains que ces marguerites ont un quelconque rapport avec le crime ?

— Je pense qu'il existe un lien, confirma Alleyn. Je me base pour dire cela sur leur relative fraîcheur. L'une d'entre elles était dans la veste du colonel, l'autre dans le bachot.

— C'est bien mignon, comme théorie, insista le brigadier, fort de sa toute nouvelle importance, mais *le bachot* a-t-il un quelconque rapport avec le crime ?

— À moins de trouver un gaucher comme suspect, mon hypothèse concernant cette embarcation me paraît plausible. Observez cet espace, entre la barque et l'endroit où gisait le cadavre, ainsi que cette parcelle de galets, entre les herbes et la place du poisson. Il est possible de descendre du bateau sur les galets, et donc de se trouver tout près du colonel Cartarette, sans laisser de traces. Du côté des saules pleureurs, en revanche, le terrain est mou. Le colonel, Miss Kettle et le Dr Lacklander y ont laissé des marques de pas reconnaissables, mais nous n'y avons relevé aucune empreinte susceptible d'appartenir à une quatrième personne. Acceptons provisoirement la théorie selon laquelle l'assaillant, ayant assommé Cartarette, aurait mis pied à terre sur les galets pour infliger le coup ultime, ou vérifier que sa victime était bien morte. Où placeriez-vous cette hypothèse, entre la truite volatilisée, le bachot et les marguerites décapitées ?

Alleyn porta son regard d'Oliphant à Fox : le premier était bouche bée, le second paraissait à peine surpris. M. Fox avait saisi le raisonnement de son supérieur, lequel l'exposa en détail.

— Je sais bien qu'avec des « si », tout est possible, conclut-il. Si vous avez d'autres idées, je vous écouterai avec joie.

— Évidemment, si c'est ainsi qu'elle se dénoue, notre affaire aura été pour le moins étrange. À propos du bachot...

— Le bachot, oui. J'y ai débusqué quelques brins d'herbe qui sentaient le poisson.

— Vraiment ? s'enquit Fox. Donc, je résume : nous avons un meurtrier qui s'approche en bateau de sa victime et l'assomme. Pour s'assurer que le mort est bel et bien mort, l'assassin saute sur les galets, d'où il porte un dernier coup fatal à la tempe du défunt. Puis, pour des raisons qui, telles que vous nous les avez données, paraissent logiques bien que nous manquions de preuves, monsieur Alleyn, il échange le poisson du colonel contre La Vieille. Pour cela, il doit retourner la chercher à bord. En cours d'opération, il décapite trois marguerites. Quant à la manière dont il s'est procuré ses armes, et au sort du premier poisson, ce sont là de grands mystères. Est-ce bien cela, monsieur Alleyn ?

— Parfaitement. Oliphant, j'ordonne que l'on recherche le poisson disparu. Retrouvez-moi sur l'autre rive, ajouta-t-il à l'intention de Fox. J'ai quelque chose à vous montrer.

S'emparant de la corde, il repartit sans difficulté à contre-courant jusqu'au point d'amarrage. Lorsque Fox, ayant traversé le pont, l'y rejoignit, il secouait la tête de droite à gauche.

— Oliphant et ses gars sont passés là cette nuit comme un troupeau de rhinocéros, annonça-t-il. Quel dommage ! Enfin ! Venez tout de même par ici, Fox.

Il entraîna son collègue vers un creux dans la rive gauche. Ici, la pluie n'avait pas suffisamment pénétré pour effacer les cicatrices caractéristiques laissées par le chevalet et le tabouret de Lady Lacklander. Alleyn les désigna d'un doigt.

— Mais le plus intéressant est par là, sur ce monticule...

Fox lui emboîta le pas, et quelques instants plus tard,

ils s'immobilisèrent pour contempler un minuscule trou dans la terre. Rempli d'eau. L'herbe tout autour avait été aplatie.

— Examinez de près ce trou, et remarquez ce renfoncement circulaire, autour.

— Oui, oui, murmura Fox. Ma parole ! C'est donc cela ! Comme la plaie ! Seigneur !

— C'est la marque de l'arme numéro deux, mon cher Fox. Une canne-siège.

— Jolie demeure, constata Alleyn, tandis qu'ils émergeaient du Petit Bois devant Nunspardon. Jolie demeure, n'est-ce pas, Fox ?

— Superbe. Style classique...

— Exactement. Bâtie sur le site de la maison précédente, laquelle abritait un couvent. D'où le nom : Nunspardon. Offerte (par Henri VIII, comme d'habitude) aux Lacklander. Nous allons devoir procéder avec délicatesse, mon cher Fox. À mon avis, ils terminent leur petit déjeuner. Je me demande si Lady Lacklander prend le sien en bas ou dans sa chambre... En bas, décida-t-il, alors qu'elle apparaissait, entourée d'une demi-douzaine de chiens.

— Elle porte des bottes d'homme ! s'exclama Fox.

— C'est peut-être à cause de son panaris à l'orteil.

— Ah, oui, bien sûr. Seigneur ! Elle serre une canne-siège sous son bras !

— Vous m'en direz tant ! Il ne s'agit pas forcément de la nôtre. Quoique... On ne sait jamais.

— Elle vient vers nous... Ah, non !

— Saperlipopette ! Elle va s'asseoir dessus !

Lady Lacklander avait en effet commencé à se diriger vers eux, puis brusquement changé d'avis. Elle répondit de loin au salut d'Alleyn en agitant une main protégée par un gros gant de jardinage, ouvrit son tabouret et se laissa choir dessus.

— Légère comme elle est, elle va l'enterrer ! marmonna Alleyn. Venez !

— Bonjour à vous ! s'écria-t-elle, tandis qu'ils se rapprochaient. Ne vous êtes-vous donc pas couchés ?

— Nous sommes désolés de venir vous harceler de si bon matin, attaqua Alleyn, déployant tout son charme, mais nous sommes un peu perplexes. Peut-être pourriez-vous nous éclairer ?

Elle fronça les sourcils, les yeux brillants.

— Nous nous demandons si l'assassin de Cartarette n'était pas caché dans les parages un certain temps avant le crime.

— Vraiment ?

— Vraiment.

— Je n'ai vu personne, en tout cas.

— Quand je dis caché, je veux dire bien caché. D'après nous, ce devait être dans un endroit d'où il avait une vue au moins partielle sur le pont et la saulaie. Un endroit dominant le creux où vous vous étiez installée pour peindre.

— Parce que vous avez repéré le lieu où je m'étais mise ?

— Ce fut d'une simplicité enfantine, je vous assure : vous vous êtes servie d'un chevalet et d'un tabouret.

— Lequel, étant donné mon poids, a dû laisser des traces, devina-t-elle en se balançant d'avant en arrière sur sa canne-siège.

— Nous pensons que l'assaillant a dû attendre de vous voir partir avant de sortir de son antre. Êtes-vous restée là tout le temps ?

— Non : je me suis éloignée à plusieurs reprises pour examiner mon œuvre. Une croûte, je vous le précise tout de suite.

— Où vous êtes-vous placée, précisément, pour observer le résultat de votre travail ?

— Sur un monticule entre le creux et le pont. Vous

n'avez pas procédé à une inspection complète, sans quoi vous vous en seriez rendu compte vous-même.

— Ah ? Et pourquoi donc ? répliqua Alleyn en croisant les doigts.

— Parce que, mon cher Roderick, je me suis servie de cette canne-siège ; elle était si bien ancrée que j'ai pu aller et venir plusieurs fois sans m'en soucier.

— L'avez-vous abandonnée là quand vous êtes rentrée chez vous ?

— Absolument. En guise de repère pour le domestique qui devait venir reprendre mes affaires. J'avais tout posé à côté.

— Lady Lacklander, dit Alleyn, j'aimerais effectuer une reconstitution du paysage tel qu'il était lorsque vous êtes partie. Pouvez-vous nous prêter votre attirail d'artiste et votre canne-siège pendant une heure environ ? Nous en prendrons le plus grand soin.

— Je ne sais pas à quoi vous jouez, mais je suppose que vous vous garderez bien de me le révéler. Tenez ! Voici !

Elle se leva péniblement. Le disque et la pointe de la canne-siège étaient profondément enfoncés dans la terre. Alleyn aurait voulu creuser tout autour, délicatement, mais Lady Lacklander ne lui accorda pas ce plaisir : d'un geste puissant, elle la déracina.

— Là ! soupira-t-elle, indifférente. Le reste de mon matériel est dans la maison. Vous venez le chercher ?

Alleyn la remercia, et tous trois prirent le chemin de l'imposante demeure. George Lacklander était dans le hall. Métamorphosé au cours de la nuit, il s'exprimait maintenant avec toute la gravité qu'un homme de son rang se doit d'arborer dans la chambre d'un grand malade, ou à la messe.

— Eh bien, George ! railla sa mère. Je ne pense pas qu'ils me relâcheront sous caution, mais peut-être aurastu l'autorisation de me rendre visite ?

— Mère ! Je vous en prie !

— Roderick me réclame mon attirail de peintre, sous un prétexte quelconque. Il ne m'a cependant pas encore infligé ce que je crois être la « mise en garde » de rigueur.

— Mère ! Je vous en prie !

— Venez, Rory, poursuivit Lady Lacklander, l'entraînant hors du vestibule dans un vestiaire encombré de parapluies, de bottes, de chaussures, de raquettes diverses et de clubs de golf. Je mets tout ici, c'est plus pratique. Je suis experte en frises de fleurs, ce qui suffit à me situer en tant que peintre : votre femme vous le dira.

— Elle n'est pas si snob.

— Mais c'est une remarquable artiste. Tenez ! Servez-vous.

Il souleva une musette à laquelle étaient attachés un chevalet et un petit parasol.

— Avez-vous utilisé ce parasol ?

— William, le domestique, me l'a installé. Je n'en voulais pas : le soleil se couchait déjà. Je l'ai laissé tel quel, mais fermé, quand je suis rentrée.

— Nous allons voir s'il était visible au-dessus du creux.

— Roderick... qu'a-t-il subi comme blessures, au juste ? demanda-t-elle subitement.

— Votre petit-fils ne vous a donc rien dit ?

— S'il m'en avait parlé, je ne vous interrogerais pas là-dessus.

— Des blessures crâniennes.

— Ne vous pressez pas de me rendre tout cela. Je ne suis pas d'humeur à peindre, aujourd'hui.

— C'est gentil à vous de nous les prêter.

— Kettle me racontera tout !

— Et beaucoup mieux que moi ! approuva gaiement l'inspecteur principal.

— Comment avez-vous pu quitter la diplomatie pour exercer ce sinistre métier ?

— Oh ! C'était il y a bien longtemps. Mais il me

semble que ma décision m'a été inspirée par mon penchant pour un certain réalisme...

— Qu'il ne faut jamais confondre avec la vérité.

— Je suis convaincu, néanmoins, que c'en est la base. Mais je ne veux pas vous retarder davantage. Merci de votre aide.

Alleyn s'écarta pour la laisser passer.

Les deux inspecteurs sentirent son imposante présence derrière eux, sur les marches du perron, tandis qu'ils redescendaient en direction du Petit Bois. Alleyn tenait la canne-siège en son milieu, Fox portait le matériel de peinture.

— Je suis prêt à parier que, vus de dos, nous sommes aussi incongrus qu'une paire de boules de neige en enfer.

Dès qu'ils furent cachés par les arbres, ils entreprirent un minutieux examen de leur butin.

— Le disque, annonça Alleyn en inspectant la canne-siège, est vissé au-dessus de la virole, et la pointe mesure environ cinq centimètres. Il y a de la terre partout, même à l'intérieur de la bague : de toute évidence, rien n'a bougé depuis des semaines. Et c'est tant mieux. S'il s'agit de l'arme du crime, peut-être a-t-elle été lavée dans le Chyne et essuyée ; elle a été remise en terre par la suite, mais au moins, elle n'a pas été démontée. Nous avons peut-être une chance de découvrir des traces de sang là-dessous. Nous devons confier cet instrument à Curtis sans tarder. À présent, voyons le reste.

— Nous n'en avions pas vraiment besoin, n'est-ce pas ?

— On ne sait jamais. Nous avons donc un trépied à pointes et son parasol... à pointe, lui aussi. Cela fait un certain nombre de pointes, mais celle de la canne-siège me paraît correspondre le mieux à ce que nous cherchons... Voici une boîte de couleurs. Plusieurs cartons. Une boîte de pinceaux. Des crayons. Un gobelet à eau. Une éponge. Un chiffon... Un chiffon, répéta-t-il tout bas en se penchant pour le flairer.

Du sac à dos, il tira sur une longueur de coton parsemée de taches diverses, dont une d'un brun rougeâtre, et striée de plis comme si l'étoffe avait enveloppé un objet quelconque.

Alleyn dévisagea son collègue.

— Sentez, Fox...

Fox s'accroupit.

— Poisson ! annonça-t-il.

Avant de remonter, ils allèrent jeter un coup d'œil sur le second tee et observer la vallée telle qu'elle était visible du côté de Nunspardon. De là, ils pouvaient admirer le paysage jusqu'au bout du pont et les eaux supérieures du Chyne. Mais le reste, la saulaie, les eaux inférieures et l'autre extrémité du pont, était dissimulé par les arbres, à travers lesquels ils apercevaient le creux où s'était installée Lady Lacklander pour peindre.

— C'est donc d'ici que Mme Cartarette et cet imbécile heureux de George Lacklander ont surpris M. Phinn en flagrant délit de braconnage. Et c'est de là-bas que Lady Lacklander, levant les yeux, les a repérés.

Alleyn se détourna pour contempler un bouquet d'arbustes ornant le terrain de golf.

— Je parierais volontiers que ces leçons de golf ne sont qu'un prétexte.

— Vous croyez, monsieur Alleyn ?

— Je n'en serais guère étonné, en tout cas. Tenez ! Voilà Oliphant, sur le pont, s'exclama-t-il en agitant la main. Nous allons lui demander de faire porter tout ceci à Curtis, qui doit être arrivé à Chyning. Il commence son autopsie à onze heures. Le Dr Lacklander s'est arrangé pour qu'il puisse utiliser la morgue de l'hôpital. Je veux un rapport sur le chiffon et la canne-siège le plus rapidement possible.

— Le jeune médecin assistera-t-il à l'autopsie, selon vous ?

— Je n'en serais pas surpris. Et maintenant, passons à la prochaine étape : une visite de routine chez le commandant Syce.

— C'est le type dont a parlé Miss Kettle, celui qui souffre d'un lumbago. Il habite la maison du milieu. Je me demande s'il a vu quelque chose...

— Tout dépend de la position de son lit.

— Un lumbago, c'est douloureux, marmonna Fox.

Ils transmirent le matériel de Lady Lacklander au brigadier Oliphant avec un mot d'explication destiné au Dr Curtis et l'ordre de fouiller la vallée en quête de la truite disparue. Puis ils gravirent le Sentier du Ruisseau, traversèrent le bosquet de Hammer Farm et pénétrèrent dans celui de la propriété du commandant Syce. Là, ils se retrouvèrent nez à nez avec un panneau cloué à un tronc d'arbre : « Attention ! Tir à l'arc. »

— Voyez-vous ça ! s'écria Fox. Et dire que nous avons oublié de mettre nos collants verts !

— Peut-être est-ce pour mettre en garde Miss Kettle, proposa Alleyn.

— Je ne comprends pas, monsieur ?

— Pour la décourager de flirter avec le commandant une fois qu'elle aura eu raison de son lumbago.

— C'est un peu tiré par les cheveux, protesta Fox.

Comme ils atteignaient le jardin, ils perçurent une vibration, suivie d'un drôle de sifflement, puis le « ploc » sourd du coup final.

— Qu'est-ce que c'est que ça ? s'indigna Fox. On aurait dit une flèche.

— Précisément !

D'un signe du menton, Alleyn désigna un tronc d'arbre non loin de là. En plein centre d'un cœur fraîchement gravé s'enfonçait une flèche joliment décorée de rouge. Elle tremblait encore légèrement.

— Nous ne pouvons pas prétendre que nous n'étions pas prévenus, constata Alleyn.

— Nous avons été très imprudents !

Alleyn arracha la flèche de son point d'ancrage pour l'inspecter de plus près.

— Une arme mortelle si elle atteint sa cible. J'espère que vous avez remarqué ce cœur ? Il semble que le commandant Syce soit remis de son lumbago, mais qu'il soit maintenant victime de maladie d'amour. Venez.

Émergeant du taillis, ils découvrirent le commandant soi-même, à une cinquantaine de mètres de là, arc en main, carquois sur la cuisse, le visage écarlate, le regard incertain.

— Hé ! hurla-t-il. Je suis vraiment navré et tout ce qui s'ensuit, mais comment pouvais-je imaginer ?... Après tout, il y a un panneau !

— Oui, oui, je sais. Nous sommes venus à nos risques et périls, répliqua Alleyn.

Les deux inspecteurs se rapprochèrent de Syce, qui les attendit en se trémoussant, visiblement embarrassé. Alleyn se présenta, ainsi que son acolyte.

— Nous sommes officiers de police, ajouta-t-il.

— Juste ciel !

— Je suppose que vous avez entendu parler du drame d'hier soir ?

— Quel drame ?

— Le colonel Cartarette.

— Cartarette ?

— Il a été assassiné.

— Mon Dieu !

— Nous rendons visite à tous ses voisins, au cas où...

— À quelle heure ?

— Aux alentours de vingt et une heures.

— Comment savez-vous que c'était un meurtre ?

— Il a reçu des coups particulièrement violents à la tempe.

— Qui l'a trouvé ?

— L'infirmière du district, Miss Kettle.

Le commandant Syce s'empourpra.

— Pourquoi n'est-elle pas venue me chercher ?

— Vous vous seriez attendu à cela de sa part ?

— Non.

— Alors...

— Écoutez, entrez, voulez-vous ? Ce n'est pas un endroit pour discuter, c'pas ?

Ils le suivirent dans son salon tristounet où trônaient encore son lit improvisé, aujourd'hui impeccablement tiré, ainsi qu'une table où s'alignaient en ordre parfait crayons et peintures. Une grande carte illustrée, encore à l'état d'esquisse, était épinglée sur une planche à dessin. Alleyn vit tout de suite que c'était une représentation de Swevenings.

— C'est charmant, dit-il.

Le commandant Syce émit un râle mi-terrifié, mi-confus et se planta entre l'inspecteur et son œuvre. Il marmonna quelques mots à propos d'une surprise pour une amie.

— Quelle chance elle a ! s'exclama Alleyn.

Syce devint (si c'était possible) encore plus rouge, tandis que Fox prenait un air dépité.

— Nous effectuons une visite de routine, reprit Alleyn. Nous nous efforçons simplement de recréer le contexte. Dans une affaire comme celle-ci, c'est toujours...

— Vous n'avez pas attrapé le meurtrier ?

— Non. Mais nous pensons qu'en nous adressant aux voisins du colonel qui pouvaient se trouver près de...

— Pas moi.

— Vous savez donc où il a été trouvé ?

— Évidemment ! Vous m'avez dit vingt et une heures. Miss... heu... la... heu... la dame qui l'a découvert est partie d'ici à vingt heures cinquante-cinq, et je l'ai vue descendre dans la vallée. Si elle l'a découvert à vingt et une heures, ce ne pouvait être que dans la vallée, c'pas ? Je l'ai regardée descendre.

— D'où ?

— De là. De cette fenêtre. Elle m'avait dit en partant qu'elle passerait par la vallée.

— Vous étiez donc debout ? Vous n'étiez pas paralysé par votre lumbago ?

Le commandant Syce parut fort mal à l'aise.

— C'est-à-dire que... heu... Je me suis forcé à me lever.

— Et ce matin, vous êtes en pleine forme ?

— Ça va, ça vient.

— Oui, bien sûr.

Alleyn brandit sa flèche.

— Vous les perdez souvent dans vos bois ?

Le commandant Syce parla vaguement d'un changement de cible.

— J'ai souvent rêvé de pratiquer ce sport, mentit aimablement Alleyn. Un sport inoffensif s'il en est. Quel est le poids de votre arc ?

— Trente kilos de tension.

— Ah, oui ? À combien de mètres pouvez-vous tirer avec ça ?

— Deux cent quarante mètres.

— C'est passionnant. Cependant, ce n'est pas ce que j'étais venu vous demander. Si j'ai bien compris, vous connaissiez le colonel Cartarette depuis de nombreuses années ?

— Oui. Un garçon sympathique.

— Je crois savoir que vous l'avez fréquenté lorsqu'il était en Orient. C'était à Hong Kong, non ? improvisa Alleyn.

— Singapour.

— Ah, oui. Si je vous pose cette question, c'est parce qu'à en juger par le caractère du crime et l'absence apparente de mobile, nous avons imaginé que ce crime pouvait être une vengeance après son séjour en Orient.

— Aucune idée.

— Pouvez-vous nous parler de l'existence qu'il

menait là-bas ? Nous donner une piste, un indice. Quand l'y avez-vous rencontré, au juste ?

— La dernière fois, ce devait être il y a quatre ans. J'étais encore en activité. Mon navire était basé à Singapour, il est venu me trouver alors que nous étions au port. J'ai pris ma retraite six mois plus tard.

— Les avez-vous souvent vus ?

— Qui ça ?

— Les Cartarette.

Le commandant Syce fusilla Alleyn des yeux.

— Il n'était pas marié à cette époque.

— Vous n'avez donc fait la connaissance de la seconde Mme Cartarette qu'après votre retour ?

Syce fourra les mains dans ses poches et alla se poster près de la fenêtre.

— Je l'avais rencontrée là-bas, marmonna-t-il.

— Avant leur mariage ?

— Oui.

— Est-ce vous qui les avez réunis ? s'enquit Alleyn d'un ton léger.

Il vit la nuque de Syce se raidir.

— C'est moi qui les ai présentés l'un à l'autre, en effet, annonça-t-il d'une voix forte, sans tourner la tête.

— Ce genre d'anecdote est toujours amusant. Du moins, c'est mon avis, mais je suis un incorrigible marieur, répondit Alleyn en regardant Fox droit dans les yeux.

— Mon Dieu ! Ce n'était pas du tout ce que vous croyez ! Ce n'était pas le but recherché ! Jamais de la vie !

Syce s'était exprimé avec une véhémence extraordinaire, trahissant à la fois la surprise, la honte et l'indignation. Alleyn, qui s'était attendu à être remis à sa place, décida que le commandant était trop troublé pour se préoccuper de tels détails. Il tenta d'en apprendre davantage sur ses relations avec Cartarette à Singapour, mais en vain. Il remarqua les mains tremblantes, la peau moite et tachée de rougeurs, l'air désespéré... pauvre homme ! Un alcoolique !

— Ça ne sert à rien de m'interroger, décréta brusquement Syce. Personne ne me dit rien. Je ne sors jamais. Je ne suis bon à rien, pour personne.

— Nous cherchons simplement à reconstituer son passé ; j'espérais que vous me fourniriez quelques pièces du puzzle. Miss Kettle nous disait hier soir combien les habitants de Swevenings sont proches les uns des autres. Il paraît même qu'en mission à Zlomce, Sir Harold Lacklander a employé le jeune Phinn comme secrétaire. Que dites-vous ?

— Rien, rien. Un enquiquineur. C'est sans importance.

— Dès que votre navire entrait au port, Cartarette venait vous trouver. C'est vous qui lui avez présenté Miss... Je ne connais pas le nom de jeune fille de Mme Cartarette.

Le commandant Syce grommela entre ses dents.

— Peut-être pourriez-vous me le donner ? Nous avons besoin de ces détails pour nos fichiers. Cela m'évitera de l'importuner pour si peu.

Il observa Syce, qui lui lança un regard affolé avant de murmurer :

— De Vere.

Un silence pesant. Fox se racla la gorge.

— Tiens ! Tiens ! dit Alleyn.

— Auriez-vous pu imaginer un seul instant que l'actuelle Mme Cartarette fût de sang noble ? demanda Fox à Alleyn, tandis qu'ils se frayaient un chemin à travers le bosquet de M. Phinn jusqu'à Jacob Cottage.

— Pas un instant, mon cher Fox. Pas un instant.

— De Vere ?...

— Mon œil.

— Peut-être est-elle... heu... déclassée ?

— Je crois qu'au contraire elle est sur la pente ascendante.

— Ah. Voyons... Le baronet la couve des yeux. Pensez-vous que leur passion soit suffisamment forte pour les avoir incités à commettre un acte violent ?

— À mon avis, il est victime, comme la plupart des hommes de son âge, du démon de midi. J'avoue que je le crois incapable de susciter l'envie chez une femme d'en venir à la solution de l'homicide. Évidemment, on ne sait jamais. Elle doit s'ennuyer, à Swevenings. Qu'avez-vous déduit du comportement général du commandant Syce, Fox ?

— Je me suis demandé quels étaient ses véritables rapports avec cette dame. Après tout, ils semblent se connaître de longue date. Miss Kettle nous a dit qu'il avait peint le portrait de Mme Cartarette avant son mariage. Un mariage qu'il ne semble guère approuver, n'est-ce pas ? Il était visiblement furieux quand nous avons évoqué ce sujet. Selon moi, il y a eu quelque chose entre elle et lui...

— Nous finirons par le savoir, tôt ou tard.

— Un crime passionnel ? suggéra Fox.

— Encore une fois, on ne sait jamais. Nous allons appeler le Yard et leur demander de vérifier les listes de la Navy. Ils retrouveront les dates de son séjour à Singapour et nous enverront un rapport confidentiel.

— Imaginons qu'il la lorgnait. Imaginons qu'ils étaient fiancés lorsqu'il l'a présentée au colonel. Imaginons qu'il est reparti à bord de son navire, puis qu'il a quitté la Navy, et qu'à son retour à Swevenings, il a découvert Kitty De Vere, devenue Mme Cartarette numéro 2... Il s'est mis à boire, obsédé par une idée fixe...

— Vous allez vous y mettre bientôt, si vous continuez à spéculer avec une telle virtuosité. Et son lumbago ? Si vous voulez tout savoir, je suis convaincu, pour ma part, qu'il a un petit faible pour Miss Kettle.

Fox parut décontenancé.

— Bof !

— Nous voici chez M. Phinn. Et voilà notre petite camarade de cette nuit, je crois.

En effet, Thomasina Twitchett était en promenade. Les apercevant, elle remua la queue, cligna des paupières et se posa sur son séant.

— Bonjour, ma chère, dit Alleyn.

Il s'accroupit et tendit la main. Thomasina Twitchett n'y pressa pas son museau, mais elle se mit à ronronner bruyamment.

— Si vous pouviez parler, je suis sûr que vous nous révéleriez les renseignements qui nous manquent. Car vous étiez dans le Pré du Bas, cette nuit, ma chère, et je suis certain que vous avez tout vu, tout entendu.

Les yeux à demi clos, Thomasina Twitchett huma l'index d'Alleyn, puis se mit à le lécher.

— Elle vous prend pour un de ses chatons ! railla Fox.

Alleyn renifla à son tour, puis abaissa le visage à hauteur de celui de la chatte. Elle le salua d'un coup de museau.

— Que de simagrées ! s'exclama Fox.

— Elle ne sent plus le poisson frais, mais plutôt le lait et le lapin rôti. Vous rappelez-vous où nous l'avons croisée hier soir ?

— C'était peu après avoir entamé l'ascension de cette colline, non ?

— Exactement. Nous examinerons le terrain dès que possible. Venez !

Ils arrivèrent enfin devant Jacob Cottage.

— Si c'est un cottage, murmura Fox, alors Buckingham est un bungalow !

— Le snobisme à l'envers ! Mais la façade est jolie. Peut-être fut-ce à une époque le petit manoir de Nunspardon ? C'est curieux, ces hommes seuls qui vivent côte à côte dans des maisons trois fois trop grandes pour eux.

— Je me demande comment s'entendent M. Phinn et le commandant.

— Je suis prêt à parier qu'ils ne s'entendent pas. Tenez ! Le voici.

— Seigneur ! Quelle ménagerie !

En effet, M. Phinn était sorti de chez lui accompagné de toute une ribambelle de chats, dont les trois gros chatons de Mme Twitchett.

— Non, non ! leur disait-il de son étrange voix d'alto. Plus rien ! Allez donc attraper quelques souris, bande de paresseux !

Il posa le plat vide qu'il avait entre les mains. Un objet tomba de sa poche de poitrine, et il le rangea précipitamment. Quelques-uns des chats, feignant la terreur, bondirent de côté, d'autres se contentèrent de l'observer fixement. Apercevant leur mère, les trois chatons se précipitèrent vers elle dans un concert de miaulements enthousiastes. M. Phinn vit Alleyn et Fox. Il frappa dans ses mains, tel un jouet mécanique en fin de course.

La visière de sa casquette avait glissé sur son nez, mais sa soudaine pâleur atténua l'effet comique. Le manche de l'objet caché dépassait de sa poche. Il vint vers eux, et tous ses amis sauf les Twitchett s'écartèrent.

— Bonjour.

Il repoussa son pompon d'une main tremblante et tira sur son mouchoir, dissimulant ainsi tant bien que mal le manche compromettant.

— À quoi dois-je cette charmante surprise ? Deux détectives, surgissant de mon bosquet ! Tels des faunes à la poursuite de l'intouchable hamadryas ! Et armés, de surcroît ! ajouta-t-il en avisant la flèche du commandant Syce, qu'Alleyn avait oublié de rendre à son propriétaire.

— Bonjour, monsieur Phinn. Je refaisais connaissance avec votre adorable chatte.

— N'est-ce pas qu'elle est mignonne ? Une maman si dévouée ! répliqua M. Phinn en s'humectant les lèvres.

Alleyn s'assit sur ses talons auprès de Mme Twitchett, qui repoussa gentiment deux de ses chatons.

— Sa fourrure est spécialement belle pour une mère nourricière. Lui donnez-vous une alimentation particulière ?

Le fanatique des félins se lança dans sa tirade préférée :

— Menus équilibrés : lundi et vendredi, poisson ; mardi, steak ; mercredi, foie ; croquettes jeudi et dimanche. Le tout agrémenté de quelques oiseaux ou souris.

— Deux fois par semaine, le poisson, murmura Alleyn.

— Vous m'en direz tant ! renchérit Fox, pressentant tout d'un coup qu'un commentaire était indispensable.

— Elle attend demain avec impatience, poursuivit M. Phinn, et avec toute la ferveur d'une bonne catholique, bien que sur un plan strictement religieux elle professe davantage les mystères du Vieux Nil.

— Vous ne pêchez pas de temps en temps son repas dans le Chyne, par hasard ?

— Quand je prends, je partage.

— Alors, mon ange... dit Alleyn, s'adressant à la chatte. Avez-vous mangé du bon poisson tout frais, hier soir ?

Thomasina Twitchett, dédaignant Alleyn, se tourna vers sa progéniture.

— Non ! décréta M. Phinn.

— Vous n'avez donc attrapé que La Vieille ?

— Oui.

— Pouvons-nous bavarder un moment ?

M. Phinn les conduisit le long d'un corridor sombre jusqu'à un vaste bureau. L'œil exercé d'Alleyn embrassa la pièce. Chez le colonel, le bureau était agréable, civilisé, agrémenté de touches féminines. Le salon du commandant Syce était ordonné, désolé, terriblement masculin. Chez M. Phinn, le désordre et la saleté régnaient dans un décor hétéroclite et surchargé. Parmi les livres, pourtant, l'inspecteur principal repéra presque immédiatement *Une race d'écailleux* de Maurice Cartarette, mais ce qui l'intéressa le plus, ce fut l'incroyable chaos autour du secrétaire. Il était évident que les tiroirs avaient été vidés en hâte, n'importe comment. Un cambrioleur pris en flagrant délit n'aurait pas pu laisser plus de preuves de son passage.

— En quoi puis-je vous être utile ? demanda M. Phinn. Voulez-vous quelque chose à boire ? Un porto ?

— Non, merci, pas de si bon matin. D'ailleurs, nous sommes en service.

— Ah ? J'aimerais beaucoup pouvoir vous aider. J'ai passé une nuit effroyable. Un assassin dans la vallée ! Rendez-vous compte ! Vraiment, si ce n'était pas aussi horrible, ce serait presque drôle. Nous sommes tous si respectables, à Swevenings. Jamais rien n'est venu troubler les eaux du Chyne !

— Même pas La Vieille ? demanda Alleyn.

M. Phinn s'était attendu à cette riposte. Il agita les doigts.

— *Nil nisi* et tout le reste, mais franchement, le colonel était un pêcheur exaspérant. Un monument de loyauté, respectable en tous points, scrupuleux, mais en tant que pêcheur... j'ai le regret de vous annoncer qu'il avait de terribles lacunes. Il est inconcevable de faire appel à d'aussi lamentables pratiques dans un sport d'une telle noblesse.

— Comme de pêcher sous le pont dans les eaux du voisin, par exemple ?

— Je défendrai mon action devant le juge, et le spectre du grand Walton soi-même prendra ma défense ! J'étais dans mon droit le plus strict.

— Avez-vous parlé d'autre chose que de ce paradoxe éthique avec le colonel ?

M. Phinn le mitrailla du regard, arrondit la bouche,

pensa peut-être à Lady Lacklander, referma la bouche. Alleyn décida de prendre un risque :

— Nous avons cru comprendre que votre discussion ne s'était pas arrêtée là-dessus, insista-t-il.

Un long silence.

— Alors, monsieur Phinn ?

— Alors ? J'attends.

— Quoi ?

— Que vous me récitiez la « mise en garde » d'usage.

— Nous ne sommes obligés de la proclamer que lorsque nous mettons quelqu'un en état d'arrestation.

— Et ce n'est pas le cas ?

— Pas encore.

— Bien sûr, vous tenez vos informations de Lady Gargantua, la châtelaine Mammouth, la Grande, je répète, Grande Dame de Nunspardon ! déclara M. Phinn avant, subitement, de virer au rose. Remarquez, sur certains points, sa valeur intrinsèque est proportionnelle à sa corpulence. Vous a-t-elle divulgué la nature de ma conversation avec le colonel ? reprit-il, l'œil rivé derrière Alleyn.

— Non.

— Dans ce cas, je ne dirai rien, moi non plus. Du moins, pas encore. À moins d'y être forcé.

— Très bien, répliqua Alleyn en se détournant.

Il s'était tenu le dos au secrétaire. Dominant un tas d'objets divers, étaient deux photos dans leur cadre d'argent. L'une d'entre elles représentait une femme ; l'autre, un jeune homme qui ressemblait beaucoup à Phinn, et qui avait signé « Ludovic ».

C'était ce portrait qu'observait fixement M. Phinn.

8

Jacob Cottage

Alleyn décida de profiter d'une situation qui pouvait tourner ou non à son avantage. Mais le cœur n'y était pas. Il était depuis vingt ans dans la police, et s'il s'était façonné au cours des ans une carapace, il n'en demeurait pas moins intact à l'intérieur. Lorsqu'une enquête, comme celle-ci, le poussait à mener des actions qui lui déplaisaient, il était obligé de s'imposer une discipline de fer pour se jeter à l'eau.

— C'est votre fils, n'est-ce pas, monsieur ?

D'une voix transformée, M. Phinn répondit :

— Oui, c'est mon fils. Ludovic.

— Je n'ai jamais eu l'occasion de le rencontrer, mais j'appartenais à la Branche Spéciale, en 1937. J'ai entendu parler du drame, bien sûr.

— C'était un bon garçon. Je l'avais sans doute trop gâté. Oui, trop gâté.

— Il ne faut rien regretter.

— Non.

— Je suis obligé d'évoquer votre fils. Il s'agit d'une affaire d'homicide, et nous ne pouvons négliger aucun détail. Or, nous avons appris que Sir Harold Lacklander était mort en prononçant le nom « Vic ». Il était fort inquiet au sujet de la publication de ses Mémoires, dont il avait confié le manuscrit au colonel Cartarette. Nous savons que votre fils fut le secrétaire personnel de Sir

Harold durant une période cruciale de sa mission à Zlomce. Il semble que Sir Harold n'ait pu éviter de mentionner le décès de Ludovic, s'il s'était mis en tête de rédiger un rapport précis sur sa propre carrière.

— Inutile de poursuivre, coupa M. Phinn en agitant la main. Je vois très bien où vous voulez en venir.

Il avisa l'inspecteur Fox, bloc-notes en main.

— Écrivez, je vous en prie ! Monsieur Alleyn, vous vous demandez en ce moment si je ne me suis pas disputé avec le colonel Cartarette parce qu'il se proposait de rendre publique, par le biais des Mémoires de Lacklander, la tragédie de mon fils. Rien n'est plus faux.

— Ce que je me demande, c'est si la conversation qu'a entendue Lady Lacklander, et dont elle refuse de nous révéler le contenu, concernait ce problème.

M. Phinn frappa brutalement des mains.

— Si Lady L. ne se résout pas à vous parler, alors, moi non plus.

— Je me demande aussi, insista Alleyn, s'il ne serait pas facile d'interpréter à tort vos motivations, aussi bien que celles de Lady Lacklander.

— Ah ! s'exclama-t-il d'un ton curieusement suffisant. Vous vous aventurez sur un terrain dangereux, mon cher Alleyn. Ôtez une à une les peaux de l'oignon, et vos yeux pleureront. Ce n'est pas là une occupation digne d'un inspecteur principal.

Il avait esquissé un sourire un peu méprisant. Alleyn remarqua le tressaillement quasi imperceptible de sa paupière inférieure droite, et la manière dont il frottait les doigts sur le dos de sa main.

— Auriez-vous l'amabilité de nous montrer votre attirail de pêche, monsieur Phinn ?... Tout votre matériel, tel que vous l'avez emporté avec vous hier soir.

— Pourquoi pas ? Cependant, je veux savoir si oui ou non vous me soupçonnez de ce crime. Alors ? Alors ?

— Allons ! Allons ! le calma Alleyn. Nous savons pertinemment que vous ne pouvez en un même souffle refuser de répondre à nos questions, tout en exigeant que nous répondions aux vôtres. Pour le moment, c'est votre équipement qui nous intéresse.

M. Phinn le regarda droit dans les yeux.

— Il n'est pas ici. Je vais le chercher.

— Fox va vous aider.

Cette proposition ne parut guère le réjouir, mais il n'osa la réfuter. Il sortit en compagnie de Fox, et Alleyn en profita pour se rapprocher de la bibliothèque et en sortir l'ouvrage de Maurice Cartarette, *Une race d'écailleux*. En page de couverture, il lut l'inscription : « Janvier 1930. À Viccy, pour son dix-huitième anniversaire. Bonne pêche ! » Le message était signé de l'auteur. Alleyn songea que le colonel Cartarette avait entretenu de bien meilleurs rapports avec le jeune Phinn qu'avec son père.

Il feuilleta rapidement le livre. Publié en 1929, l'ouvrage contenait une collection de textes courts et vivants sur le comportement et les excentricités des poissons d'eau douce. L'ensemble, un amusant mélange de croyances populaires, d'histoire naturelle, de fantaisie et de faits scientifiques, était illustré avec beaucoup de charme, dans les marges. Alleyn revint au début et découvrit que les dessins étaient de Geoffroy Syce : encore une preuve des liens qui avaient soudé les habitants de Swevenings. Soudain, son regard tomba sur un titre de chapitre : « Il n'y en a pas deux pareilles », et ce fut avec étonnement qu'il reconnut une image familière, celle de deux empreintes digitales fortement grossies. Peut-être avaient-elles été copiées d'un manuel sur les enquêtes criminelles ? Mais non ! Il lut attentivement la légende : « Microphotographies. Fig. n° 1 : Écaille de truite brune. Six ans. 1 kg. Pêchée dans le Chyne. 4 ans de croissance lente, 2 de croissance vigoureuse. Fig. n° 2 : Écaille de truite. Quatre ans. 600 g. Pêchée dans le Chyne. Notez les différences... »

Sur le qui-vive, Alleyn parcourut le paragraphe d'explications correspondant à cette planche :

« L'on ne le sait guère », avait écrit le colonel, « mais de même qu'aucune empreinte digitale ne ressemble à une autre, les écailles diffèrent d'une truite à l'autre. Il est amusant de penser que, dans le monde aquatique, une truite-voyou peut laisser derrière elle autant d'indices compromettants, que l'on pourrait qualifier d'écailles de la justice ».

À côté, le commandant Syce avait dessiné un gardon-Sherlock-Holmes examinant à la loupe les écailles d'une truite à l'allure menaçante.

Alleyn prit le temps de relire la première page. Puis il s'attarda sur la couverture, ornée d'un portrait du colonel. Il avait l'air gentil. À la fois soldat, diplomate et paysan. Aurait-il ri de savoir qu'à travers ses écrits il venait d'offrir à la police un renseignement capital ?

Il rangea l'ouvrage et contourna le bureau encombré de papiers, de brochures, de lettres, de journaux et de magazines. Ayant inspecté l'ensemble en surface, il entreprit, précautionneusement, d'aller plus loin. Il ne tarda pas à découvrir une enveloppe adressée à « Octavius Phinn, Esq. ». L'écriture, belle, reconnaissable entre toutes, était celle du colonel Cartarette.

Alleyn avait tout juste eu le temps d'y trouver une trentaine de pages dactylographiées, à l'intitulé : « Chapitre 7 », lorsqu'il perçut la voix de Fox dans l'escalier. Il s'éloigna pour se poster devant les photos.

M. Phinn et Fox apparurent avec les objets demandés.

— J'admirais ce ravissant portrait.

— Mon épouse.

— Est-ce mon imagination ? Il me semble déceler chez elle une certaine ressemblance avec le Dr Mark Lacklander ?

— Il existait entre eux une très lointaine parenté, répliqua sèchement Phinn. Voici tous mes joujoux.

M. Phinn était de ces pêcheurs à la ligne qui ne résistent à aucun gadget, à aucun catalogue. Panier, gaffe, épuisette, boîte à mouches, canne, il ne manquait aucun accessoire. Alleyn songea que l'ensemble avait dû coûter une petite fortune. Le sac était muni de toutes les pochettes imaginables pour recevoir autant de trésors, qu'Alleyn extirpa l'un après l'autre en s'émerveillant de leur propreté.

— Avec quelle mouche avez-vous attrapé La Vieille ? Vous avez dû mener une bagarre homérique, non ?

— Oublions l'histoire de la pêche sous le pont ! Oublions cela, et je vous raconte tout !

— Très bien, concéda Alleyn en souriant. Ne parlons plus de braconnage. Nous vous écoutons.

Oubliant d'un seul coup toutes les émotions dont il avait été la proie si peu de temps auparavant, M. Phinn se lança dans son récit avec passion. Il les emmena dehors, mima le lancer de la ligne, les ramena à l'intérieur, leur montra, gestes à l'appui, la difficulté de son combat avec La Vieille... Il leur expliqua le mal qu'il avait eu à l'attirer à contre-courant vers son territoire, avoua qu'il avait failli échouer, mais qu'il avait été plus rusé que la plus rusée de toutes les truites, et qu'il avait fini par gagner en administrant le coup de grâce à l'aide du gourdin que voilà, justement...

Alleyn s'empara de l'instrument, le soupesa, le posa sur le bureau et plaça à côté la flèche du commandant. M. Phinn l'observa sans rien dire.

— Il faut absolument que je rende cette flèche à Syce, dit Alleyn, distraitement. Je l'ai trouvée dans le bosquet, enfoncée dans un tronc d'arbre.

Il aurait pu aussi bien avoir appuyé sur un détonateur. Violacé de rage, M. Phinn se mit à débiter toutes sortes d'infamies au sujet du commandant Syce et de sa passion pour le tir à l'arc. Il rappela comment la mère de Thomasina Twitchett avait succombé à la folie de ce monstre, de ce sadique alcoolique, de cet assoiffé de sang ! Il avait commis là un meurtre délibéré... prémédité ! Plaider l'accident était absurde : cet homme était fou, obsédé. Il buvait à s'en rendre malade, puis, de rage, allait tirer ses flèches tous azimuts. Pas plus tard qu'hier soir, poursuivit M. Phinn, alors qu'il revenait après ce qu'il appelait désormais sa « discussion » avec le colonel Cartarette, il avait entendu le « ploc » d'une flèche trouant un arbre tout près de lui. À vingt heures quinze, pour être précis. M. Phinn se souvenait d'avoir entendu sonner sa pendule.

— Vous devez vous tromper, intervint Alleyn avec douceur. Miss Kettle nous assure qu'hier soir, le commandant Syce était encore paralysé par un lumbago.

M. Phinn émit un juron.

— Fariboles ! s'écria-t-il. Balivernes ! Ou bien elle est sa complice, ou alors sa maîtresse... ou encore, il l'a complètement dupée. Je vous assure qu'hier soir il était en pleine forme. J'ai tremblé pour ma pauvre chère Thomasina, qui m'avait accompagné jusqu'au Chyne. J'ai craint pour sa destinée, car elle n'a pas voulu se joindre à moi au retour, préférant se promener dans la fraîcheur du soir. Et pour tout vous dire, lorsque je suis arrivé à Hammer, aux petites heures du matin, c'était dans l'espoir de récupérer ma fourrure vagabonde. La terrible nouvelle avec laquelle vous m'avez accueilli me l'a fait oublier, conclut-il sans grande conviction.

— Je vois, murmura Alleyn, pas du tout convaincu. Quelle succession d'accidents ! Cela vous ennuierait-il de nous confier votre matériel un moment ? La routine, vous savez bien...

M. Phinn en balbutia d'indignation :

— C'est incroyable ! Mon équipement ? Bon... je suppose que j'aurais tort de refuser.

— Nous ne le garderons pas très longtemps, promit Alleyn.

Fox rangea les accessoires dans les pochettes et mit le sac en bandoulière sur son épaule.

— Il nous faudrait aussi les chaussures et les vêtements que vous portiez pour cette partie de pêche, dit Alleyn d'un ton penaud.

— Mes chaussures ? Mes vêtements ? Mais pourquoi ? Pourquoi ? Ça ne me plaît pas. Ça ne me plaît pas du tout.

— C'est peut-être une piètre consolation, mais j'aurai les mêmes exigences auprès de quatre autres personnes au moins.

Cette déclaration parut réconforter M. Phinn.

— C'est du sang que vous cherchez ?

— Pas forcément, répliqua Alleyn. Ceci, cela, je ne sais pas... Vous nous les donnez ?

— Je pourrais toujours refuser, ça ne servirait à rien, grommela M. Phinn. Je vous donne tout ce que je possède si cela vous amuse. Sur un plan criminel, mes affaires sont pures comme la neige fraîche.

Sur ce plan-là, peut-être, pensa Alleyn, mais pour le reste... la tenue de pêche de M. Phinn était excessivement sale et empestait le poisson. L'inspecteur principal remarqua, non sans satisfaction, un dépôt visqueux sur la jambe droite d'une culotte de golf démodée. Les chaussures étaient pleines de boue, les chaussettes criblées de trous. D'un geste agressif, leur propriétaire jeta sur ce tas informe sa casquette en tweed déchiquetée, piquée de mouches artificielles.

— Faites-en ce que vous voudrez ! proposa-t-il avec grandeur. Et tâchez de me les rendre dans l'état où vous les avez reçus !

Alleyn le rassura et enroula le tout. Fox rédigea un reçu.

— Nous ne vous retiendrons pas davantage, déclara Alleyn. À moins que vous ne souhaitiez nous raconter la vérité sur vos divagations de cette nuit ?

M. Phinn écarquilla les yeux, ahuri.

— Parce que vous ne nous avez encore rien dit. Votre version selon laquelle vous avez vu de la lumière et avez eu envie de parler au colonel de votre réussite a été démantelée par Lady Lacklander. Quant à la toute dernière mouture... la recherche de Thomasina Twitchett... vraiment, elle ne me convient guère. Une chatte nourricière ne déserte pas ses petits plus de six heures d'affilée. De plus, nous avons croisé Mme Twitchett sur le chemin du retour aux alentours de minuit trente. D'ailleurs, pourquoi ne pas avoir commencé par parler d'elle ?... Vous vous taisez ? Vous voyez bien que vous ne pouvez pas me répondre.

— Je ne ferai plus aucune déclaration. Je préfère me taire.

— Voulez-vous que je vous dise ce qui s'est passé, selon moi, hier soir ? Je pense que vous êtes sorti récupérer votre proie. Je pense que vous aviez des remords de l'avoir jetée sur le pont durant votre querelle avec le colonel Cartarette. Vous saviez qu'il n'y avait pas touché, puisqu'il vous l'avait juré. N'êtes-vous pas redescendu dans la vallée du Chyne chercher votre truite ? N'avez-vous pas découvert, à votre arrivée à Bottom Bridge, qu'elle avait disparu ?

M. Phinn était violacé. Il baissa le menton, observa Alleyn par en dessous, sourcils froncés. Mais il ne dit rien.

— Si c'est le cas, et votre silence m'encourage à le croire, je ne peux que me demander ce que vous avez fait ensuite. Êtes-vous venu directement à Hammer Farm, et voyant les fenêtres éclairées, avez-vous décidé de venir accuser le colonel de vous avoir volé votre bien ? Non... Vous vous seriez comporté différemment. Vous n'auriez pas tremblé, vous n'auriez pas été aussi blême, avant même de savoir qu'il était mort. Vous n'auriez pas inventé cette histoire à dormir debout...

M. Phinn s'était détourné, et Alleyn alla se planter face à lui.

— Comment expliquer votre attitude de cette nuit ? insista-t-il. Voulez-vous que je vous dise mon avis ? Je suis persuadé que lorsque vous êtes venu à Hammer

Farm à une heure cinq ce matin, vous saviez déjà que le colonel Cartarette était mort.

M. Phinn demeura muet.

— Si c'est la vérité, reprit Alleyn, et une fois de plus, je constate que vous ne niez rien, vous nous avez mal informés de vos mouvements. Vous nous avez laissé entendre que vous étiez redescendu dans le Pré du Bas juste avant de vous rendre à Hammer Farm, vers une heure. Or, votre manteau était parfaitement sec. J'en déduis donc que c'est beaucoup plus tôt dans la soirée, avant la pluie, que vous êtes redescendu à Bottom Bridge dans l'espoir de récupérer votre poisson et que vous avez découvert sa disparition. Sachant que le colonel pêchait dans ses eaux non loin de là, n'était-il pas normal que vous alliez lui parler ? Si tel est le cas, vous l'avez fait à un moment où personne ne pouvait vous voir. C'est-à-dire, après que Lady Lacklander, Mme Cartarette et le Dr Lacklander furent rentrés chez eux. Mme Cartarette est arrivée à Hammer Farm aux alentours de vingt heures cinq, le Dr Lacklander, vingt heures quinze. Ni l'un ni l'autre n'ont aperçu la fameuse truite. Si je me fie à mon hypothèse, vous êtes donc revenu après vingt heures quinze, mais avant vingt heures cinquante-cinq, heure à laquelle est intervenue Miss Kettle. Et là, monsieur Phinn, dans la saulaie, vous avez vu le corps du colonel Cartarette, gisant à côté de votre proie géante... Miss Kettle n'a-t-elle pas failli vous surprendre parmi les arbres ?

— Vous a-t-elle dit que...

— Non, pas exactement. C'est moi qui imagine la scène ; je pense que vous avez pu vous dissimuler derrière un tronc pour l'observer et vous enfuir après son départ. Je pense aussi qu'en vous précipitant dans votre cachette, vos lunettes ont été arrachées par les branchages et que, submergé par la panique, vous n'avez pas osé vous attarder pour les chercher. Peut-être même ne vous êtes-vous aperçu de cette perte qu'en atteignant votre demeure. Ce qui explique qu'ensuite, après la pluie, vous soyez reparti... en quête de vos lunettes, lesquelles risquaient de vous compromettre. Vous avez remarqué, alors, les fenêtres éclairées de Hammer Farm, et vous avez hésité : mais l'envie de savoir si le cadavre du colonel avait été retrouvé était trop forte. Vous vous êtes approché, et la lampe du brigadier Oliphant a éclairé votre visage.

Alleyn se tourna vers la fenêtre pour contempler le bosquet de M. Phinn, les eaux supérieures du Chyne et, entre deux saules, l'extrémité du pont.

— Voilà comment vous avez, à mon avis, passé votre soirée, acheva-t-il en extirpant de la poche de sa veste la paire de lunettes, qu'il agita sous le nez du pauvre M. Phinn. Je ne peux malheureusement pas vous les rendre tout de suite... Mais n'est-ce pas une loupe, que vous avez là ? ajouta-t-il en désignant du doigt sa poche de poitrine.

M. Phinn fut muet.

— Bien, soupira Alleyn. C'est notre version des faits, basée sur votre comportement général et quelques éléments irréfutables. Si c'est la bonne, je vous conseille vivement de me le confirmer.

— Et si je préfère me taire ? s'enquit-il d'une voix méconnaissable.

— Vous serez dans votre droit, et nous en tirerons nos propres conclusions.

— Vous persistez à ne pas me proclamer la « mise en garde » dont on entend si souvent parler ?

— Je signe, même !

— Je suis un homme timide, dit M. Phinn. Mais je peux vous assurer qu'en ce qui concerne ce crime je suis aussi un homme innocent.

— Eh bien ! s'exclama Alleyn d'un ton faussement enjoué. Votre innocence devrait annuler votre timidité. Vous n'avez rien à craindre.

Cependant, M. Phinn manifestait tous les signes superficiels trahissant un trouble profond. Et soudain, il se mit à parler à toute allure :

— Vous êtes intelligent. Vous établissez vos raisonnements en fonction du caractère et des faits, vous les analysez sous toutes les coutures. Là ! Il faut que je vous avoue tout. C'est vrai. Je me suis disputé avec Cartarette. J'ai jeté à ses pieds ma noble Vieille. Je suis allé chez moi, mais je ne suis pas entré dans la maison. Je me suis promené au hasard dans mon parc. Regrettant mon geste, je suis retourné sur les lieux de la querelle. La Vieille s'était volatilisée. J'ai cherché mon rival, et grâce au hurlement de son chien... un chien insupportable, je... je l'ai retrouvé.

M. Phinn ferma les yeux.

— Non ! Franchement ! C'est trop affreux ! Sa casquette recouvrait son visage, mais j'ai su tout de suite. Le chien ne ressemblait plus à un chien. Il hurlait, hurlait ! Je ne me suis pas approché, mais j'ai reconnu de loin mon poisson. Ma truite ! Ma supertruite ! Et c'est là que je l'ai entendue. Miss Kettle. Plof ! Plof ! Plof ! Elle passait près de la saulaie. J'ai couru, trébuché, je me suis jeté ventre à terre et j'ai attendu qu'elle fût partie. Puis je suis remonté chez moi, et comme vous l'avez deviné, je me suis rendu compte que j'avais perdu mes lunettes, que j'ai l'habitude de percher sur ma casquette. J'ai pris peur. À présent, vous savez tout.

— Oui, nous savons tout. Acceptez-vous de signer une déposition ?

— Encore ! Quel ennui ! Mais je me résigne.

— Tant mieux. Nous vous laissons rédiger tranquillement votre texte avec l'aide de votre loupe.

M. Phinn hocha le menton.

— Êtes-vous toujours aussi réticent à nous raconter votre discussion avec le colonel Cartarette ?

M. Phinn hocha le menton.

Il tournait le dos aux fenêtres, tandis qu'Alleyn y faisait face. Le brigadier Oliphant avait émergé du taillis et se tenait au bas du jardin. Alleyn s'avança. L'apercevant derrière la vitre, le policier lui fit signe, pouce en l'air, puis repartit en sens inverse.

Fox ramassa le paquet de vêtements.

— Nous reviendrons chercher votre déposition. À moins que vous ne vouliez l'apporter au commissariat de Chyning dans la soirée ?

— Très bien, répondit M. Phinn, sa pomme d'Adam transformée en ressort. Après tout, il serait étonnant que j'abandonne ma noble Vieille, n'est-ce pas ?

— Cela vous est déjà arrivé, pourtant.

— Je suis innocent.

— Tant mieux ! Nous ne vous dérangeons pas davantage. Au revoir. Nous vous verrons à Chyning vers... disons dix-sept heures.

Les deux inspecteurs sortirent par une porte donnant directement sur le jardin et suivirent l'allée jusqu'à l'échalier permettant l'accès au Sentier du Ruisseau. Le brigadier Oliphant les attendait là avec la mallette d'Alleyn, que ce dernier lui avait confiée. Au son de leurs voix, il pivota sur ses talons : sur ses deux mains était un papier journal. Et sur le journal, les restes d'une truite.

— Je l'ai ! annonça le brigadier Oliphant.

— Elle était un peu plus haut que le pont, de ce côté, expliqua-t-il. Dans l'herbe où, selon moi, elle avait été traînée... C'est un joli travail de chat, monsieur. Voyez les marques de dents.

— C'est bien ce que nous pensions : l'œuvre de Mme Thomasina Twitchett, murmura Alleyn.

— C'était un beau poisson, mais rien à voir avec La Vieille, continua le brigadier.

Alleyn plaça le tout sur l'une des marches de l'échalier et se pencha pour l'examiner. Mme Thomasina Twitchett (si c'était elle) n'avait pas laissé grand-chose de la truite du colonel (si la sienne). La colonne vertébrale était à vif, quelques arêtes avaient été mâchées. La tête semblait avoir été tranchée d'un coup déterminé, mais la queue n'était qu'à demi détachée. Aux côtes s'accrochaient encore de rares lambeaux de peau, et ce fut à l'un de ceux-ci que s'intéressa plus particulièrement Alleyn. S'en emparant à l'aide de deux pinces, il l'aplatit, et, de l'index, montra ce qui aurait pu être partie d'une cicatrice courbe, d'une largeur d'environ un centimètre.

— Dieu me savonne ! s'écria Alleyn. N'est-ce pas là la réponse à la fervente prière d'un détective ? Regardez-moi ça, Fox ! Regardez-moi ça !

Prudemment, il retourna le poisson, et révéla un trou de forme triangulaire.

— Qu'en dites-vous ?

Sous le regard admiratif du brigadier Oliphant, Alleyn ouvrit sa mallette, y prit un petit récipient plat en émail et un bocal muni d'un couvercle à vis. Toujours avec ses pinces, il plaça dans la coupe le morceau de peau percé en triangle. Du bocal, il extirpa un autre fragment qui avait été retrouvé sur la pierre près de La Vieille. Il émit un sifflement entre ses dents, et avec beaucoup de dextérité, les imbriqua l'un dans l'autre comme deux pièces d'un puzzle.

— Et voilà pourquoi Mme Thomasina Twitchett empestait le poisson frais, alors qu'elle aurait dû empester le foie. Ô rage ! Ô désespoir ! Ô je-ne-sais-quoi !... Brigadier Oliphant, vous avez eu du flair de ramasser cela tout de suite ! Et maintenant, écoutez-moi attentivement.

L'explication d'Alleyn fut longue et détaillée. Elle se termina par le récit du passage qu'il avait lu dans le livre du colonel Cartarette.

— Nous allons nous renseigner auprès d'un spécialiste des poissons, dit-il. Mais si le colonel avait raison, et il semble qu'il s'y connaissait, nos deux truites ne peuvent en *aucun cas* avoir des écailles identiques. L'assassin de Cartarette est seul à avoir pu manipuler les deux poissons. D'où la prochaine étape, mes enfants : vérification de tous les vêtements.

Le brigadier Oliphant se racla la gorge.

— Encore une petite chose, monsieur. J'ai trouvé ceci en bas de la colline, sous un buisson épineux.

Il se redressa, une flèche à la main.

— Il semble qu'elle soit tachée de sang.

— Ah, vraiment ? s'enquit Alleyn. Parfait, Oliphant. Bravo ! Nous avançons bien. Et si tout concorde, nous aurons bientôt résolu notre énigme, n'est-ce pas, Fox ?

— Je l'espère, monsieur ! répliqua celui-ci d'une voix enjouée.

— Oliphant, au travail ! Vous allez conduire Fox au commissariat afin qu'il puisse appeler le Yard et le Muséum d'histoire naturelle. Confiez ce trésor au Dr Curtis. J'espère disposer de tous les autres indices d'ici ce soir. Allons, messieurs, le fruit est presque mûr !

Il les entraîna vers la vallée et les escorta jusqu'à la voiture, puis gravit la colline jusqu'à Nunspardon.

Là, à son immense surprise, il fut accueilli par une sorte de réunion amicale. Sur la terrasse ombragée étaient rassemblés les trois Lacklander, Kitty Cartarette et Rose. Il était midi trente, mais seul le plateau chargé d'apéritifs donnait au tableau un aspect de convivialité. Lady Lacklander semblait s'être retranchée derrière un masque d'impassibilité. George avait pris sa pose en théière, une main dans la poche de sa veste, l'autre sur le dos d'une chaise, une jambe droite, l'autre pliée. Mark harcelait gentiment Rose, laquelle était fort pâle et avait les yeux encore gonflés de larmes : elle paraissait inquiète. Kitty, en tailleur de tweed, escarpins fins et gants brodés, discutait avec George. Visiblement épuisée, elle semblait bouder, comme si cette tragédie l'avait tout d'abord galvanisée, puis déçue. Sa voix était aiguë.

— Mais oui ! C'est exact : Brierley et Bentwood ! affirma-t-elle.

Apercevant Alleyn, elle eut un mouvement brusque qui attira sur lui tous les regards.

L'inspecteur principal se demanda combien de fois il serait obligé d'accéder à ces maisons par l'arrière, et donc de prendre par surprise leurs habitants. En un sens, cela l'amusait. Il avait la nette impression qu'aujourd'hui, par exemple, s'il avait eu la possibilité de frapper à la porte d'entrée, George Lacklander aurait volontiers dispersé tout ce petit monde d'un geste vigoureux, se serait retiré dans son bureau, et aurait envoyé un domestique le recevoir.

En fait, tous sauf Lady Lacklander eurent un mouvement involontaire qu'ils arrêtèrent juste à temps. Kitty se leva à demi, comme pour battre en retraite, jeta un coup d'œil affolé à George, se rassit.

— Conseil de guerre, murmura Alleyn.

Après une imperceptible hésitation, Mark leva le menton.

— Tiens ! Tiens ! Voici monsieur Alleyn ! s'exclama-t-il en venant à sa rencontre.

— Bonjour, dit Alleyn. Je suis désolé de vous déranger de nouveau. Je n'en ai pas pour longtemps.

— Ce n'est rien ! Ce n'est rien, le rassura Mark avec gentillesse. Qui voulez-vous voir ?

— Vous tous, à vrai dire. C'est une chance pour moi de vous avoir sous la main.

Mark et Alleyn se rapprochèrent du groupe.

— Eh bien ! Rory, vous ne nous laissez pas en paix deux minutes ! s'indigna Lady Lacklander. Que voulez-vous encore ? Que nous nous déshabillions ?

— Heu... Justement, oui, plus ou moins.

— Comment cela ?

— Il me faudrait les vêtements que vous portiez hier soir, s'il vous plaît.

— Est-ce ce que mes lectures sporadiques m'ont laissé entendre : à savoir, une « procédure de routine » ?

— En un sens, oui. Oui, oui.

— Et qui a dit que les policiers ne s'amusaient jamais ? demanda subitement Kitty Cartarette.

Chacun retint un cri. George émit une sorte de gloussement embarrassé. Lady Lacklander fronça les sourcils, tandis que Mark râlait sur ses bottes.

— Vous voulez dire : les vêtements que nous portions au moment où Maurice Cartarette a été assassiné ? insista Lady Lacklander.

— Oui.

— C'est avec grand plaisir que je vous confie les miens. Qu'avais-je sur moi au juste, hier, George ?

— Vraiment, Mère, je crains de ne...

— Moi non plus ! Mark ?

Mark lui sourit.

— Une blouse verte en forme de tente, il me semble, Gran' chérie ; un casque colonial et les bottes de Grand-père.

— Tu as parfaitement raison ! C'était mon Harris vert. Je vais prévenir ma bonne, Roderick : elle vous donnera tout cela.

— Merci.

Alleyn se tourna vers George.

— Que portiez-vous, je vous prie ?

— Heu... Chaussures à clous, chaussettes, culotte de golf. Très classe... Ha ! ha ! ha !

— C'est une tenue tout à fait seyante lorsqu'elle est bien portée, intervint Kitty.

George baissa le nez, confus, et se frotta la moustache.

— Quant à moi, reprit-elle, j'avais une chemise à carreaux et un twin-set. Un style follement « aristocrate terrienne »... Pour cause de partie de golf, ajouta-t-elle, au bord des larmes.

— Et comme chaussures ?

Elle lui montra ses pieds, qu'elle avait fort jolis et minuscules ; ils étaient chaussés d'escarpins en lézard à talons aiguilles.

— Moins adaptées aux circonstances, s'excusa-t-elle... Mais je n'avais rien d'autre.

George, au comble de l'embarras, admira les bouts de ses souliers, dévisagea sa mère, puis fixa, au fond du domaine, le Petit Bois.

— Si vous me le permettez, je vais vous emprunter habits, bas et gants. Je les prendrai à Hammer Farm, sur le chemin de Chyning.

Kitty obtempéra sans protester. Elle observait Alleyn avec le regard (bien qu'un peu las) d'une femme qui vient de repérer un original de Dior dans un lot de robes en solde.

— Je retourne vite vous préparer tout ça.

— Ne vous pressez pas.

— J'étais tout en blanc, énonça Mark. J'ai mis des chaussures de marche pour rentrer ; j'avais mes tennis à la main.

— Et votre raquette ?

— Aussi.

— Vous étiez chargé en plus, après avoir passé Bottom Bridge, de la canne-siège et de la musette de Lady Lacklander ?

— C'est exact.

— À propos, vous étiez-vous rendu directement de Nunspardon au court de tennis ?

— Auparavant, je m'étais arrêté chez un malade dans le village.

— Et chez le jardinier, pour voir sa fille, non ? s'enquit Kitty. Ils m'ont dit que vous aviez crevé son abcès.

— Oui. Pauvre petite !

— Vous aviez donc votre mallette professionnelle ? voulut savoir Alleyn.

— Elle n'est pas encombrante.

— Tout de même : ça fait beaucoup.

— C'était assez lourd, en effet.

— Lady Lacklander avait laissé ses affaires bien rangées, n'est-ce pas ?

— Heu... plus ou moins, avoua Mark en souriant à sa grand-mère.

— Plus ou moins ! Plus ou moins ! s'indigna-t-elle aussitôt. Je suis une femme méticuleuse, et j'avais tout mis en ordre !

Mark arrondit la bouche, la referma.

— Votre chiffon, par exemple ? questionna Alleyn.

Mark lui jeta un coup d'œil perçant.

— Le chiffon, je l'avais soigneusement plié et placé sous le rabat du sac à dos. Mark ? Pourquoi ce regard ?

— Eh bien ! Ma chère Gran', quand je suis arrivé, le chiffon en question était à trois mètres du sac, sur un buisson. C'est moi qui l'ai récupéré.

Tous se tournèrent vers Alleyn comme s'ils attendaient de sa part une déclaration. Cependant il demeura silencieux, et au bout d'un long moment, Lady Lacklander se résolut enfin à prendre la parole.

— Après tout, cela ne veut peut-être rien dire. Va donc demander que l'on rassemble mes vêtements. Fischer sait ce que je portais.

— Demande aussi pour moi, mon garçon, veux-tu ! ajouta George.

Lady Lacklander s'adressa à Rose.

— Et vous, mon enfant ?

Mais Rose, les yeux de nouveau emplis de larmes, fixait l'horizon sans le voir. Elle se tapota les paupières du bout de son mouchoir et fronça les sourcils.

— Rose ? insista avec douceur Lady Lacklander.

— Je suis désolée...

— Ils veulent savoir ce que vous aviez sur vous, ma chère.

— Une tenue de tennis, je suppose, intervint Alleyn.

— C'est le jour de passage du teinturier. J'ai vu vos affaires dans le panier, il me semble, dit Kitty.

— Je... ? Oui. Pardon. Oui, oui, je les ai mises là, en effet.

— Allons vite les chercher ! proposa Mark.

Rose hésita.

— Bon, je reviens, promit-il.

Elle s'écarta du groupe.

— C'est pour elle que c'est le plus pénible, murmura Kitty dans un brusque élan de compassion.

Puis, redevenant elle-même, elle sirota son porto.

— Je vous souhaite de bien vous amuser avec ma jupe, monsieur Alleyn. Mais j'aime autant vous prévenir : vous ne trouverez pas cela très agréable.

— Ah, non ? Et pourquoi ?

— Parce qu'elle empeste le poisson !

Feignant l'étonnement, Alleyn contempla tour à tour ses interlocuteurs. Lady Lacklander semblait aussi émue qu'un Bouddha, George manifestait une très légère surprise. Rose était toujours de dos.

— Dois-je en conclure que vous aimez aussi la pêche, madame Cartarette ?

— Dieu m'en préserve ! Non, mais dans la soirée j'ai essayé d'arracher un poisson à un chat.

— Ma chère Kitty, je vous conseille de faire très attention à ce que vous allez dire ! fit Lady Lacklander.

— Pourquoi ? Pourquoi, puisque c'est la vérité ! Où voulez-vous en venir ? En quoi est-ce mal d'avouer qu'il y a du poisson sur ma jupe ? Qu'est-ce que cela signifie ? demanda-t-elle à Alleyn.

— Ma chère... commença Lady Lacklander, mais Alleyn lui coupa la parole.

— Je regrette, Lady Lacklander, mais Mme Cartarette a raison. Il n'y a pas de mal à révéler la vérité. Dites-moi, madame : où avez-vous rencontré votre chat et votre poisson ?

— De ce côté du pont, marmonna Kitty.

— Tiens donc !

— C'était une truite magnifique, et j'ai pensé que ce chat n'avait pas à la dévorer. J'imagine qu'il sortait de la ménagerie du vieil Occy Phinn... je parle du chat, bien sûr. Bref, j'ai essayé de lui enlever le poisson, mais cette sale bête s'est accrochée comme une furie. Et lorsqu'enfin j'ai réussi, je me suis rendu compte qu'elle en avait déjà avalé la moitié de l'autre côté. J'ai donc abandonné.

— Avez-vous remarqué une trace particulière sur la truite ?

— Pas vraiment, non.

— Même sur la partie restante ?

— Je ne crois pas, non. Attendez ! Quelle sorte de marque ?

Kitty parut tout d'un coup affolée.

— C'est sans importance.

— C'était une belle truite. Je me suis demandé si c'était Maurice qui l'avait pêchée, et puis j'ai pensé qu'Occy Phinn avait dû la prendre et la donner à son chat. Il les aime tellement qu'il est prêt à n'importe quoi pour leur faire plaisir ! N'est-ce pas, George ?

— Mon Dieu ! Oui, répliqua-t-il mécaniquement, sans la regarder.

— C'est une explication comme une autre, marmonna Alleyn.

Mark reparut.

— On est en train de ranger nos vêtements dans une valise. Notre domestique la mettra dans le coffre de votre voiture, qui, je vous le signale au passage, vient d'arriver. J'ai téléphoné à Hammer Farm : rien de ce qui vous intéresse ne sera donné au teinturier.

— Merci infiniment... Lady Lacklander, je sais que vous allez me comprendre : dans une affaire comme celle-ci, nous sommes obligés de vous harceler, afin d'avoir une idée la plus exacte possible de tout ce qui s'est passé durant les semaines, voire les mois précédant le drame. En général, quatre-vingt-dix-neuf pour cent des renseignements fournis s'avèrent inutiles, et chacun s'indigne de l'impertinence des policiers. Mais il arrive aussi qu'un détail en apparence insignifiant nous conduise, parfois par hasard, à la vérité.

Lady Lacklander le dévisagea sans broncher. Elle avait un tic déconcertant qui la faisait vaguement ressembler à un reptile : elle clignait des paupières avec lenteur, régulièrement.

— Où voulez-vous en venir, mon cher Roderick ? Ne coupez pas les cheveux en quatre. Dites-nous ce que vous voulez.

— Volontiers. Je veux savoir si, à mon arrivée tout à l'heure, vous parliez des Mémoires de Sir Harold Lacklander.

Il sut tout de suite, d'après leur immobilité totale, qu'il avait marqué un point. Lady Lacklander fut la première à se remettre du choc.

— À vrai dire, oui. Vous avez de bonnes oreilles.

— J'ai entendu prononcer le nom de mon propre éditeur, avoua-t-il. Brierley et Bentwood. Une excellente maison. Est-ce là que seront publiés les Mémoires ?

— Je suis enchantée que vous approuviez ce choix, déclara sèchement Lady Lacklander. La réponse est oui.

— C'est au colonel Cartarette qu'avait été confiée cette mission, n'est-ce pas ?

Une pause presque imperceptible, puis Mark et Rose répondirent à l'unisson :

— Oui.

— Une mission plutôt agréable, non ?

D'une voix étranglée, George parla de « lourde responsabilité », puis s'empressa d'offrir à boire à l'inspecteur.

— Mon cher George ! s'emporta sa mère. Roderick est en service, il ne prendra pas de ton porto ! Réfléchis !

George rougit, furieux, et se tourna vers Kitty.

— Cela dit, poursuivit Lady Lacklander, vous pouvez vous asseoir, Rory.

— Merci... Je suis navré de vous importuner, mais

comment voulez-vous que je me répande en sourires alors que vous vous taisez dès que je m'approche ?

— Allons ! Allons ! bredouilla la vieille dame, écarlate.

— Bien ! Oublions tout cela, et venons-en aux choses sérieuses. L'autobiographie, par exemple. Je suis content que M. Phinn ne soit pas avec nous, parce que je veux vous demander si Sir Harold raconte le tragique épisode concernant son fils. Il ne pouvait guère l'éviter, il me semble ?

Alleyn fixa un masque impassible après l'autre.

— À moins que... ?

— Je n'ai pas lu le texte de mon mari, dit Lady Lacklander. Personne ne l'a lu, sauf Maurice.

— Voulez-vous dire par là que vous ne l'avez pas lu entièrement, ou que vous n'en aviez jamais entendu parler ?

— Oh ! Nous en discutions. Parfois même, je lui rafraîchissais la mémoire.

— Avez-vous parlé de l'affaire Ludovic Phinn ?

— Jamais !

George émit un drôle de bruit. Alleyn se tourna vers Kitty et Rose.

— Peut-être le colonel Cartarette a-t-il discuté avec vous de ces Mémoires ?

— Il ne m'a rien dit, répliqua Kitty.

— Je suis navré d'insister, mais j'aimerais savoir si Sir Harold Lacklander ou le colonel Cartarette ont un jour ou l'autre soulevé ce problème, avec l'un ou l'une d'entre vous.

— Franchement ! Je ne comprends pas où vous voulez en venir ! protesta George (au grand désespoir de tous ceux qui l'entendirent, pensa Alleyn). Je ne vois pas en quoi les Mémoires de mon père ont un quelconque rapport avec l'assassinat de Maurice Cartarette. Pardon, Kitty, pardon, Rose !

— Ludovic Phinn s'est suicidé il y a dix-huit ans, et

depuis, il y a eu une guerre. Beaucoup de gens ont oublié cette histoire. L'un d'entre vous, parmi ceux qui s'en souviennent... son père, doit redouter ce retour dans le passé.

Alleyn se pencha en avant, envoûtant son auditoire au point que tous l'imitèrent. George Lacklander était toujours aussi pourpre, les autres étaient blancs comme des linges, mais tous paraissaient ahuris.

— À moins que par le biais de ces Mémoires, justement, le jeune Phinn ne soit innocenté ?...

— Vous n'avez pas le droit d'insinuer... !

Mais George ne put continuer. Car simultanément, Mark et Rose s'étaient levés :

— C'est impensa...

D'un geste du bras, Lady Lacklander les arrêta.

— Auriez-vous par hasard rencontré Octavius Phinn ?

— J'arrive de Jacob Cottage.

— Un instant, Mère ! Un petit instant ! explosa George. Octavius n'a rien pu dire ! Sans quoi, Alleyn ne nous interrogerait pas de cette manière !

Dans le silence de plomb qui suivit ce discours, Lady Lacklander fit face à son fils. Elle cligna des paupières.

— Imbécile, George ! Triple andouille !

Alleyn songea qu'il connaissait maintenant la vérité au sujet de M. Phinn, du colonel Cartarette et des Mémoires de Sir Harold Lacklander.

9

Chyning et Uplands

Ce fut Mark Lacklander qui s'exprima ensuite.

— J'espère que vous me laisserez parler, Grand-mère. Et vous aussi, Père, ajouta-t-il poliment, après réflexion. Bien que je n'aie plus aucun mérite à dire ce que je vais dire.

— De quoi s'agit-il, mon garçon ?

— Gran', c'est une question de principe. Rose et moi sommes d'accord sur ce point. Par respect pour vous, nous nous sommes tus jusqu'ici, mais nous avons tous deux l'impression qu'il serait sage d'être tout à fait francs avec M. Alleyn. N'est-ce pas, Rose ? Vous avez pu constater vous-même que c'était la seule solution.

— Je n'ai pas changé d'avis, Mark. Patientez encore un peu.

— Oh, oui ! s'exclama Kitty avec empressement. Je suis sûre qu'il faut patienter. C'est ce qu'il aurait dit. C'est ce qu'aurait voulu Maumau...

Son menton trembla, et elle chercha son mouchoir.

Rose eut un de ces mouvements qui parlent mieux que les mots, et Alleyn (qu'ils semblaient tous avoir momentanément oublié) se demanda si le colonel avait apprécié ce surnom de « Maumau ».

George jeta à sa mère un regard haineux.

— Oui, il faut attendre.

— Mais je vous en prie, attendez ! Attendez ! s'interposa Alleyn en se levant.

Tous sursautèrent.

— Je suppose que vous voudrez consulter M. Phinn ? À mon avis, il proposera de lui-même une confrontation. Je vous conseille, ajouta-t-il en fixant Lady Lacklander droit dans les yeux, d'envisager toutes les conséquences possibles dans cette affaire. Lorsqu'un meurtre est commis, bien des secrets depuis longtemps enterrés peuvent resurgir... Quand vous aurez pris une décision, soyez aimables de me prévenir. Ils me feront parvenir le message à *L'Âne tranquille*. Et maintenant, si vous permettez, je vais poursuivre mon travail.

Il s'inclina devant Lady Lacklander, et s'apprêtait à partir quand Mark annonça :

— Je vous accompagne jusqu'à votre voiture, monsieur. Vous venez, Rose ?

Elle parut hésiter, mais le suivit, de toute évidence contre le gré des trois autres.

Mark et Rose lui firent contourner l'aile est de l'énorme demeure jusqu'à l'avant, où était le véhicule. Fox y était déjà installé. Une voiture de sport munie d'un macaron de médecin et une automobile plus banale (sans doute celle des Cartarette) étaient garées côte à côte. William, le jeune domestique, apparut avec une valise. Alleyn le regarda la confier à Fox, puis rentrer dans la maison.

— Voilà tout notre linge sale, marmonna Mark, mal à l'aise.

— Vous aviez une raquette de tennis, non ? Et Sir George devait porter un sac de golf ? Pouvons-nous les avoir aussi ?

— Oui, oui ! Bien sûr ! J'y vais tout de suite.

Il monta les marches du perron en courant et disparut. Alleyn se tourna vers Rose, qui fixait la porte par laquelle venait de passer Mark. Elle paraissait affolée.

— J'ai si peur ! confia-t-elle à l'inspecteur principal. Je ne sais pas pourquoi, mais j'ai peur.

— De quoi ? lui demanda-t-il gentiment.

— Je n'en sais rien. C'est ainsi. Je ne me suis jamais sentie aussi perdue. C'est comme si je n'avais connu vraiment que mon père. Et maintenant, il est mort. Quelqu'un l'a assassiné, et j'ai l'impression d'être seule au monde.

Mark revint avec les objets requis.

— Voilà !

— La raquette n'était pas dans une housse ?

— Pardon ? Ah ! Ah si, si.

— Puis-je l'avoir aussi, s'il vous plaît ?

Mark fit un second aller et retour, plutôt plus long que le premier.

— Je ne savais plus laquelle j'avais prise. Je crois que c'est celle-ci.

Alleyn mit le tout dans la voiture. Mark s'était emparé de la main de Rose. Elle recula d'un pas.

— Monsieur Alleyn, Rose et moi sommes dans tous nos états. N'est-ce pas, ma chérie ? À propos, nous sommes fiancés.

— Vous m'étonnez ! répliqua Alleyn.

— C'est pourtant la vérité. Il va sans dire que si c'est possible, je m'assurerai que personne ne harcèle Rose. Elle a subi un choc sévère, et...

— Non, Mark, je vous en supplie, taisez-vous.

Mark la dévisagea, parut perdre le fil de ses pensées, se ressaisit.

— C'est simplement qu'en ce qui concerne nos deux familles, j'aimerais que tout soit clair et net. Nous avons promis de nous taire, aussi nous tairons-nous. Mais nous sommes très inquiets de constater la tournure des événements. En ce qui concerne M. Phinn, j'entends. Voyez-vous, monsieur, nous savons que le vieil Occy Phinn avait toutes les raisons possibles pour *ne pas* tuer le colonel. Toutes les raisons possibles. Et si vous avez deviné (ce que je crois) où je veux en venir, je n'y peux rien.

— Miss Cartarette ?

Épuisée, les traits tirés, elle s'arma de tout son courage et répondit avec autant de soin que de difficulté.

— Monsieur Alleyn, s'il apprenait qu'à cause de sa dispute avec Octavius, celui-ci est soupçonné, mon père serait affligé. Ils se querellaient à propos de la pêche depuis des années et des années. C'était une sorte de code entre eux. Cela ne signifiait rien. Tout ce qu'ils ont pu se dire d'autre n'a pu qu'amadouer Octavius. Je vous le promets. Vous comprenez : moi, je sais pourquoi mon père était allé retrouver Octavius.

— Chez lui, vous voulez dire ? Hier après-midi ?

— Oui. Nous avions bavardé auparavant, et il m'avait avertie de son projet.

— Vous a-t-il donné les raisons précises de cette visite ? Vous avez parlé d'une histoire de publication...

— Oui. Il... il avait quelque chose à montrer à Occy.

— Pouvez-vous nous dire quoi ?

— Malheureusement, non. Je le sais, mais c'est un secret, murmura-t-elle avec tristesse. Mais je suis certaine qu'il s'est rendu chez Occy, car je l'ai vu sortir l'enveloppe de son bureau et la mettre dans sa poche.

Elle porta une main à son front.

— Mais au fait... Où est-elle ?

— Dans quel tiroir se trouvait-elle ?

— Le tiroir du bas, à gauche, je crois. En général, il le fermait à clé.

— Je vois. Merci. M. Phinn n'était pas chez lui, je suppose ?

— Non. Papa l'aura donc probablement cherché au bord du ruisseau. Je ne peux pas m'étendre davantage, mais sachez que c'était pour le bien de tous.

— Je sais, la consola Alleyn, touché par la beauté de ce visage préraphaélite. Ne vous inquiétez pas. Je serai habile.

— C'est gentil.

Mark grommela entre ses dents. Comme Alleyn se tournait vers le véhicule de police, la voix de la jeune fille l'arrêta.

— Ce doit être un fou. Il faut être fou pour commettre un tel crime. C'est un malade qui a agi sans raison... Vous ne le croyez pas ?

— Je crois que vous êtes encore sous le choc, ce qui est compréhensible. Avez-vous dormi cette nuit ?

— Peu. Je suis désolée, Mark, mais je n'ai pas pris ces cachets que vous m'avez donnés. Je voulais veiller. Pour lui. J'avais la sensation qu'il me cherchait dans la maison.

— Vous devriez reconduire Miss Cartarette à Uplands, suggéra Alleyn, afin qu'elle puisse retrouver ses vêtements d'hier, ainsi que ceux de Mme Cartarette. N'oubliez rien, s'il vous plaît. Chaussures, bas, je veux tout... Et je vous en supplie, traitez-les comme autant de précieux bibelots en porcelaine.

— C'est à ce point important ? s'enquit Mark.

— L'avenir de plusieurs innocents pourrait en dépendre.

— Je serai très attentif, promit Mark.

— Bien. Nous vous suivons. Vous nous donnerez tout cela.

— Entendu, approuva Mark, avant de se tourner vers Rose en souriant. Et lorsque ce sera fini, je vous ramène à Nunspardon pour m'occuper de vous personnellement. Kitty pourra rentrer de son côté. Venez !

— Mark, je pense que je resterai à Hammer Farm.

— Il n'en est pas question, ma chérie.

— Je ne peux pas abandonner Kitty.

— Elle comprendra. De toute façon, nous serons de retour ici avant qu'elle ne parte. Venez !

Rose pivota sur elle-même, comme pour supplier Alleyn de venir à son secours, puis elle se ravisa. Mark la prit par le coude et l'entraîna.

Alleyn les regarda monter dans la voiture de sport et démarrer en trombe. Il secoua légèrement la tête en s'installant sur la banquette avant, à côté de Fox.

— Suivez-les, mon cher. Mais tranquillement. Nous ne sommes pas pressés. Nous allons à Hammer Farm.

Sur le chemin, il lui raconta sa visite à Nunspardon.

— Tout le problème tourne autour de cette histoire de Mémoires. À l'époque du drame, nous avons appris de la bouche de Sir Lacklander que le jeune Phinn s'était suicidé après avoir avoué sa traîtrise. Nous savons que Lacklander est mort en prononçant le nom de Phinn, et qu'il était fort anxieux au sujet de son autobiographie. Nous savons que Cartarette avait pour mission de corriger et de faire éditer le texte. Nous savons que Cartarette a sorti une enveloppe du tiroir qui fut subséquemment forcé, et qu'il est allé voir Phinn « pour le bien de tous ». Ne le trouvant pas chez lui, il l'a suivi dans la vallée. Enfin, nous savons qu'après leur dispute concernant la truite, ils ont parlé d'autre chose ; Lady Lacklander les a entendus, mais refuse de nous révéler la teneur de leur conversation. Je ne sais pas ce que vous en pensez, mais à mes yeux, il n'y a qu'une solution possible.

Empruntant l'allée de Hammer Farm, Fox hocha la tête.

— Exposé de cette manière, cela paraît clair comme le jour. Mais le mobile est-il suffisant ?

— Qu'est-ce que c'est qu'un mobile suffisant ? D'ailleurs, ils pourraient être plusieurs ! Contentez-vous *d'ubi, quibus auxiliis, quomodo* et *quando* [1], Foxy. Quant à *cur* [2], il apparaîtra de lui-même, au moment où nous nous y attendrons le moins.

— C'est ce que vous nous répétez toujours, monsieur.

— Bon ! Bon ! Je radote ! Voilà la voiture de l'amoureux transi. Attendons qu'ils aient rassemblé toutes les

1. En latin : Où, par quels moyens, comment et quand ? (N.d.T.)
2. Pourquoi ? (N.d.T.)

affaires. Celles de Mme Cartarette sentiront vraisemblablement autant le Schiaparelli que le poisson.

— Elle doit être terriblement seule.

— Qui ?

— Mme Cartarette. Une « pièce rapportée », vivant dans un lieu où tout le monde connaît tout le monde depuis l'antiquité. Quelle solitude ! Et je parie que plus elle essaie de se mettre dans le moule, moins ils l'acceptent. Plus ils sont polis, moins elle se sent la bienvenue.

— Vous avez sans doute raison. Vous avez mis le doigt sur une de ces tragédies mineures que les Lacklander de ce monde préféreraient éliminer. Et je vais vous dire autre chose, Foxy. Parmi eux, il n'y en a pas un, pas même votre petite amie, qui n'éprouverait un certain soulagement si elle était la coupable.

— Pas un ? répéta Fox, surpris.

— Pas un, confirma Alleyn. Pour eux, c'est une intruse. Elle gêne. Elle n'est pas de leur univers. Je suis prêt à le parier... Comment vous êtes-vous débrouillé, à Chyning ?

— J'ai vu le Dr Curtis. Il est fort bien installé à la morgue de l'hôpital et avait bien avancé son autopsie. Rien de nouveau à signaler au sujet des blessures. D'après lui, pour ce qui est des écailles de truite, c'est vrai. Il procédera à un examen microscopique de tous les indices. Le Yard va vérifier le testament de Sir Harold et se renseigner sur les activités du commandant Syce à Singapour. Ce ne sera pas long, si la Navy peut contacter un ancien à la retraite. Avec un peu de chance, nous aurons des nouvelles d'ici deux heures. J'ai précisé que nous serions soit au commissariat de Chyning, soit à *L'Âne tranquille*.

— Bien, bien, murmura Alleyn sans passion. Tiens ! Tiens ! Qui voilà ? Allez ! Au boulot !

Il descendit d'un bond du véhicule et remonta l'allée d'une démarche rapide, tout en bourrant sa pipe. L'objet de son intérêt soudain se matérialisa sous la forme du facteur. Alleyn s'immobilisa et attendit que ce dernier fût à sa hauteur.

— Bonjour !

— Bonjour, monsieur ! répondit le facteur en freinant son vélo.

— Je prends tout cela, voulez-vous ?

Le facteur posa le pied à terre pour ne pas perdre l'équilibre.

— Ma foi... Ça m'épargnera quelques mètres, c'pas ? De toute façon, il n'y a qu'une lettre aujourd'hui ! Et pour le défunt ! ajouta-t-il d'une voix de circonstance. C'est très triste, si vous me permettez un commentaire.

— Mais oui, mais oui.

Une sensation d'excitation submergea Alleyn tandis qu'il s'emparait de l'enveloppe.

— Quel événement atroce ! continua le facteur. Un crime dans la vallée ! Et ce pauvre colonel, respecté de tous, jamais un mot plus haut que l'autre ! Tout le monde est sens dessus dessous. C'est terrible pour les dames. Pauvre, pauvre Miss Rose ! Enfin ! Que voulez-vous ?... Vous êtes de la famille, monsieur ?

Alleyn ignora délibérément cette question.

— Merci. C'est très gentil à vous. Je leur transmettrai vos condoléances.

— Oui, oui. Et j'espère qu'ils attraperont le coupable ! Il paraît que le Yard est sur le coup, que l'affaire dépasse complètement Bert Oliphant, ce qui n'étonne personne dans le comté, bien qu'il soit très actif lorsqu'on traîne après l'heure de fermeture à *L'Âne tranquille*.

Dès qu'il fut parti, Alleyn rejoignit Fox.

— Regardez ce que j'ai !

Fox contempla l'enveloppe, dont Alleyn lui montra l'envers, avec le tampon de la firme : « Brierley et Bentwood, Place St. Peter, Londres W1. »

— Les éditeurs ?

— Exactement ! Nous devons à tout prix découvrir ce

que contient cette lettre, Fox. Elle est mal encollée... Ce serait si facile (et justifiable) de l'ouvrir... Mais nous allons être plus subtils. Voici Miss Cartarette !

Elle sortit de la maison, suivie de Mark qui portait une valise, une raquette de tennis et un sac de golf flambant neuf.

— Voilà, messieurs ! dit Mark. Tout y est. Rose a pensé que vous auriez peut-être besoin de sa raquette. J'ai répliqué que c'était absurde, mais nous vous l'avons néanmoins apportée.

— Merci.

Fox délivra Mark de son fardeau, tandis qu'Alleyn montrait l'enveloppe à Rose.

— Ceci vient d'arriver pour votre père. Je crains d'avoir à vous demander d'examiner toute sa correspondance récente. Tout vous sera rendu, bien sûr, et les résultats de notre enquête seront strictement confidentiels. Je suis navré, mais c'est ainsi. Vous pouvez exiger un mandat...

Rose ne parut pas émue.

— Ma chérie, il me semble que vous devriez...

— Gardez-la, dit-elle à Alleyn. C'est sans doute une publicité.

Alleyn la remercia et la regarda s'éloigner en compagnie de Mark.

— C'est trop beau, marmonna Fox.

— S'il me voit de là-haut, j'espère que le colonel me pardonnera, répliqua Alleyn en dépliant la lettre.

Colonel M.C.V. Cartarette.
M.V.O., D.S.O.
Hammer Farm
Swevenings.

Cher Monsieur,

Trois semaines avant sa mort, Sir Harold Lacklander m'a appelé pour me parler de ses Mémoires, que ma société doit éditer prochainement. Or, un problème se pose au chapitre 7, et Sir Harold m'a fait savoir qu'il comptait prendre votre avis sur la question. Il a ajouté que s'il mourait avant la publication de l'ouvrage, il souhaitait vous confier la responsabilité totale de ce projet. Il m'a recommandé de m'adresser directement à vous, et à personne d'autre, et a beaucoup insisté pour que seules soient prises en compte vos décisions.

Nous n'avons reçu aucune autre instruction de la part de Sir Harold Lacklander, et si je vous écris aujourd'hui, selon ses volontés, c'est pour vous demander si vous avez en effet accepté une telle mission, si vous avez eu le manuscrit, et si vous avez pris une option au sujet du chapitre 7.

Je vous serais reconnaissant de me répondre au plus vite. Peut-être me ferez-vous le plaisir de déjeuner avec moi lors de votre prochain séjour à Londres ? Si vous avez l'amabilité de me prévenir de la date qui vous convient, je m'arrangerai pour être à votre disposition.

Je vous prie d'agréer, Monsieur, mes salutations distinguées.

Timothy Bentwood

— Foxy... Devinez ce qui constitue la délicate affaire du chapitre 7 ?

Lorsque Mark avait ralenti devant le portail du manoir de Nunspardon, Rose lui avait demandé d'arrêter la voiture dans l'allée.

— Il ne sert à rien de continuer : j'ai quelque chose à dire. Je vous en prie, garez-vous.

— Bien sûr.

Le moteur se tut, et il se tourna vers elle.

— Il ne croit pas que l'assassin soit un vagabond.

— Alleyn ?

— Oui. Il est persuadé que c'est l'un d'entre nous. J'en ai la certitude.

— L'un d'entre nous ? Comment cela ?

— Quelqu'un qui le connaissait. Un voisin. Voire un membre de sa famille.

— Il ne faut rien précipiter. Alleyn fait son travail. Il déblaie le terrain.

— Il ne croit pas que l'assassin soit un vagabond, répéta-t-elle, puis, plus fort : Il est persuadé que c'est l'un d'entre nous.

Mark demeura silencieux un long moment.

— Bien. Supposons, je refuse de l'imaginer, mais qui sait ?... Supposons qu'il s'interroge à notre sujet. Après tout...

— Après tout, il a de quoi se poser des questions, non ?

— Je ne comprends pas.

— Vous voyez comment vous réagissez. Vous feignez de ne pas saisir. Il me paraît clair qu'il est au courant du fameux chapitre 7.

Elle le vit blêmir.

— Oh, mon Dieu ! s'écria-t-elle, affolée. Où cela nous mènera-t-il ?

— Pour l'instant, nulle part. Réfléchissons. Vous pensez qu'Alleyn soupçonne l'un d'entre nous... moi, mon père, pourquoi pas ma grand-mère ? d'avoir tué votre père parce qu'il s'apprêtait à publier une version corrigée des Mémoires de mon grand-père. C'est bien cela ?

— Exactement.

— Je vois. Vous avez peut-être raison. C'est peut-être une idée qui lui trotte dans la tête. Mais ce que j'aimerais savoir, c'est si vous, Rose, vous... Est-il pensable que vous aussi, vous... ? Non. Non, pas maintenant. Vous êtes encore sous le choc. Attendons un peu.

— Nous ne pouvons pas nous le permettre. Je n'en peux plus. Il ne me suffit pas de m'installer à Nunspardon et d'avaler un tranquillisant pour que tout s'arrange.

— Rose, regardez-moi. Je vous en prie !

Il prit son visage entre ses mains, l'obligeant à le regarder dans les yeux.

— Seigneur ! Vous avez peur de moi.

Elle ne chercha pas à se libérer de son étreinte. Ses larmes roulèrent sur les doigts de Mark.

— Non ! Non, c'est faux ! Je ne peux pas avoir peur de vous, puisque je vous aime.

— En êtes-vous sûre ? N'êtes-vous pas troublée par le souvenir de votre père qui s'opposait à notre union ? N'êtes-vous pas gênée de vous rappeler combien j'étais jaloux de l'amour que vous lui portiez ? N'êtes-vous pas en train de penser que son décès a fait de vous une héritière ? Et que cette publication des Mémoires aurait sans doute monté ma famille contre vous... Êtes-vous certaine de ne pas me soupçonner, Rose ?

— Pas vous ! Je vous le promets. Pas vous.

— Qui, alors ? Gran' ? Mon père ? Ma chérie, énoncée à voix haute, cette hypothèse ne vous paraît-elle pas absurde ?

— Je sais que cela peut paraître absurde. N'était-il pas absurde que quelqu'un veuille tuer mon père ? Et pourtant, il est mort. Il faut que je m'habitue à cette idée. Quelqu'un a assassiné mon père hier soir.

Elle s'écarta.

— Avouez que ce n'est pas facile...

— Que puis-je pour vous ?

— Rien ! Rien du tout, c'est justement ce qu'il y a d'affreux ! Vous auriez voulu que je me tourne vers vous, n'est-ce pas, Mark ? C'est ce que je voudrais, moi aussi. Mais c'est impossible. C'est impossible, car je ne sais pas qui a commis ce meurtre.

Mark prit enfin la parole, après un interminable silence.

— Je ne voulais pas en parler, Rose, mais je n'ai guère d'autre solution. Après tout, outre mon grand-père, mon père et moi-même... Ah ! Oui, et Occy Phinn, bien sûr !... Il ne faudrait peut-être pas oublier une autre personne...

— Kitty ?

— Kitty.

— Non ! Taisez-vous ! Je ne veux pas vous écouter.

— Il le faut pourtant. Croyez-vous que ce soit un plaisir pour moi de me rappeler, de *vous* rappeler que votre père...

— Non ! Non, Mark, je vous en prie !

Rose fondit en larmes. Il arrive souvent, curieusement, que le malheur de l'un ne suscite que l'irascibilité de l'autre. La jeune fille crut déceler chez son amoureux les premiers signes d'exaspération : il s'était assombri, éloigné d'un mouvement brutal.

— Mark, je suis désolée... balbutia-t-elle.

— Soyons clairs : Kitty existe, non ? Et Geoffrey Syce ? Et Miss Kettle ? Pourquoi nous obstiner sur les Lacklander ?

Appuyant son bras sur le bord de sa vitre baissée, Rose s'effondra complètement.

— Oh ! Et puis zut ! aboya Mark.

Poussant sa portière, il se mit à aller et venir dehors, d'une démarche saccadée.

Ce fut alors que Kitty arriva. Apercevant le véhicule de Mark, elle s'arrêta. Rose se ressaisit au prix d'un effort surhumain. Après une légère hésitation, Kitty abandonna son automobile pour s'approcher de Rose. Mark fourra les mains dans ses poches et partit plus loin.

— Je ne veux pas m'immiscer dans ce qui ne me regarde pas, commença Kitty. Mais puis-je vous être utile ? Soyez franche : si je ne peux rien faire, je m'en irai.

Rose la dévisagea, et, pour la première fois, lut dans l'expression de sa belle-mère toute sa détresse, qu'elle s'efforçait si bien de cacher. Elle éprouva pour elle un sentiment d'amitié.

— C'est gentil, merci. Je suis contente que vous soyez là.

— Je suppose que vous aurez envie de déménager. Dites-le-moi. Je ne parle pas de l'avenir, mais du présent. Je crois savoir que Mark vous a proposé de séjourner à Nunspardon. Si cette perspective vous tente, acceptez l'invitation. Je ne vous en voudrai pas.

Rose n'avait pas pensé un seul instant que Kitty pût souffrir de sa solitude si elle-même partait pour Nunspardon. Un flot de souvenirs et de contradictions la submergea. Elle songea qu'elle avait désormais envers Kitty une certaine responsabilité.

— Bon... Je m'en vais...

Rose eut soudain envie de la retenir, de lui dire qu'elle rentrait avec elle. Elle tripota la poignée de sa portière, mais prit tout d'un coup conscience de la présence de Mark, lequel était revenu vers sa voiture et s'adressait maintenant à Kitty.

— C'est ce que je lui dis. D'ailleurs, en tant que son médecin, ce sont mes ordres. Elle vient à Nunspardon. Je suis heureux que vous me souteniez.

Kitty lui accorda ce regard dont elle gratifiait volontiers tout mâle présentable.

— Au moins, elle sera en bonnes mains.

Et, agitant la sienne, elle pivota sur ses talons.

Assaillie par le désespoir et les remords, Rose la regarda remonter dans sa voiture et démarrer en trombe.

Sur la route de Chyning, Alleyn développa sa théorie concernant le chapitre 7.

— Pensons au personnage qu'était le colonel Cartarette : selon tous les témoins sauf Danberry-Phinn, c'était un homme sympathique, perfectionniste à l'extrême et scrupuleux. Bien. Rappelons pour la dernière fois qu'avant de mourir le vieux Lacklander était fort perturbé par un problème au sujet de Cartarette et des Mémoires, et qu'il a rendu l'âme en prononçant un nom : Vic. Bien. Dès que les Mémoires ou Viccy Phinn sont évoqués, ils se comportent tous d'une manière pour le moins étrange. Bien. Phinn et Lady Lacklander s'accordent pour affirmer qu'une conversation a eu lieu après la dispute entre Phinn et le colonel. Lady L. refuse de nous en divulguer le contenu ; quant à Phinn, il ne dira rien si elle ne dit rien ! Cela risque de durer longtemps. Le colonel est parti de chez lui avec l'intention de rendre visite à Phinn, avec lequel il entretenait depuis des années des rapports difficiles. Rassemblons toutes les pièces du puzzle... sans oublier les circonstances de la mort du jeune Phinn, la mission « pour le bien de tous » du père de Rose Cartarette, et la lettre des éditeurs. Qu'obtenons-nous ?... Le chapitre 7 innocentait le jeune Phinn, et le colonel Cartarette avait pour responsabilité de l'inclure ou non dans l'ouvrage. Ne sachant que décider, il a préféré consulter M. Phinn. Celui-ci était en train de pêcher, le colonel l'a rejoint au bord de l'eau.

Reprenant son souffle, Alleyn opta pour un récit au présent.

— Après la dispute, notre colonel... Que dit notre colonel ? Il dit : « Vous n'êtes qu'un vulgaire braconnier ! Et moi qui venais vous rendre service ! » Il lui parle du chapitre 7. Et comme nous n'avons pas trouvé ledit chapitre 7 sur lui, nous en conclurons qu'il le donne aussitôt à M. Phinn. Pour appuyer cette présomption, j'ajouterai que j'ai vu sur le bureau de M. Phinn une enveloppe qui lui était adressée de la main du colonel, et qui contenait une liasse de feuilles dactylographiées. Où tout cela nous mène-t-il, Foxy ?

— À propos du chapitre 7 ?

— À propos du chapitre 7.

— Dites-le-moi, suggéra Fox avec un sourire.

Alleyn le lui dit.

— Ma foi, monsieur, c'est possible. C'est un mobile comme un autre, et il pourrait expliquer que les Lacklander aient eu envie de se débarrasser du colonel.

— Sauf si nos conjectures effrontées s'avèrent justes,

Foxy, à savoir que Lady Lacklander a entendu le colonel confier le chapitre 7 à M. Phinn, auquel cas les Lacklander se seraient attaqués à ce dernier plutôt qu'à Cartarette.

— Peut-être n'a-t-elle pas bien entendu ?

— Alors pourquoi refuse-t-elle de nous rapporter ce qu'elle a surpris de cette conversation ? Et de quoi a-t-elle discuté ensuite avec le colonel ?

— Ah ! La barbe ! explosa Fox. Peut-être les Mémoires, le chapitre 7 et le Voleur-des-documents-secrets-de-Zlomce n'ont-ils rien à voir avec cette affaire ?

— À mon avis, ils ont un rapport, mais pas de toute première importance.

— C'est en effet la seule solution logique, si je me fie à votre raisonnement, monsieur Alleyn.

— Parfaitement. Et je vais vous dire une chose, Foxy. Comme d'habitude, le mobile est à considérer en second lieu. Mais nous voici à Chyning, j'aperçois une pompe à essence (retenez votre chapeau, Fox, je baisse la vitre) et notre joyeuse Miss Kettle qui fait le plein d'une ravissante petite voiture fraîchement repeinte. Je suis sûr qu'elle l'a baptisée d'un petit nom adorable ! Pensez-vous pouvoir vous tenir convenablement ? Tant mieux ! Nous allons prendre de l'essence, nous aussi. Bonjour, Miss Kettle !

— Bonjour, monsieur ! répondit-elle avec un sourire éblouissant. C'est l'heure du goûter ! ajouta-t-elle en gratifiant son véhicule d'une tape affectueuse sur le toit. Nous ne nous étions pas vues depuis quinze jours : elle a eu droit à un petit lifting. Et vous ? Comment allez-vous ?

— Nous tenons le coup, assura Alleyn en mettant pied à terre. Mais je crains que l'inspecteur Fox ne soit d'assez mauvaise humeur.

Fox ignora son supérieur.

— Jolie voiture, Miss Kettle.

— Pétunia ? Oui, dans l'ensemble, j'en suis contente. Je m'apprêtais à rendre visite à un malade souffrant d'un lumbago.

— Le commandant Syce ? devina Alleyn.

— Exactement !

— Il est complètement remis.

— Pas possible ! s'exclama l'infirmière, déconcertée. Lui qui ne pouvait pas bouger hier soir ! Saperlipopette !

— Si j'ai bien compris, quand vous l'avez quitté, il était au lit.

— Oui.

— Pourtant, M. Phinn nous a déclaré qu'à vingt heures quinze le commandant Syce tirait à l'arc.

Miss Kettle devint écarlate. Alleyn entendit son collègue marmonner un mot de sympathie.

— Alors, ça ! souffla-t-elle, stupéfaite. Alors, ça ! Avec les lumbagos, on ne sait jamais. Paralysé une minute, en pleine forme la minute d'après !

Pour illustrer la rapidité de cette métamorphose, elle claqua plusieurs fois des doigts. Fox prit la parole, d'une voix qui manquait singulièrement de naturel.

— Miss Kettle, êtes-vous certaine que le commandant Syce ne s'est pas moqué de vous ? Pardonnez-moi, mais...

Elle lui lança un coup d'œil presque coquin.

— Après tout, pourquoi pas ? Mais sûrement pas pour les raisons que vous croyez.

Se glissant prestement derrière son volant, elle actionna son klaxon.

— À la maison, John ! N'épargnez pas les chevaux ! s'écria-t-elle avant de démarrer à toute allure, à l'évidence fort troublée par sa rencontre.

— À moins de tomber gravement malade, Fox, vous n'avez aucune chance.

— C'est une femme charmante. Quel dommage !

Ayant pris leur essence, ils se rendirent au commissariat. Le brigadier Oliphant les y attendait avec trois messages en provenance de Scotland Yard.

— Beau travail ! s'émerveilla Alleyn. Ils ont été rapides !... « Renseignements sur les truites vérifiés auprès du Muséum d'histoire naturelle, de la Société royale piscicole, de l'Association pour la préservation des ruisseaux à truites britanniques et du Dr S.K.M. Solomon, expert. Tous confirment qu'examinées au microscope, les écailles de nos deux truites ne peuvent en aucun cas présenter les mêmes caractéristiques. Cartarette était considéré comme un fin connaisseur en la matière. »

— Épatant ! s'exclama Fox. Épatant !

Alleyn s'empara du second papier :

— « Rapport concernant le testament du défunt Sir Harold Lacklander... »

Il le parcourut en silence, leva le menton.

— On ne peut plus simple : à l'exception des legs habituellement accordés aux personnes à charge, le tout va à la veuve et au fils.

— C'est ce que nous avait dit Miss Kettle.

— Absolument. Et maintenant, le troisième... Ah ! « Rapport concernant le commandant Geoffrey Syce, Royal Navy, à la retraite. Singapour, du 1er mars 195- au 9 avril 195-. Commandant du —, basé à Singapour. Service à terre. Autres activités : au début, habitudes et goûts discrets. Acceptait les invitations, mais passait beaucoup de temps seul, à dessiner. Plus tard, a cohabité avec une dénommée Miss Kitty de Vere, qu'il aurait rencontrée au bal. Possible retracer histoire de Vere si nécessaire. Avons vérifié que Syce louait en son nom l'appartement occupé avec de Vere, laquelle a ensuite épousé le colonel Maurice Cartarette. Celui-ci lui aurait été présenté par Syce. Sources... »

Suivait une longue liste de noms obtenus de la *Navy List*, et une note précisant que le vaisseau étant actuellement au port, les informations avaient été glanées « au plus haut niveau ». Alleyn laissa tomber la feuille sur le bureau d'Oliphant.

— Pauvre Cartarette, murmura-t-il. Pauvre Syce.

— Pauvre Kitty, dit Fox.

Avant de revenir à Swevenings, Alleyn et Fox rendirent visite au Dr Curtis, à la morgue de l'hôpital de Chyning. Le médecin divisionnaire, un homme méticuleux, n'avait pas encore tout à fait achevé son autopsie. Il put confirmer aux deux inspecteurs que la victime avait reçu un coup, suivi d'une percée à la tempe, mais qu'il s'expliquait mal les multiples lésions tout autour, résultant apparemment d'un mouvement de pression. Il ne pouvait éliminer ni les flèches du commandant Syce, ni le pic du parasol de Lady Lacklander, mais pensait néanmoins que l'arme utilisée avait été la canne-siège. L'examen de cet objet, s'il révélait des traces de sang, pourrait confirmer ce diagnostic. En attendant, le chiffon était bel et bien taché de sang, non encore identifié. Il empestait le poisson. Alleyn remit au Dr Curtis le reste de ses trouvailles.

— Dès que vous le pourrez, soyez gentil de vous pencher sur l'aspect écailleux de mon affaire. Trouvez-moi les écailles des deux truites sur un vêtement n'appartenant qu'à une seule et unique personne. Le reste viendra sur un plateau d'argent.

— Vous me prenez pour le batteur d'un orchestre de jazz, bondissant sans arrêt d'un instrument à un autre ! Je vais terminer mon autopsie, et Willy Roskill pourra faire joujou avec vos écailles à la noix.

Sir William était un éminent spécialiste du Yard en matière d'analyses en laboratoire.

— Je l'appelle tout de suite, annonça Alleyn.

— C'est déjà fait : il arrive. Dès que nous aurons des nouvelles, nous vous contacterons au commissariat. Qu'est-ce qui vous tracasse, Rory ? Pourquoi êtes-vous si pressé ? La mort ne date que d'hier soir.

— C'est une sale affaire. D'ailleurs, à la réflexion, je vais conserver la seconde flèche, celle qui porte des traces de sang. Si c'est bien du sang. Dans quoi puis-je la ranger ?... Tenez ! Donnez-moi ça ! ordonna-t-il en désignant le sac de golf de George Lacklander.

Il le hissa sur son épaule, enveloppa la pointe de la flèche de Syce et la fit tomber dedans.

— Oui, une très sale affaire, marmonna-t-il.

— Ni plus ni moins qu'une autre, non ?

Alleyn ne daigna pas répondre. Il observait les effets personnels de tous ses témoins, soigneusement disposés sur une longue étagère, à l'opposé de la table de dissection. Les vêtements, bottes et équipements de pêche du colonel et de M. Phinn. La jupe en tweed et le twin-set de Kitty. La culotte de golf et les bas de George Lacklander, les tenues de tennis de Mark et de Rose. L'attirail de peintre de Lady Lacklander, ses habits, si amples, et une vieille mais superbe paire de chaussures de marche.

— Tiens ! murmura-t-il en s'en emparant. Taille trente-six. Fabriquées à Londres, par l'un des meilleurs bottiers, du temps où Lady Lacklander jouait au golf. Marquées à son nom. Elles ont été nettoyées, mais les semelles sont encore humides et...

Il les retourna, inspecta les talons munis de pics. Alleyn se tourna vers Fox, lequel, sans un mot, alla chercher une assiette où gisaient les restes du poisson du colonel.

— Oui, oui, fit Alleyn. Oui, oui, oui. Nous y sommes. Faites votre travail, mais je suis sûr que nous y sommes. Et cela ne me plaît pas du tout.

Sur ce, il sortit de la pièce.

— Quelle mouche l'a piqué ? s'enquit le Dr Curtis auprès de Fox.

— Je vous laisse à votre cadavre, se contenta-t-il de répliquer.

— À plus tard !

Fox rejoignit son supérieur, et ils se rendirent au commissariat.

— Vous allez rester ici, Oliphant, annonça Alleyn. Sir William ira sans doute directement à l'hôpital. Mais dès qu'il aura des nouvelles, il vous appellera. Voici la liste des gens que je vais voir. Si je ne suis pas chez l'un, je suis chez l'autre. Demandez un mandat. Nous allons peut-être arrêter notre coupable avant la tombée de la nuit.

— Tttt ! Ttttt ! Vraiment ? Qui est-ce ?

De l'index, Alleyn désigna un nom. Le brigadier le fixa plusieurs secondes, impassible.

— Ce n'est pas encore une certitude, dit Alleyn, mais il vaut mieux être prévoyant. Allons ! Au boulot ! Oliphant, soyez gentil de téléphoner aux éditeurs Brierley et Bentwood, voulez-vous ? Demandez M. Timothy Bentwood et dites-lui que c'est de ma part... Si Bentwood accepte de jouer le jeu, nous aurons notre solution à l'énigme du chapitre 7, acheva-t-il, tandis que le policier décrochait l'appareil et composait le numéro.

— Allô ? Oui ? Oui ? Ne quittez pas, je vous prie, je vais demander.

— Que se passe-t-il ?

Oliphant protégea le combiné d'une main.

— M. Bentwood est à l'hôpital. Voulez-vous parler avec sa secrétaire ?

— Enfer et damnation ! explosa Alleyn. Non. Non, merci, Oliphant. Venez, Fox. Cette piste nous mène à une impasse. Nous n'avons plus une minute à perdre. Si nous en avons le temps, nous avalerons un sandwich à *L'Âne tranquille*, mais avant cela, nous allons effectuer encore un appel.

Une fois de plus, son index se pointa sur la liste.

— Uplands ? s'enquit le brigadier. Le commandant Syce ?

— Oui. Soyez prêt. Si j'ai besoin de vous, il faudra venir tout de suite. Fox, suivez-moi !

Ils accomplirent en silence le trajet jusqu'à Watt's Hill. Comme ils atteignaient le sommet de la colline, à l'approche de Jacob Cottage, ils aperçurent M. Phinn, penché par-dessus son portail, un chat sur l'épaule.

— Arrêtons-nous, proposa Alleyn.

Fox gara l'automobile, et Alleyn en descendit. M. Phinn cligna des paupières.

— Mon Dieu ! Monsieur l'inspecteur principal, vous ne cessez de réapparaître !

— C'est mon métier...

M. Phinn lâcha un petit rire.

— Suis-je l'objet de votre intérêt ? Ou étiez-vous sur le chemin de nouvelles supputations et conjectures ? Je pense à Nunspardon, par exemple. Peut-être avez-vous imaginé ma Lady Gnan-gnan, ma Douairière Tonneau, ma Matrone Mammouth, parcourant sur la pointe de ses petits petons les champs de marguerites ? Peut-être pensiez-vous plutôt à George, piétinant la saulaie en chaussures de golf ? À moins que les blessures n'aient un caractère plus clinique ? Vous devez vous dire que je suis un être exécrable, mais je vous signale qu'il existe d'autres candidats à l'infamie. Peut-être devrions-nous regarder plus près de nous ? N'oublions pas notre tireur d'élite, ni notre veuve mystérieuse... Que puis-je pour vous, monsieur Alleyn ?

— Monsieur Phinn, pourriez-vous me remettre un exemplaire du chapitre 7 ?

Le chat siffla, sa queue tripla de volume. M. Phinn décontracta ses doigts, embrassa la pauvre bête, la posa à terre.

— Pardonne-moi... Cours voir ta maman... Vous entrez ?

— Bien entendu, vous avez le droit de refuser, dit Alleyn. Auquel cas, j'emploierai une autre tactique.

M. Phinn s'humecta les lèvres.

— Si vous croyez que ce chapitre 7, que vous avez dû voir sur mon bureau sans le lire, me compromet d'une quelconque manière, vous vous trompez. Au contraire, il représente pour moi un contre-mobile, si je puis m'exprimer ainsi.

— Je m'en doutais. Mais vous feriez peut-être mieux de me le montrer, non ?

Il y eut un long silence.

— Sans le consentement de Lady Lacklander ? Jamais. Pour rien au monde.

— Bien. Pouvez-vous me dire alors, histoire d'épiloguer sur la question, si ce fameux chapitre 7 constitue de la part de l'auteur une sorte de confession ? Sir Harold Lacklander y avoue-t-il par exemple qu'il était lui-même responsable des fuites de renseignements à Zlomce ?

— Et puis-je savoir ce qui vous inspire une telle débauche d'empirisme ?

— Je crois vous avoir dit ce matin que j'étais plus ou moins au courant de l'affaire de Zlomce. Or, vous prétendez que le chapitre 7 constitue pour vous une sorte de contre-mobile. Si tel est le cas, s'il innocente votre fils, n'êtes-vous pas obligé d'accueillir avec joie la perspective de sa publication ?

M. Phinn ne dit rien.

— Il est de mon devoir de vous préciser que j'espère obtenir des éditeurs toute l'histoire du chapitre 7.

— Ils ne savent rien...

— Au contraire. L'auteur en avait parlé, avant d'en faire part au colonel Cartarette.

— Vraiment ? s'enquit Phinn, tremblant. S'ils ont un soupçon de conscience professionnelle, ils refuseront de vous en divulguer le contenu.

— Comme vous ?

— Comme moi. Je ne dirai rien de plus, quelques pressions que vous exerciez sur moi, inspecteur.

Déjà, M. Phinn s'était détourné. Le portail grinça.

— Re-bonjour, Lady Lacklander ! dit doucement Alleyn.

M. Phinn pivota sur lui-même, ébahi.

— Roderick, je suis venue me confesser, déclara-t-elle, immobile sous le soleil.

10

Retour à Swevenings

Lady Lacklander s'avança vers eux avec lenteur.

— Si ce vestige pouvait supporter mon poids, Octavius, j'aimerais m'y asseoir.

Ils s'effacèrent devant elle, et M. Phinn se répandit en protestations :

— Non ! Non ! Non ! Pas un mot de plus ! Je vous l'interdis !

Elle se laissa choir sur le banc rustique.

— Pour l'amour du ciel ! implora M. Phinn avec frénésie. Taisez-vous, Lady L. !

— Il n'en est pas question, Occy ! riposta-t-elle, le souffle court. C'est à vous de vous taire, mon cher.

Elle le dévisagea un moment, puis émit un rire.

— Juste ciel ! Vous me croyez coupable, n'est-ce pas ?

— Non ! Non ! Non ! Quelle idée !

Elle bougea son torse volumineux en direction d'Alleyn.

— Je viens ici, si l'on veut, de la part de mon défunt mari, Roderick. Voici ma confession.

— Enfin ! s'exclama Alleyn. Vous allez me parler du chapitre 7 !

— Précisément. Je ne sais pas ce que vous pensez déjà savoir, ou ce que l'on vous en a raconté.

— Je n'ai rien dit ! s'écria M. Phinn.

— Hum ! C'est très généreux de votre part, Octavius.

Il leva les mains vers le ciel, mais se tut.

— Vous n'étiez cependant pas la seule source possible d'informations. Si j'ai bien compris, sa femme était au courant.

Elle fixa Alleyn, qui pensa : « George a parlé à Kitty du chapitre 7, Lady Lacklander l'a découvert et elle est persuadée que Kitty s'est confiée à moi. » Mais il ne dit rien.

— Libre à vous de supposer que je n'agis que par nécessité, reprit Lady Lacklander.

Alleyn s'inclina profondément.

— Mais ce n'est pas tout à fait le cas. Primo, notre famille vous est redevable, Octavius...

— Chut ! hurla-t-il. Avant de poursuivre, avant de prononcer...

— Monsieur Phinn, interrompit Alleyn, enfreignant au moins trois règles d'or du code de la police en une seule phrase. Si vous ne cessez de prendre la parole, je prendrai des mesures pour vous y obliger. Taisez-vous, monsieur Phinn !

— C'est vrai, Occy ! Je ne peux qu'être d'accord. Ou vous vous taisez, ou vous vous en allez, renchérit Lady Lacklander en agitant une main minuscule et grassouillette. Croyez-moi : j'ai longuement réfléchi avant d'intervenir.

Tandis que M. Phinn hésitait encore, l'œil rivé sur Alleyn, un doigt sur les lèvres, Lady Lacklander eut un mouvement de bras :

— Roderick, mon mari était un traître.

Ils formaient une assemblée curieuse, sur cet assortiment hétéroclite de bancs inconfortables. Fox prenait des notes, M. Phinn cachait son visage dans ses mains. Lady Lacklander, immobile dans sa graisse, parlait, parlait, parlait. Les chats allaient et venaient, indifférents.

— Voilà ce que vous découvrirez dans le chapitre 7... Ceci ne va pas être facile pour moi, et je ne tiens pas à me ridiculiser. Voulez-vous m'excuser un instant ?

— Bien sûr, dit Alleyn.

Ils attendirent qu'elle se fût ressaisie. Mains sur les genoux, regard lointain, elle maîtrisa le tremblement de son menton et prit enfin la parole.

— Voilà. À présent, ça ira, soupira-t-elle. À l'époque de l'incident de Zlomce, mon époux était en négociations secrètes avec les hommes qui entouraient Hitler. Ils le considéraient comme leur atout majeur : un diplomate britannique dont le nom dans sa patrie était au-dessus de tout soupçon. Il était absolument, complètement dévoué à la cause nazie.

Alleyn vit ses yeux se remplir de larmes amères.

— Ils ne l'ont jamais compris, dans votre Branche Spéciale, n'est-ce pas, Roderick ?

— Non.

— Et pourtant, ce matin, j'ai cru que vous étiez au courant.

— Je me suis interrogé sur ce point. C'est tout.

— Elle ne vous a donc rien dit ?

— Qui ?

— La femme de Maurice. Kitty.

— Non.

— On ne sait jamais. Avec les gens de son espèce, on ne sait jamais.

— Avec les autres non plus, semble-t-il.

Elle s'empourpra.

— Ce qui m'étonne, dit soudain M. Phinn, c'est pourquoi. Pourquoi Lacklander a-t-il agi ainsi ?

— Peut-être pensait-il qu'une alliance anglo-allemande était l'unique alternative à la guerre et au communisme, l'unique espoir de survie pour sa classe ? suggéra Alleyn. En ce temps-là, les hérésies de ce type étaient monnaie courante. Il n'était pas tout seul. Sans doute lui avait-on promis de belles récompenses.

— Vous ne l'épargnez pas, souffla Lady Lacklander.

— Comment le pourrais-je ? Je ne pense pas qu'il se soit lui-même épargné dans sa nouvelle version du chapitre 7.

— Il s'y repentait. Il était rongé de remords.

— Oui, c'est très clair ! s'exclama M. Phinn.

— Ah, oui ! Ah, oui, Occy, oui ! Et surtout, il s'en voulait de la terrible blessure qu'il avait infligée à votre fils.

— La blessure ? répéta Alleyn. Je regrette, monsieur Phinn, mais j'aimerais connaître le fin mot de l'histoire.

— Pourquoi vous obstiner, Occy ? Vous avez lu ce texte. Vous devez avoir envie de le crier sur tous les toits !

— Sir Harold innocente-t-il Ludovic Phinn ?

— Il le disculpe de tout sauf de sa négligence.

— Je vois.

Lady Lacklander se couvrit la figure de ses doigts boudinés, geste si peu en accord avec sa personnalité qu'il en devenait presque choquant, comme si elle s'était abandonnée à une crise d'hystérie.

— Je crois comprendre, dit Alleyn. Au sujet des concessions pour le chemin de fer de Zlomce : Sir Harold, tout en feignant d'obéir aux ordres de son gouvernement, s'apprêtait-il à donner tout le contrôle aux Allemands ?...

Constatant qu'il était sur la bonne voie, il continua :

— Or, voilà qu'au moment le plus délicat de ces négociations, alors qu'il souhaitait avant tout rester discret, son secrétaire particulier permet à un agent allemand de mettre la main sur un télégramme qu'il avait pour mission de décoder. Sir Harold est informé par son propre gouvernement de la fuite. Il doit donc se mettre, pour la forme, dans une rage digne d'un ambassadeur trahi. Il envoie quérir le jeune Phinn. Il l'accuse de trahison, le menace de disgrâce et de ruine. Le garçon s'en va et se tue pour en finir au plus vite. Est-ce ainsi que cela s'est passé ?

Il porta son regard de l'un à l'autre.

— Oui, c'est bien ainsi, murmura Lady Lacklander, puis, haussant le ton comme pour réciter une leçon : Mon mari écrit qu'il a conduit Viccy Phinn à sa mort aussi sûrement que s'il l'avait étouffé de ses propres mains. Ce sont ses patrons nazis qui lui ont donné l'ordre. C'est alors qu'il a commencé à se rendre compte de ce qu'il avait fait, et à quelles extrémités ses associés allemands pouvaient le pousser. Je savais combien il était malheureux, mais sur le moment, j'ai mis cela sur le compte du choc après la disparition de Viccy, et de la traîtrise de ce dernier. Seulement voilà, le traître, c'était Sir Harold, Occy. Votre Viccy n'était qu'un pauvre garçon tragiquement insouciant.

Elle contempla M. Phinn, fronça les sourcils.

— Hier, après votre dispute avec Maurice à propos de la truite, il est venu me dire qu'il avait laissé chez vous une copie corrigée du chapitre 7. Pourquoi n'en avez-vous rien dit, Occy ? Pourquoi essayiez-vous à l'instant de m'empêcher de parler ? Était-ce parce que...

— Seigneur ! Non ! marmonna-t-il. Pas par scrupule, rassurez-vous. J'espère que vous me croirez : c'était par respect pour les dernières volontés de mon fils. Avant de se suicider, il nous a écrit, à sa mère et à moi. Il nous a suppliés de croire en son innocence. Il nous a suppliés aussi de ne jamais, quoi qu'il arrivât, nous en prendre à Sir Harold Lacklander. Vous ne vous êtes peut-être jamais aperçue, ma chère Lady L., à quel point mon andouille de garçon idolâtrait votre mari ? Nous avons décidé de respecter sa prière.

M. Phinn se leva. Il paraissait tout d'un coup très vieux, miteux.

— Je ne me soucie ni de la conscience, ni des mobiles, ni des remords des Lacklander. Je ne souhaite pas que la famille continue de souffrir de la mort de mon enfant. Je ne crois plus en l'expiation de l'homme. À présent, si vous me le permettez, je vais vous laisser. Et si vous voulez savoir ce que j'ai fait du chapitre 7, monsieur l'inspecteur principal : je l'ai brûlé, il y a environ une demi-heure.

Il souleva son horrible casquette, salua Lady Lacklander et disparut à l'intérieur de sa maison, suivi de ses chats.

Lady Lacklander se mit debout, se dirigea vers le portail, s'immobilisa.

— Je vais à Nunspardon, annonça-t-elle.

Elle monta dans son imposante automobile, laquelle démarra.

— Triste affaire, grommela Fox.

— Très.

— Enfin ! En ce qui concerne le colonel Cartarette, M. Phinn ne peut plus être soupçonné de l'avoir assassiné.

— Je n'en dirais pas autant.

— Ah, non ?

— Non, insista Alleyn. Le colonel a laissé le chapitre 7 à Jacob Cottage. D'après ses propres dires, Phinn n'est pas retourné chez lui après sa querelle avec Cartarette. Il a regagné la saulaie, a découvert le corps et perdu ses lunettes. Il a lu le chapitre 7 pour la première fois ce matin, à l'aide, selon moi, d'une loupe.

— Évidemment, soupira Fox, tandis qu'ils bifurquaient dans l'allée du commandant Syce. Ce ne pouvait être qu'une copie. Le colonel ne lui aurait jamais remis l'original.

— Non. D'après moi, l'original était enfermé à clé dans le tiroir du bas à gauche du bureau.

— Ah ah ! s'exclama Fox, enchanté. Et pourquoi pas ?

— Auquel cas, poursuivit Alleyn, quelqu'un de sa famille, ou l'un des Lacklander, ou encore quelqu'un d'autre s'en est emparé, et le document a dû subir le même sort que son homologue. À moins que le tiroir du bas n'ait été vide, et l'original en sécurité dans un coffre de banque ? Mais cela n'a guère d'importance, Fox. L'éditeur devait avoir une idée assez précise de ce que pouvait être la version corrigée. Nous le contacterons. Peut-être n'aurons-nous pas besoin du texte comme preuve. Du moins, je l'espère.

— À votre avis, pourquoi la douairière a-t-elle soudain éprouvé l'irrésistible besoin de se mettre à nu ?

— J'en ai par-dessus la tête, des « pourquoi ». À vous de choisir, Fox.

— Bien sûr, c'est une femme intelligente. Fine. Elle a dû penser que nous finirions par tout savoir.

— Et nous voici prêts pour un entretien particulièrement désagréable, Foxy. Il y a de l'orage dans l'air. Tiens ! Tiens ! Qui voilà ?

C'était Miss Kettle. Elle avait surgi à la porte, escortée du commandant Syce qui tenait à la main une serviette de table. Elle allait monter dans sa voiture. Le commandant Syce lui montra le véhicule de police qui approchait, puis, d'une démarche boiteuse, alla lui ouvrir sa portière. Elle s'installa au volant et mit en marche le moteur.

— Elle lui a dit que nous avions subodoré son stratagème du faux lumbago ! râla Alleyn, furieux.

— Elle a agi en toute bonne foi, j'en suis certain ! assura Fox.

— Sans doute, concéda Alleyn, tout en levant son chapeau en direction de l'infirmière qui les croisait à vive allure, le visage cramoisi.

Syce les attendit. Alleyn mit pied à terre et hissa le sac de golf sur son épaule.

— Pouvons-nous bavarder à l'intérieur ? s'enquit-il.

Sans un mot, Syce les conduisit au salon, où un frugal repas à demi consommé était disposé sur une petite table, auprès d'une eau fortement teintée de whisky.

— Asseyez-vous ! les invita Syce, mais ni Alleyn, ni Fox ne réagirent, puisqu'il n'avait de toute évidence pas lui-même l'intention de s'asseoir. Qu'est-ce qu'il y a, encore ?

— Je suis venu vous poser un certain nombre de questions, dont la plupart vous paraîtront d'une impertinence insupportable. Il s'agit de votre dernier séjour à Singapour. À l'époque où vous avez présenté l'actuelle Mme Cartarette à son époux...

Syce ne répondit pas ; il enfonça les mains dans les poches de sa veste et alla coller son nez à la fenêtre.

— Je crains de devoir insister, reprit Alleyn. En clair, j'aimerais savoir si, en ce temps-là, vous aviez avec Miss de Vere des rapports intimes.

— C'est odieux !

— En effet. Mais ni plus ni moins qu'un meurtre.

— Où diable voulez-vous en venir ?

— Ah ! s'écria Alleyn, exaspéré. Que tout cela est futile ! Vous savez pertinemment où je veux en venir ! Pourquoi esquiver les coups comme deux escrimeurs maladroits ? Écoutez-moi. Je sais de source sûre qu'avant son mariage vous viviez avec Mme Cartarette à Singapour. Vous m'avez dit vous-même que vous l'aviez présentée à Cartarette. Revenant ici, vous avez découvert qu'ils étaient mari et femme. Bien. Cartarette a été assassiné hier soir dans le Pré du Bas. Il a dans la tempe un trou qui aurait pu être provoqué par une flèche. Vous nous avez déclaré que vous étiez alité avec un lumbago, et pourtant, vous avez été entendu en train de tirer à l'arc... Vous pouvez envoyer quérir votre avocat si vous le souhaitez, vous pouvez refuser de parler jusqu'à son arrivée, mais pour l'amour du ciel, ne feignez pas de ne pas comprendre où je veux en venir !

— Juste ciel ! s'exclama Syce. Mais j'avais de la sympathie pour Cartarette !

— Et sa femme ? Vous l'aimiez ?

— L'amour ! marmonna Syce, rougissant. L'amour ! Quel mot !

— Formulons la question autrement : vous aimait-elle ?

— Écoutez ! Vous n'allez pas prétendre que je l'ai incitée, ou qu'elle m'a incité, ou... ou... Continuez ainsi, et j'exigerai la présence d'un avocat !

— Ne rendez pas les choses plus difficiles qu'elles ne le sont déjà, répliqua Alleyn. Voulez-vous me remettre les vêtements que vous portiez hier soir ?

— En quel honneur ?

— Primo, pour voir s'il y a dessus des taches du sang de Cartarette.

— Vous êtes siphonné !

— Alors ? Voulez-vous me les donner ?

— Je les ai sur moi !

— Cela vous ennuierait-il de vous changer ?

De ses yeux d'un bleu intense, légèrement injectés de sang, Syce fixa un point à l'horizon.

— D'accord.

— Merci. Je constate que cette pièce vous a servi de chambre durant votre crise de lumbago. Peut-être pourriez-vous vous mettre en peignoir et chaussons ?

Syce suivit ce conseil. Son haleine sentait le whisky, ses mains tremblaient, mais il s'exécuta avec cette économie de mouvements typique des marins. Il plia ses habits au fur et à mesure qu'il les enlevait, passa tout autour une ficelle, la noua et tendit le paquet à Fox, qui lui donna en échange un reçu. Syce serra d'un coup sec la ceinture de son peignoir.

— Vous ne souffrez plus ? lui demanda Alleyn.

Syce ne daigna pas répondre.

— Pourquoi ne pas m'en parler ? Vous savez très bien que je ne peux pas mettre une croix sur ces détails. Pourquoi avez-vous feint d'être encore atteint hier ? Par amour pour la dame ?

Il serait exagéré de prétendre que le commandant Syce s'empourpra, puisqu'il était fort rouge depuis le début de la discussion. Cependant, ses couleurs foncèrent de manière inquiétante.

— *Alors ?* persista Alleyn, excédé.

Fox posa son chargement sur la table.

— Je sais ce que c'est... marmonna le commandant Syce en désignant d'une main Hammer Farm. La solitude ! Pauvre petite Kitty. Elle voulait la sécurité, je suppose. Normal. Avez-vous vu cette pièce de théâtre que l'on a jouée, il y a un ou deux ans... C'est vrai... À la fin, la pauvre, elle se jetait par la fenêtre.

— C'est à *La Seconde Mme Tanqueray* que vous faites allusion ?

— Parfaitement ! Et ils feraient mieux de changer le scénario, sans quoi, elle agira de même. La solitude. Je sais ce que c'est... Il faut s'occuper... Je ne vous offre pas à boire ?

— Non, merci.

— Bon !

Il vida d'un trait son verre.

— À vrai dire, je pensais y renoncer. À l'alcool.

— Point trop n'en faut... Mais c'est surtout votre lumbago qui m'intéresse. Pourquoi... ?

— Oui, oui, j'ai entendu votre question la première fois. Je réfléchis.

Il se dirigea vers un placard, revint muni d'une bouteille de whisky à moitié vide.

— Il faut que je réfléchisse, répéta-t-il. C'est délicat, vous savez.

Il se versa une triple dose.

— Ce serait plus facile si vous évitiez de vous enivrer, non ?

— Vous croyez ?

— En tout cas, *elle*, elle vous le dirait ! intervint subitement Fox.

— Qui ? hurla Syce, terrifié.

Il but précipitamment.

— Miss Kettle.

— Elle me dirait quoi ?

— De ne plus boire.

— Elle sait ce qu'il lui reste à faire si elle veut que je m'arrête. Enfin, non. Elle ne le sait pas. Pour rien au monde je ne le lui aurais dit.

— Vous êtes ivre.

— C'est la dernière fois que je m'y mets si tôt. À l'avenir, j'attendrai le coucher du soleil. J'ai promis.

— À Miss Kettle ?

— Qui d'autre ? Et pourquoi pas ?

— Excellente initiative, approuva Alleyn. Est-ce par hasard pour elle que vous avez fait semblant de souffrir encore hier soir ?

— Qui d'autre ? Et pourquoi pas ?

— Est-elle au courant ?

Fox marmonna une phrase incompréhensible, et Syce répondit :

— Elle a deviné. Nous nous sommes quittés fâchés.

— Vous vous êtes disputés à ce propos ?

— Non. Pas à ce sujet. À *ce* sujet, expliqua-t-il en désignant son gobelet. Alors j'ai promis. À partir de demain. Plus une goutte avant le coucher du soleil.

— Bonne chance !

D'un geste prompt, Alleyn extirpa la flèche du sac de golf et la plaça sous le nez de Syce.

— Que savez-vous de ceci ?

— Elle est à moi. Vous me l'avez prise.

— Non. C'en est une autre. Celle-ci, je l'ai trouvée au pied de Watt's Hill, dans le Pré du Bas. Si vous l'observez de près, vous constaterez une différence.

Alleyn ôta prestement le tissu enveloppant la pointe.

— Voyez donc...

— Du sang, fit remarquer Syce.

— Du sang, oui. Quel sang ? Le sang de qui ?

Syce ratissa distraitement sa chevelure éparse.

— Du sang de chat.

C'était la flèche, expliqua le commandant Syce, avec laquelle il avait par inadvertance tué la mère de Thomasina Twitchett, quelques semaines auparavant. Ayant lui-même trouvé le corps, il en avait ôté la flèche, qu'il avait jetée au hasard dans les buissons. Il avait ensuite apporté le cadavre à M. Phinn, lequel avait refusé ses excuses, et ils s'étaient quittés brouillés.

Alleyn lui demanda s'il avait conscience du danger que pouvaient représenter ces flèches tombant çà et là chez ses voisins. La réponse fut embarrassée. Alleyn en déduisit qu'il existait un lien étroit entre le degré de ses libations et l'incontinence de ses tirs. Mais le commandant Syce se renferma soudain, et ils n'obtinrent rien de plus.

— Il semblerait qu'une fois grisé par l'alcool, il s'amuse à lancer ses flèches au gré de sa fantaisie, sans se soucier de ses cibles. C'est une pensée terrifiante, mais j'imagine que ses voisins ont appris à rester sur leurs gardes.

— Je crains qu'elle ne se fatigue pour une cause perdue d'avance, soupira Fox. Oui, j'en ai bien peur.

— Mon cher Fox, vous savez combien les femmes sont masochistes !

— Évidemment, c'est un peu son métier.

— À mon avis, elle est de ces personnes qui éprouvent le besoin de materner.

— C'est possible. Et moi qui ne suis jamais malade ! Alors, monsieur Alleyn ? Que faisons-nous maintenant ?

— Rien de concluant, tant que nous n'aurons pas de nouvelles de Curtis. Cependant, nous allons interviewer George Lacklander. J'espère qu'ainsi nous réussirons enfin à gommer le spectre de Ludovic Phinn. Il est treize heures trente. Autant les laisser déjeuner en paix. Allons voir ce qu'ils peuvent nous servir à *L'Âne tranquille*.

Ils dévorèrent leur assiette anglaise avec cette concentration typique des hommes qui mangent quand ils en ont le temps. Avant la fin du repas, le Dr Curtis téléphona pour leur transmettre la première partie de son rapport. Selon lui, le colonel Cartarette, accroupi sur sa proie, avait reçu un violent coup à la tempe, puis une fois couché, et peut-être déjà mort, avait subi d'autres blessures infligées par un instrument pointu. Le médecin divisionnaire ne parvenait toujours pas à identifier la première arme, mais la seconde était indubitablement la canne-siège. Sir William Roskill avait en effet découvert des traces de sang sous la bague du disque : il était en train d'analyser le groupe sanguin.

— Je vois, murmura Alleyn. Et la canne-siège fut utilisée... ?

— De la manière la plus banale qui soit, mon cher. Du moins, je le suppose.

— Humm. Quelqu'un l'a enfoncée et s'est assis dessus. C'est horrible.

— Brutal, renchérit le Dr Curtis, sans émotion.

— Abominable. Willy s'est-il attaqué aux écailles de truites ?

— Accordez-lui le temps de souffler ! Mais oui, il s'y est mis.

— Nous allons à Nunspardon. Appelez-moi s'il y a quoi que ce soit, Curtis. Vous ou Willy.

— Entendu !

Alleyn se détourna de l'appareil pour découvrir le brigadier Bailey, qui l'attendait avec cet air de détachement morose signifiant qu'il avait fait une trouvaille intéressante. Il venait de compléter une inspection plus fouillée du bureau de Cartarette. Le tiroir du bas à gauche était marqué d'une empreinte appartenant à Sir George Lacklander.

— Je l'ai comparée à celles de son verre à grog, déclara Bailey, l'œil rivé sur les bouts de ses bottes. Le tiroir semble avoir été essuyé, mais une trace a été oubliée. Il s'agit bien de lui.

— Voilà un renseignement qui nous sera utile.

Fox avait le regard dans le vide, comme toujours lorsqu'il sentait qu'une affaire approchait de sa conclusion.

— Foxy ! Revenez avec nous ! ordonna Alleyn. Nous partons pour Nunspardon.

Ils y furent conduits par le chauffeur du Yard, lequel avait été libéré de ses fonctions de surveillance dans le Pré du Bas. Comme ils longeaient le mur ceignant la propriété, Fox se livra à quelques spéculations :

— Le manoir est-il ouvert au public ? Ils n'ont guère d'autre solution pour l'entretenir, non ?

— Ils se débrouillent. Depuis deux générations, les Lacklander sont heureux au jeu. J'étais encore dans les services diplomatiques quand George Lacklander a fait sauter la banque de la Loterie de Calcutta. De surcroît, ils possèdent des chevaux de course et une spectaculaire collection de joyaux, qu'ils pourraient sans doute vendre en cas de besoin. Vraiment, c'est une des seules familles d'aristocrates dont la fortune est due entièrement à la chance.

— Vraiment ? s'enquit Fox. Miss Kettle me disait qu'ils étaient dans la région depuis mille ans. Jamais un scandale ! m'a-t-elle affirmé. Mais elle a un faible pour eux.

— Probablement. Mille ans, répéta Alleyn d'un ton sec. Mille ans sans le moindre scandale. Quel exploit !

— D'après Miss Kettle, ils n'ont absolument rien à se reprocher, ni dans le passé ni dans le présent.

— Et puis-je savoir quand vous avez trouvé le temps de bavarder si gentiment avec Miss Kettle ?

— Hier soir, monsieur Alleyn. Quand vous étiez dans le bureau. Miss Kettle, qui me disait combien le colonel fut un homme respectable, un véritable gentleman, a ajouté qu'elle avait évoqué ce sujet avec Lady L. pas plus tard que l'après-midi même !

Fox se tut, se frotta le menton, se perdit dans ses réflexions.

— Oui ? Quel sujet ?

— Heu... les obligations des gens de leur classe... Sur le moment, je n'y ai guère prêté attention : nous n'avions établi aucun lien avec la famille.

— Je vous écoute...

— Miss Kettle a dit en passant que Lady L. avait parlé du principe du « *noblesse oblige* », et qu'elle était très inquiète.

— À propos de... ?

— Miss Kettle ne me l'a pas précisé.

— Et vous vous demandez maintenant si elle craignait pour l'honneur des Lacklander à travers les révélations du chapitre 7 ?

— Je me pose la question, en effet, répliqua Fox.

— Vous le pouvez.

Ils empruntèrent l'imposante allée menant à Nunspardon.

— C'est une grande dame.

— À quoi faites-vous allusion ? À son tempérament ? Sa position sociale ? Sa corpulence ?

— Elle doit peser au moins quatre-vingt-dix kilos. Je parie que son fils sera pareil à son âge. Il est large de carrure. Croyez-vous que Mme Cartarette soit amoureuse de lui ?

— On ne sait jamais. Il a sans doute son charme.

— Enfin ! marmonna Fox, en fixant un point à l'horizon. Peut-être se demande-t-il à cet instant précis combien de temps il lui faudra patienter avant de lui proposer le mariage ?

— Cela m'étonnerait. J'espère qu'elle ne compte pas là-dessus.

— Parce que vous avez votre idée sur le coupable, devina Fox.

— Exactement. Je ne vois qu'une solution à notre énigme, mais elle ne vaudra rien si nous n'avons pas de nouvelles des experts à Chyning.

Ils ralentirent devant la façade du manoir. Le majordome leur ouvrit, se comportant comme si Alleyn était un ami de longue date, et Fox totalement invisible. Sir George n'avait pas fini de déjeuner, annonça-t-il. Si M. Alleyn voulait bien passer par là, il irait prévenir Monsieur. Alleyn, suivi de Fox, fut invité à s'installer dans le bureau de George Lacklander. Celui-ci était encore empreint de la personnalité du défunt Sir Harold, et Alleyn admira avec plaisir la caricature encadrée de celui qui avait été son chef, un quart de siècle plus tôt. L'esquisse lui rappela le professionnalisme, le classicisme et l'extrême sensibilité de Sir Lacklander. Il remarqua sur le bureau une grande photo de George, où il décela les mêmes caractéristiques, à une différence près. La stupidité ? L'indifférence ? George était-il vraiment un imbécile ?

Ce fut à ce moment de ses méditations que le maître de maison entra, visiblement contrarié.

— Franchement, monsieur Alleyn, je pensais que vous daigneriez me laisser en paix pendant les heures de repas !

— Je suis navré, j'étais sûr que vous aviez terminé. Vous fumez entre les plats, peut-être ?

D'un geste furieux, Lacklander jeta sa cigarette dans la cheminée.

— Je n'avais pas faim.

— Je suis rassuré de savoir que je ne vous ai donc pas dérangé.

— Que voulez-vous ? Votre ton me déplaît, Alleyn.

— Ce que je veux, c'est la vérité. La vérité sur votre emploi du temps d'hier soir. La vérité sur ce que vous avez fait quand vous vous êtes rendu à Hammer Farm. La vérité à propos du chapitre 7 des Mémoires de votre père. Un homme a été assassiné. Je suis policier, et je veux des faits précis.

— Aucun de ceux que vous venez de me citer n'a un quelconque rapport avec la mort de Cartarette !

— Ce n'est pas en refusant d'en discuter que vous m'en persuaderez.

— Vous ai-je dit que je refusais d'en discuter ?

— Très bien : dans ce cas, je vous écoute. Espériez-vous trouver un exemplaire du chapitre 7 quand vous avez forcé le tiroir du bureau du colonel Cartarette hier soir ?

— Seigneur ! C'est une insulte délibérée !

— Vous niez avoir forcé ce tiroir ?

Lacklander arrondit la bouche, agita bêtement les mains. Puis, non sans une certaine témérité, il riposta :

— Je ne nie rien. J'ai agi pour... selon les désirs de sa famille. Les clés étaient perdues, et il fallait procéder à un certain nombre de démarches... prévenir certaines personnes. Elle ne connaissait même pas le nom de son avocat. Elle a pensé que son carnet d'adresses s'y trouvait peut-être.

— Dans un tiroir fermé à clé ? Un carnet d'adresses ?

— Oui.

— Et alors ? Y était-il ?

George vacilla.

— Non.

— Et vous avez accompli cette mission avant notre arrivée ?

— Oui.

— À la demande de Mme Cartarette ?

— Oui.

— Et Miss Cartarette ? Était-elle du commando de recherches ?

— Non.

— Qu'y avait-il dans ce tiroir ?

— Rien. Rien du tout.

— Je prétends, moi, que vous n'avez pas forcé ce tiroir sur l'ordre de Mme Cartarette. C'est vous-même qui avez émis la proposition, car vous vouliez à tout prix retrouver la version corrigée du chapitre 7 des Mémoires de votre père. Je prétends aussi que la relation que vous entretenez avec Mme Cartarette est telle que vous étiez en position de force.

— Vous n'avez pas le droit de... !

— À mon avis, vous saviez pertinemment que votre père avait rédigé un texte corrigé du chapitre 7, qui équivalait en réalité à une confession. Il y déclarait primo qu'il est responsable du suicide de Ludovic Phinn, et secundo, qu'il avait lui-même trahi son gouvernement pour le compte des Allemands. Or, si elles étaient rendues publiques, ces révélations jetteraient l'opprobre sur votre famille. Je crois donc que vous étiez prêt à toutes les bassesses pour l'éviter, et que vous n'avez reculé devant rien. Vous êtes un homme démesurément orgueilleux... Avez-vous quelque chose à ajouter ?

Les mains de George Lacklander s'étaient mises à trembler. Il en prit soudain conscience et s'empressa de les cacher dans ses poches. Puis, contre toute attente, il rit, d'un rire rauque, dur.

— C'est absurde ! s'écria-t-il, secoué d'un spasme qui le plia en deux. Non, vraiment, c'est trop drôle !

— Pourquoi riez-vous ? lui demanda Alleyn.

Lacklander hocha le menton et plissa les yeux.

— Je suis désolé. Je devrais avoir honte, mais je n'y peux rien... Vous ne croyez tout de même pas que...

Il balaya l'espace d'un bras.

— Que vous avez tué le colonel Cartarette, alliez-vous dire ?

— Quelle idée ! Voyons ! Quand ? Comment ? Avec quoi ?

Alleyn, témoin de ses mimiques, le trouva ignoble.

— Je sais que j'ai tort de rire, bredouilla Lacklander. Mais c'est tellement incroyable. Comment ? Quand ? Avec quoi ?

— Il a été assommé, puis blessé à l'aide d'un objet pointu. Aux alentours de vingt heures cinq, hier soir. Le meurtrier se tenait à la proue du bachot. Quant aux armes du crime...

Il s'obligea à regarder George Lacklander droit dans les yeux.

— La seconde était la canne-siège de votre mère. La première n'était autre qu'un club de golf. Probablement un bois n° 1.

À cet instant, le téléphone sonna. C'était le Dr Curtis, pour l'inspecteur principal.

Alleyn était encore à l'appareil lorsque la porte s'ouvrit, cédant le passage à Lady Lacklander et à son petit-fils. Ils s'alignèrent auprès de George, observant Alleyn.

— Je peux parler ? s'enquit Curtis.

— Oui, oui. Je ne peux guère vous aider, mais libre à vous de vous exprimer à votre gré.

— Vous êtes dans un nid de Lacklander, je suppose ?

— Parfaitement !

— Bien. Je vous appelle au sujet des écailles. Willy n'en a pas trouvé deux différentes sur les vêtements.

— Ah, non ?

— Seulement sur le chiffon.

— Les écailles des deux types ont été relevées sur le chiffon ?...

— Oui. Ainsi que sur la banquette du bachot.

— Oui ?

— Je continue ?

— Je vous en prie.

Le Dr Curtis continua. Alleyn et les Lacklander ne se quittèrent pas des yeux.

11

Entre Hammer Farm et Nunspardon

Miss Kettle avait achevé sa tournée de l'après-midi à Swevenings, mais avant de retourner à Chyning, elle se dit qu'elle ferait mieux de passer voir la fille du jardinier à Hammer Farm. Pour être sûre de ne pas déranger les Cartarette, elle contournerait discrètement la demeure et se rendrait directement au cottage, sans déranger quiconque. Peut-être la femme du jardinier pourrait-elle lui fournir de précieux renseignements concernant les obsèques, les activités des policiers, les réactions de la veuve et de la jeune fille, les rumeurs sur un prochain mariage entre Miss Rose et le Dr Mark. L'infirmière se demandait aussi, secrètement, ce que l'on racontait au sujet de Mme Cartarette et de Sir George Lacklander : cependant, par loyauté envers la famille, elle se promettait de mettre un terme à toute médisance dont elle pourrait être témoin.

Elle était assez bouleversée par sa dernière rencontre avec le commandant Syce. Elle avait été cruellement déçue de le voir ivre à midi. Était-ce son désarroi qui l'avait poussée à être si dure avec lui ? Ou simplement l'inquiétude ? Car elle était terriblement angoissée. Elle avait tout de suite compris qu'il était guéri de son lumbago, mais feignait d'en souffrir afin qu'elle continue de lui rendre visite. Et cette tromperie, il fallait bien l'admettre, lui avait mis du baume au cœur. Malheureusement, l'inspecteur principal Alleyn envisagerait la question sous un angle très différent. Enfin ! À quoi bon s'affoler ? pensa-t-elle en prenant l'allée de Hammer Farm. Snob à sa manière, elle se consola en se disant que « le bel Alleyn », comme le décrivaient les journaux, était « un homme comme il faut » ; comme l'étaient les Lacklander, par opposition aux Kettle, Fox, Oliphant et autres Kitty Cartarette de ce monde. Elle pinça les lèvres. Elle venait de se rappeler la façon dont le commandant Syce avait cherché (trop tard) à dissimuler une ravissante aquarelle représentant ladite Kitty...

Elle avait garé sa voiture et longeait d'une démarche vive le chemin jusqu'à la maisonnette du jardinier. Le regard droit devant elle, sa sacoche à la main, elle sursauta en entendant prononcer son nom.

— Coucou ! Miss Kettle !

C'était Kitty Cartarette, sur la terrasse.

— Venez boire un thé !

Miss Kettle mourait d'envie d'une bonne tasse de thé. De surcroît, elle avait deux mots à dire à Kitty Cartarette. Elle ne se fit donc pas prier et alla s'asseoir.

— Servez-vous, l'encouragea Kitty.

Elle paraissait épuisée, et avait commis l'erreur de tenter de camoufler les ravages de la veille par un excès de maquillage. Miss Kettle lui demanda d'un ton brusque si elle avait dormi.

— Oh, oui ! J'ai avalé je ne sais combien de cachets, mais le lendemain, on ne se sent guère reposé.

— Humm... Il ne faut pas en abuser, vous savez.

— Oh ! Et puis zut ! marmonna Kitty d'un ton impatient.

Elle ralluma une cigarette au mégot de la précédente. Ses mains tremblaient. Elle se brûla le bout du doigt, jura entre ses dents.

— Allons ! Allons ! protesta Miss Kettle. Du calme ! Qu'avez-vous fait de votre journée ? s'enquit-elle, pensant que Kitty éprouvait sans doute surtout le besoin de rompre sa solitude.

— Ce que j'ai fait ? Ma foi, je n'en sais trop rien. Ce matin, j'ai dû me rendre chez les Lacklander.

— À Nunspardon ? Quelle superbe demeure !

Miss Kettle but une gorgée de thé.

— La maison est belle, oui.

Miss Kettle décela dans sa voix toute la haine que pouvait nourrir cette femme à leur égard, et elle lui en voulut. Elle regrettait presque d'être là.

— Vous préférez Uplands, peut-être ?

Kitty la dévisagea, les yeux écarquillés.

— *Uplands ?* Que voulez-vous dire ?

Miss Kettle s'empourpra.

— Je pensais que vous aviez peut-être une préférence pour celui qui y habite.

— Geoff Syce ? s'écria-t-elle, puis elle émit un petit rire. Ce vieux débris ! Seigneur ! Vous manquez de cœur !

Miss Kettle était écarlate.

— Le commandant n'est plus ce qu'il était... Je me demande à qui en revient la faute.

— À lui, certainement, répliqua Kitty avec indifférence.

— À mon avis, s'il en est arrivé là, c'est par dépit.

— Par dépit ?

— Quand un homme gentil se met à boire en solitaire, c'est en général parce qu'une femme l'a laissé tomber.

— Me soupçonneriez-vous par hasard d'être la femme en question ?

— Je ne sous-entends rien du tout. Mais vous l'avez connu en Orient, il me semble ?

— Oh, oui ! riposta Kitty avec mépris. Oh, oui, pour ça, je l'ai connu. Il vous a raconté ? Que vous a-t-il dit, au juste ?

— Rien, je crois, qui pourrait vous choquer. Quoi que vous prétendiez, le commandant est un vrai gentleman.

— Comment pouvez-vous être naïve à ce point ? soupira Kitty.

— Oh ! s'indigna Miss Kettle.

— Ne me parlez pas de gentlemen. J'en ai eu mon compte, des gentlemen ! Et si vous voulez tout savoir, plus vous visez haut, plus vous êtes déçue. Voyez par exemple George Lacklander.

— Dites-moi, insista Miss Kettle. Vous aimait-il ?

— Lacklander ?

— Non. Non, je faisais allusion au commandant Syce, avoua-t-elle après avoir ravalé sa salive.

— Vous employez un langage de fillette ! L'amour !

— Oh !

— Écoutez, vous ne savez rien de rien. Vous n'imaginez pas...

— Quel culot ! Sachez que l'on ne peut obtenir un diplôme d'infirmière sans...

— Bon ! Bon ! D'accord ! De ce point de vue, je comprends. Mais du mien, franchement, vous n'avez pas idée...

— Je ne sais pas de quoi vous parlez, dit Miss Kettle, vaguement inquiète.

— Ha ! ha ! ha !

— Le commandant...

Miss Kettle se tut brusquement, tandis que Kitty l'observait d'un air stupéfait.

— Que vois-je ? Ne me dites pas que vous et Geoff Syce... Mon Dieu ! C'est trop drôle !

Touchée au plus profond de son âme, blessée, Miss Kettle se répandit en un flot de paroles dont elle-même comprenait à peine le sens. Rendue vulnérable par ses sentiments pour le commandant Syce (sentiments qu'en temps normal elle aurait qualifiés d'« inconcevables »), elle avait tout d'un coup l'impression que, par son dédain, Kitty Cartarette remettait en cause toute la hiérarchie, symbole de perfection aux yeux de Miss Kettle.

— Vous n'avez rien à faire là ! s'entendit-elle dire.

Vous n'avez pas à vous comporter de cette manière ! Je me soucie peu de ce qui s'est passé. Ce qu'il ressentait pour vous à Singapour ou ailleurs m'est complètement égal ! C'était *son* affaire !

Kitty avait écouté toute cette tirade sans broncher. Elle paraissait même s'ennuyer à périr. Et lorsque enfin Miss Kettle en eut terminé, la veuve se tourna distraitement vers l'infirmière.

— Vraiment, je ne sais pas pourquoi vous en faites une telle histoire. A-t-il l'intention de vous épouser ?

Miss Kettle aurait volontiers disparu dans un trou de souris.

— J'ai eu tort de m'exprimer, grommela-t-elle. Je m'en vais.

— Je suppose que la perspective d'être materné ne serait pas pour lui déplaire. De quoi vous plaignez-vous, au juste ? Et si nous avions été amis à Singapour ? Quelle importance ? Allez-y ! Mêlez-vous des affaires de tous ! Et amusez-vous bien !

— Je vous interdis de parler d'eux sur ce ton ! Vous ne les connaissez pas ! s'écria Miss Kettle. Vous n'êtes qu'une ignorante ! Ils sont le sel de cette terre !

— Ah, oui ? railla Kitty.

Elle repoussa soigneusement le plateau devant elle, comme s'il l'empêchait de communiquer avec Miss Kettle. S'accrochant à la table, elle se pencha en avant.

— Écoutez-moi attentivement. Je vous ai demandé de venir vous asseoir ici avec moi parce que j'ai besoin de parler et que je vous croyais un peu humaine. Je ne me doutais pas que vous vous mettiez à genoux devant cette bande de fossiles ! Seigneur ! Vous me donnez la nausée ! Qu'ont-ils de plus que vous, sinon de l'argent et des principes éculés ?

— Toutes sortes de choses ! s'obstina Miss Kettle.

— Tu parles ! Non, écoutez-moi ! D'accord, j'ai vécu avec votre fiancé lorsque j'étais à Singapour. Il était triste à mourir, mais j'étais dans une impasse, et cette solution nous convenait à tous les deux. D'accord, c'est lui qui m'a présentée à Maumau. D'accord, il est reparti à bord de son beau navire, et quand il a débarqué ici, il a eu la surprise de sa vie en découvrant que j'étais sa voisine et que je m'appelais désormais Mme Maurice Cartarette. Et alors ? Mes états d'âme le touchaient peu ! Croyez-vous qu'il se soit intéressé à mon sort, qu'il ait cherché à me réconforter, dans ce milieu glacial ? Non ! Pas lui ! Jamais ! Il s'est enfermé chez lui et s'est mis à picoler ! Ce n'était pas nouveau pour lui, d'ailleurs.

Miss Kettle tenta de se mettre debout, mais Kitty l'arrêta dans son élan.

— Restez où vous êtes ! Je parle. J'étais donc là. Mariée à un... un... un type gentil pour moi. Jamais il ne se serait intéressé à moi à Singapour, s'il n'avait tant souffert de l'éloignement de Rose. Il ne supportait pas qu'elle ne fût pas près de lui. Avec les autres femmes, cependant, il redevenait un vrai bébé. C'en était presque drôle, parfois. Il n'était pas franchement ma tasse de thé, mais j'étais dans le besoin, et de toute façon, j'estimais que c'était mon dû.

— Oh ! Mon Dieu ! se lamenta Miss Kettle. Mon Dieu ! Mon Dieu ! Mon Dieu !

— Bref... Que s'est-il passé ? Nous nous sommes mariés, nous nous sommes installés ici, il s'est mis à écrire un livre illisible, il a retrouvé sa Rose chérie, et les visiteurs ont défilé. Ils s'adressaient à lui en une langue, et à moi en une autre. Ce vieil Occy Phinn, fou à lier, qui ne prend même pas la peine de se laver. La Grosse de Nunspardon : elle a jeté un coup d'œil sur moi, et pour la première fois de sa vie, elle est devenue polie. Rose a tellement essayé d'être aimable que je m'étonne encore qu'elle n'ait pas éclaté ! Qu'ont-ils de si exceptionnel, tous ? Ils n'ont pas d'humour, ils ne sont pas gais, ils ne font rien, ils ont l'air de naufragés de l'*Heperus* ! Ce sont des morts-vivants ! Et moi ! Plantée là comme un sac de pommes de terre, et en plus, il faudrait que je les en remercie !

— Vous ne comprenez pas, bredouilla Miss Kettle.

Mais elle abandonna aussitôt. Kitty enfonçait le poing gauche dans la paume de sa main droite, geste curieusement masculin en contradiction avec la finesse de ses ongles vernis.

— Arrêtez ! Arrêtez !

— Pas un seul d'entre eux ne s'est montré sincère avec moi.

— Oh ! Ma chère ! Et Sir George ?

— George ! George voulait ce qu'ils veulent tous, et maintenant que la situation se complique, il n'en veut plus. George ! George le baronet est dans un sacré pétrin ! Si vous saviez ce que je sais de George !... Tout a mal tourné, acheva-t-elle brutalement, se refermant comme une huître. Je n'ai décidément pas de chance.

Au comble de l'embarras, Miss Kettle souhaitait désespérément s'enfuir en courant, mais se trouvait incapable d'accomplir les gestes appropriés. Elle n'avait pas tout écouté, mais une phrase, subitement, retint son attention :

— Leur faute ! disait Kitty. Vous pourrez dire ce que vous voudrez, tout cela, c'est leur faute.

— Non ! Non ! Non ! s'écria Miss Kettle. Comment pouvez-vous le penser ? Vous m'horrifiez ! Que voulez-vous dire ?

— Quoi ? s'indigna George Lacklander lorsque Alleyn eut enfin raccroché le téléphone. Avec qui discutiez-vous ? Que vouliez-vous dire à propos de...

— George, je ne sais pas de quoi vous parliez, Roderick et toi, mais, à mon avis, tu aurais tout intérêt à tenir ta langue, intervint sa mère.

— J'envoie quérir mon avocat.

Elle s'accrocha au bord d'une table et se laissa choir

sur une chaise. Les plis de son menton se mirent à trembler. Elle désigna Alleyn du doigt.

— Alors, Rory ? Quelle est votre explication ?

Alleyn hésita un instant, puis :

— Pour le moment, je préférerais m'entretenir seul à seul avec votre fils.

— Il n'en est pas question.

Mark paraissait accablé.

— Gran', ce serait peut-être mieux...

— Non ! protesta-t-elle. Que vous apprêtiez-vous à dire à George ?

— Je lui ai annoncé que le colonel Cartarette avait été assommé avec un club de golf. Je continue maintenant pour vous tous, puisque vous avez choisi de m'entendre : il a ensuite eu la tempe transpercée par votre canne-siège, Lady Lacklander. C'est votre chiffon qui a servi à essuyer les mains de l'assassin, à en enlever les écailles de deux truites. Le premier coup a été donné de la proue du bachot. Le tueur, afin de ne pas être repéré du haut de la colline, a pris l'embarcation et s'est laissé glisser le long du ruisseau en se servant de la corde, comme vous deviez le faire de temps en temps quand vous vous y installiez pour peindre. Porté par le courant, le bachot a échoué dans la petite baie près de la saulaie. L'assassin s'est alors amusé à décapiter quelques marguerites à l'aide d'un club de golf. Le colonel le connaissait si bien qu'il ne s'est pas méfié. Il a dû parler de sa proie, et a continué à couper de l'herbe pour l'en envelopper. Et puis, il a été frappé à la tête. Nous pensons que l'assassin est revenu sur les lieux avec votre canne-siège, Lady Lacklander, et qu'il s'en est servi sur le colonel Cartarette aussi délibérément que vous-même ce matin dans votre jardin. Il l'a placée sur la tempe et s'est assis dessus. Que dites-vous ? Rien ? C'est une pensée horrifiante, grotesque, n'est-ce pas ? Nous pensons qu'ensuite, pour l'arracher de là, il a fallu tirer très fort. Déséquilibré, l'assassin a posé par mégarde un talon sur la truite du colonel, laquelle a été retenue par-dessous par une pierre triangulaire. Un lambeau de peau a été déchiqueté, et le pied, au lieu de s'échapper, s'est enfoncé dans la chair, y laissant la trace d'une chaussure de golf à petits clous.

— Que de supputations ! tenta d'ironiser George Lacklander.

— Je peux vous assurer qu'il ne s'agit plus de supputations... Je poursuis ? s'enquit Alleyn auprès de Mark et de sa grand-mère.

Lady Lacklander, dont les gestes étaient saccadés, tripota les multiples broches ornant son opulente poitrine.

— Oui, oui.

— Poursuivez, renchérit Mark.

— Bien, reprit Alleyn. L'assassin avait donc par mégarde signé son crime. Il ne pouvait se contenter de jeter le poisson à l'eau et de partir en courant. Le colonel gisait devant lui. Peut-être un témoin l'avait-il vu pêcher sa truite ? Cela n'avait aucune importance, du moment que l'identité de l'assassin demeurait un mystère. Mais un sentiment de panique a dû le submerger, comme souvent en pareil cas, et il s'est souvenu de la querelle de Danberry-Phinn et du colonel, à Bottom Bridge. La Vieille ! Pourquoi ne pas remplacer la proie du colonel par le fruit du braconnage de M. Phinn ?... N'était-ce pas la meilleure façon d'attirer l'attention sur un coupable idéal ? Et l'assassin, toujours à bord du bachot, a entrepris de remplacer la truite du colonel par La Vieille. C'est alors que le Destin est intervenu en sa faveur, en la personne de Mme Thomasina Twitchett.

— Pour l'amour du ciel, taisez-vous ! aboya George Lacklander.

Il émit un juron, se tut, marmonna quelques mots incompréhensibles.

— De qui parlez-vous, Rory ? voulut savoir Lady Lacklander. Mme *qui* ?

— La chatte de M. Phinn. Mme Cartarette nous a

raconté avoir rencontré un chat et une truite à demi dévorée, dans le Pré du Bas. Nous en avons découvert les restes. Et après analyses, nous y avons relevé les traces d'un talon à clous.

— Mais comment tout ceci... commença Mark.

— Ne vous inquiétez pas : nous fournirons toutes les preuves scientifiques nécessaires. Pour le moment, je me contente de vous narrer le drame tel qu'il s'est déroulé. Donc, la truite du colonel fut donnée au chat. Le chiffon de Lady Lacklander fut utilisé pour nettoyer la pointe de la canne-siège, et les mains du meurtrier. Votre mère prétendait avoir tout rangé dans son sac à dos, docteur Lacklander ; or vous avez affirmé avoir ramassé le chiffon sur un buisson...

— Vous supposez donc que le tueur a agi entre dix-neuf heures cinquante, quand ma grand-mère a pris le chemin du retour, et vingt heures quinze, quand je suis arrivé à la maison.

Mark réfléchit un moment, puis :

— C'est possible. L'assassin a pu me voir ou m'entendre, et, affolé, jeter au loin le chiffon. Il se sera caché jusqu'à ce que je sois reparti avec tout l'équipement de Gran'.

— Mais tout cela est abominable ! murmura Lady Lacklander, après un interminable silence.

— Je vous l'accorde.

— Vous parlez de preuves scientifiques ? insista Mark.

Alleyn lui expliqua ce qu'il avait appris au sujet des écailles de poissons.

— Tout est dans le livre du colonel Cartarette... Vous l'aviez peut-être oublié ? demanda-t-il à George Lacklander.

— À vrai dire, je... heu... je ne pense pas avoir lu le livre de ce pauvre Maurice.

— Je l'ai trouvé à la fois charmant et instructif, déclara Alleyn. En ce qui concerne le chapitre sur les écailles, les précisions données sont exactes. Les écailles de truite sont comme un journal intime, pour ceux qui savent les lire. Seules, celles de deux poissons ayant vécu exactement la même histoire correspondent. Or, nous avons examiné deux types bien distincts, l'un du groupe A (écailles d'un poisson d'une dizaine d'années ayant toujours évolué dans le même milieu), l'autre du groupe B (écailles d'un poisson plus petit, arrivé depuis peu dans le Chyne). Vous comprenez où tout cela nous mène, bien sûr ?

— Pas du tout ! riposta George.

— Allons ! Allons ! Nous savons que plusieurs personnes ont manipulé l'une ou l'autre des truites. M. Phinn a attrapé La Vieille, Mme Cartarette nous affirme qu'elle a tenté d'arracher un poisson à Thomasina Twitchett. Le colonel s'est occupé de sa propre proie et a refusé de toucher à La Vieille. Le chiffon de Lady Lacklander, sur lequel ont été décelées les traces des deux poissons, nous révèle que quelqu'un, l'assassin sans doute, a manié les deux... Nous pensions démasquer le coupable en découvrant les écailles des deux poissons sur l'un de vos vêtements.

— Vous pensiez ?...

Fox, qui admirait un tableau de chasse, sursauta et se concentra de nouveau sur le discours de son supérieur.

— En effet, je viens de parler au téléphone avec nos spécialistes du Yard. Selon lui, il n'y a aucune trace d'écailles de poissons sur vos habits.

George devint violacé.

— Je vous dis depuis le début que c'est l'œuvre d'un vagabond ! explosa-t-il. Je ne comprends pas pourquoi vous vous obstinez à nous harceler de cette manière... Alors ? Qu'y a-t-il ? Pardon, Mère.

— Tais-toi donc, imbécile ! répliqua mécaniquement cette dernière.

— Voici ce que m'a appris mon collègue. Il a relevé des traces d'écailles là où nous nous y attendions, sur les mains du colonel, au bord de sa manche, sur le manteau de M. Phinn et son pantalon, ainsi que sur la jupe de Mme Cartarette. Les premières appartenant au groupe A, les deux dernières au groupe B... Oui, docteur ?

— Heu... rien, rien, balbutia Mark.

— J'ai bientôt fini. J'ai dit qu'à mon avis le premier coup avait été donné par un bois n° 1. Autant vous avertir tout de suite qu'aucun des clubs ne comporte la moindre trace de sang. Il faut dire qu'ils ont été fort bien astiqués.

— Normal ! intervint George. C'est mon domestique qui s'en charge.

— En ce qui concerne les chaussures, en revanche, c'est une autre histoire. Elles ont, elles aussi, été nettoyées. Mais selon notre pathologiste, il s'avère que c'est ce talon, le responsable des marques sur la truite du colonel.

— C'est un mensonge ! Qui accusez-vous ? Quelle chaussure ?

— Une chaussure pointure trente-six. Fabriquée il y a environ dix ans, par l'un des bottiers les plus réputés de Burlington Arcade. Il s'agit de la vôtre, Lady Lacklander.

Elle pâlit.

— George, le moment est venu de dire la vérité.

— C'était ce que j'espérais, avoua Alleyn.

— Que dites-vous ? répéta Miss Kettle, puis, voyant l'expression de Kitty, elle se mit à crier : Non ! Taisez-vous !

Mais Kitty était déjà lancée :

— Dans leur monde, c'est comme partout, chacun pour soi. Si George Lacklander s'imagine qu'il va pouvoir me duper, il risque d'être surpris. Car l'honneur de sa famille prendra un drôle de coup ! Savez-vous ce qu'il m'a obligée à faire ? J'ai dû forcer un tiroir du bureau de Maurice, parce qu'il allait publier un texte au sujet du vieux Lacklander, et que George voulait s'en emparer auparavant. Et comme le manuscrit n'y était pas, il a exigé que j'aille le chercher sur le cadavre ! Moi ! Et quand j'ai refusé, qu'a-t-il dit, à votre avis ?

— Je n'en sais rien. Je ne veux pas le savoir.

— Mais vous saurez tout. Jusqu'au bout ! Après tous nos petits jeux... Les leçons de golf... Après tout cela, il s'approche de moi ce matin et m'annonce que nous ne devons plus nous voir... Le voilà, votre George Lacklander !

Elle conclut par une succession d'adjectifs que Miss Kettle n'aurait jamais osé répéter.

— Vous êtes méchante ! Je vous interdis de parler ainsi. Sir George a agi bêtement, il s'est laissé transporter par vos charmes (vous avez tout ce qu'il faut), le pauvre ! Le veuvage est toujours une période difficile, pour un homme... Ce que je veux dire, c'est que s'il a commis des erreurs, c'est parce que vous l'y avez incité. Vous vous êtes emparée de notre cher colonel, et ensuite, vous avez jeté votre dévolu sur Sir George ! Vous ne vous souciez pas de la peine que vous pouvez infliger aux autres. Je connais les femmes de votre espèce. Vous êtes mauvaise ! Je ne serais pas étonnée que vous soyez responsable de tout ce qui s'est passé !

— Quoi ? chuchota Kitty... Oh ! Vous et votre « pauvre Sir George » ! Savez-vous ce que je pense de votre « pauvre Sir George » ? Je pense qu'il a assassiné votre colonel, Miss Kettle !

L'infirmière se leva d'un bond. Sa chaise en fer forgé heurta la table, la porcelaine tinta et le pot à lait se renversa sur les genoux de Kitty Cartarette.

— Comment osez-vous ! Méchante ! Mesquine ! Mauvaise fille !

Et soudain, elle se rappela l'une de ses règles d'or : ne jamais élever la voix. Elle se calma d'un seul coup.

— Je vous conseille de mesurer vos paroles. De telles déclarations pourraient vous valoir de sérieux ennuis. George, l'assassin du colonel ! Quelle idée ! Si ce n'était pas aussi affreux, j'en rirais ! Et comment s'y est-il pris, à votre avis ?

Kitty s'était mise debout, elle aussi. Dégoulinante de lait, elle écumait de rage.

— Comment ? Comment ? Je vais vous dire comment, et avec quoi ! Avec un club de golf et la canne-siège de sa mère ! Voilà comment ! Pfuitt ! Facile !

Kitty s'arrêta de respirer. Son regard, dépassant l'épaule gauche de Miss Kettle, s'était empli de terreur ; l'infirmière pivota lentement sur ses talons.

Le crépuscule allait tomber, et les hommes émergeant du bosquet étaient précédés sur la pelouse de grandes ombres qui atteignaient presque Kitty. Elle dévisagea Alleyn, qui s'avança vers elle. Il portait à la main une paire de chaussures à clous.

— Madame Cartarette, Sir George Lacklander vous a-t-il prêté une paire de chaussures appartenant à sa mère, lorsque vous avez joué au golf ? Avant de me répondre, je dois vous avertir que...

Miss Kettle n'écouta pas la suite. Elle fixait Kitty Cartarette, dont la figure trahissait toute la culpabilité. Son indignation s'estompa au profit d'une compassion aussi réticente qu'inutile.

12

Épilogue

— George, dit Lady Lacklander à son fils, nous allons éclaircir cette situation tout de suite. Nous ne devons plus rien cacher à Mark, ni à Octavius. La vérité sera connue de tous tôt ou tard. Autant savoir tout de suite où nous en sommes.

— Bien, Mère, marmonna-t-il.

— Je savais que tu flirtais outrageusement avec cette créature horriblement malheureuse. Je craignais que tu n'aies été assez sot pour lui parler des Mémoires de ton père et du fameux chapitre 7. Ce que je dois savoir, c'est en quoi votre liaison a pu lui inspirer son geste.

— Seigneur ! Je n'en sais rien !

— Espérait-elle t'épouser, George ? Lui avais-tu murmuré à l'oreille des phrases du type : « Si seulement vous étiez libre » ?

— Oui, avoua-t-il, penaud. Vous comprenez, elle ne l'était pas. Cela me semblait sans grande importance.

Lady Lacklander émit une sorte de ricanement, mais qui manquait de son brio habituel.

— Et les Mémoires ? Que lui as-tu raconté à ce propos ?

— J'ai uniquement fait allusion à ce sacré chapitre 7. Je lui ai dit que dans le cas où Maurice la consulterait, je souhaitais qu'elle fasse pencher la balance de notre côté. Et je... Quand je me suis rendu compte que cela ne servait à rien, je... j'ai expliqué qu'en cas de publication, nos deux familles seraient ennemies, et que donc...

— Bon, bon. Je vois. Continue.

— Elle savait qu'il en avait un exemplaire sous le bras lorsqu'il est sorti. Elle me l'a dit plus tard. Ce matin. Elle m'a dit qu'elle ne pouvait interroger la police là-dessus, mais qu'il était parti avec le texte.

Lady Lacklander tressaillit. M. Phinn, lequel avait été sommé par téléphone de se présenter chez ses voisins, se racla la gorge.

— Alors, Occy ? s'enquit-elle.

— Ma chère Lady L., je ne puis que répéter ce que je vous ai déjà dit : vous pouviez, comme le colonel Cartarette, avoir confiance en ma discrétion. Vous n'aviez rien à craindre de ma part au sujet du chapitre 7.

— Vous vous êtes comporté comme un gentleman, Occy.

— Non, non ! Croyez-moi : non !

— Si, si, si ! Nous sommes couverts de honte. George, la suite.

— Il n'y en a pas. Sinon que...

— Réponds à ma question, George : l'as-tu soupçonnée ?

Il se frotta les yeux.

— Je n'en sais rien, Mère. Pas tout de suite, non. Pas hier soir. Mais ce matin, j'ai eu des doutes. Elle est venue de son plein gré, vous savez. Mark était allé chercher Rose. Je suis descendu, et je l'ai trouvée dans le vestibule. Cela m'a paru bizarre. Comme si je l'avais surprise en flagrant délit d'indiscrétion.

— D'après Rory, elle rangeait les chaussures (que tu lui avais prêtées sans m'en demander la permission) dans le vestiaire du rez-de-chaussée.

— Je suis complètement perdu ! s'exclama subitement M. Phinn.

— C'est compréhensible, Occy, répliqua Lady L. avant de lui expliquer le problème des chaussures. Évidemment, elle voulait à tout prix s'en débarrasser. Je m'en sers lorsque je vais peindre (à condition de n'avoir pas de panaris à l'orteil, bien sûr), et ma pauvre idiote de bonne les a envoyées au laboratoire avec le reste de mes vêtements. Oui, George ?

— Peu après, lorsque Alleyn s'en est allé et que vous êtes rentrée, j'ai voulu lui parler. Elle était changée. Endurcie. Un peu comme si... Enfin ! Bref, ce n'était plus pareil.

— Sois plus précis, je t'en prie ! A-t-elle sous-entendu que tu pourrais bientôt la courtiser ouvertement ?

— Heu...

— Et alors ?

— J'ai été... heu... un peu surpris. Je ne sais plus ce que je lui ai répondu. Mais ensuite, c'était affreux, elle s'est mise à... à insinuer, à... heu...

— Insinuer me paraît convenir tout à fait, interrompit impatiemment Lady Lacklander.

— À insinuer que si jamais la police mettait la main sur le chapitre 7, je... nous...

— Oui, George. Nous comprenons. C'était le mobile idéal.

— J'étais accablé. Je lui ai annoncé qu'il valait mieux peut-être ne plus trop se voir. Je n'en avais pas le courage... Et tout d'un coup, je lui ai trouvé un air de serpent !

— Quant à toi, tu devais avoir la tête du lièvre affolé, riposta sa mère.

— J'ai l'impression de m'être comporté comme tel, grommela-t-il avec une pointe inattendue d'humour.

— Tu as eu tort, oui, décréta Lady Lacklander. Tu as complètement inversé tes valeurs. Comme ce pauvre Maurice, seulement lui est allé encore plus loin. Tu as laissé entendre à une aventurière que tu l'épouserais dans l'hypothèse où elle serait veuve. Elle se serait ennuyée encore plus avec toi qu'avec notre cher Maurice. Mais

Occy me pardonnera sans doute si je suggère que ton titre, ta fortune et Nunspardon lui auraient paru une compensation suffisante. Peut-être même était-elle attirée par toi, après tout. Tu n'es pas sans charme... C'est ce que je disais à Kettle, il y a quelques jours : nous ne pouvons pas nous permettre d'agir en minables, George. Nous devons nous accrocher à nos principes et à nos traditions. Espérons que Mark et Rose sauront recoller les morceaux.

Elle se tourna vers M. Phinn.

— Si un élément positif doit surgir de toute cette affaire, Occy, c'est bien celui-ci : pour la première fois après je ne sais combien d'années, vous avez traversé le Chyne pour entrer à Nunspardon. Nous ne nous attendions pas à cela. Nous ne pouvons pas effacer le passé, Occy. Nous ne pouvons pas agir comme si rien ne s'était produit. Mais aujourd'hui, comme l'on dit, la balle est dans votre camp.

Elle lui tendit la main. Après une légère hésitation, M. Phinn l'accepta.

— Voyez-vous, Oliphant, dès le début, tout a concordé avec ce que vous m'aviez raconté au sujet du colonel, un homme respectueux, scrupuleux, toujours aimable avec ceux qu'il ne chérissait pas, ou avec lesquels il s'était brouillé. Or, il s'était brouillé avec les Lacklander. Jamais il ne serait resté accroupi, son poisson dans la main, s'il avait reconnu dans le bachot George Lacklander ou sa mère. Pas plus que ce vieil Occy Phinn, avec lequel il venait de se disputer violemment. Et puis, il y avait ce premier coup, qui semblait avoir été donné à l'aide d'une sorte de marteau... ou de club de golf. Il semblait évident, aussi, que l'assassin connaissait les courants du Chyne, savait donc que l'embarcation viendrait s'échouer à cet endroit précis, où il serait masqué par les saules pleureurs. Rappelez-vous que nous avons découvert l'une des épingles à cheveux jaunes de Mme Cartarette sur la banquette, ainsi qu'un certain nombre de mégots de cigarettes, dont certains étaient tachés de rouge à lèvres, et d'autres non.

— Je suppose que le bateau servait de cachette pour les amoureux, dit le brigadier Oliphant.

— C'est probable. Lorsque je me suis laissé flotter à la proue du bachot et que j'ai vu les marguerites décapitées, j'ai imaginé une silhouette balançant nonchalamment un club de golf. Une silhouette tellement familière qu'après un bref coup d'œil et un mot d'accueil, le colonel a continué d'envelopper son poisson dans l'herbe. Encouragée par Lacklander, peut-être Kitty Cartarette a-t-elle tenté de persuader son mari de supprimer la version rectifiée du chapitre 7 ; peut-être a-t-il refusé. Peut-être Lacklander lui avait-il promis de l'épouser si un jour elle était libre ? Peut-être a-t-elle été soudain submergée par la colère et la frustration ? Le crâne chauve était là, caricature de toutes les balles de golf qu'elle venait de frapper sous les conseils sirupeux de Lacklander. Elle s'amusait distraitement avec son bois, et brusquement, elle a effectué un véritable « swing », de toutes ses forces. Un instant plus tard, son époux gisait au bord de l'eau. Devenue meurtrière, elle devait ravaler sa terreur et tenter d'effacer l'évidence. L'empreinte du club de golf fut totalement masquée par sa performance cauchemardesque avec la canne-siège, qu'elle avait aperçue en descendant la colline. Voyant la marque de son talon dans la truite du colonel, elle a voulu s'en débarrasser, et l'a donnée au chat de M. Phinn. On l'imagine parfaitement plantée devant Mme Twitchett, découvrant avec soulagement que celle-ci dévorait cette gourmandise sans se faire prier. Sur son chemin, elle avait vu La Vieille, sur le pont. Elle avait entendu les dernières invectives entre M. Phinn et son mari. La Vieille pouvait fausser les pistes. Elle est allée la chercher, mais en la manipulant, l'a frottée contre sa jupe. Ensuite, elle est allée ranger la canne-siège. Le chiffon de Lady Lacklander était plié sous le rabat du sac à dos. Les mains de Mme Cartarette sentaient le poisson. Elle a voulu les essuyer. C'est alors, en baissant les yeux, qu'elle a remarqué sur la pointe de la canne-siège les traces de son crime. Elle s'est empressée de les ôter. Elle aurait probablement volontiers replié le chiffon en question, mais elle a entendu, et peut-être même aperçu le Dr Lacklander qui s'approchait. Jetant le chiffon sur un buisson, elle a couru se cacher. Lorsqu'elle est ressortie, elle s'est rendu compte qu'il avait emporté tout l'équipement de peinture.

Alleyn marqua une pause, se massa le bout du nez.

— Je me demande si elle a pensé un seul instant que Lady Lacklander pouvait être impliquée. Je me demande à quel moment exactement elle s'est rappelé qu'elle-même portait les chaussures de Lady Lacklander.

Il porta son regard de Fox à Oliphant, puis à Gripper.

— Parvenue chez elle, elle a dû se baigner et se changer. Sa jupe en tweed devait aller chez le teinturier. Ayant nettoyé soigneusement le talon, elle a ciré les chaussures de Lady L. À mon avis, le talon la préoccupait plus que tout le reste. Elle se doutait que Lacklander n'avait pas demandé à sa mère l'autorisation de les emprunter. Nous avons vu ce matin qu'elle n'en possédait pas de convenables pour jouer au golf, et que ses pieds sont nettement plus petits que ceux de sa belle-fille. Elle s'est donc rendue à Nunspardon dès ce matin, elle y est entrée sans sonner et a remis les chaussures dans le vestiaire du rez-de-chaussée. La bonne de Lady Lacklander ayant supposé que sa maîtresse les avait portées comme de coutume, pour aller peindre la veille, elle les a mises avec les vêtements qui nous ont été remis, au lieu de prendre les bottes du défunt Sir Harold.

— Quand vous avez exigé que l'on vous donne les habits, Mme Cartarette s'est rappelé que sa jupe empesterait le poisson, intervint Fox.

— Oui. Elle l'avait jetée dans le panier destiné au teinturier. Consciente que j'allais la récupérer, elle s'est souvenue qu'elle avait frotté La Vieille par mégarde sur le tissu. Elle a donc eu le culot de nous sortir cette histoire de bagarre avec Thomasina Twitchett, prétendant qu'elle avait tenté de lui arracher le poisson alors qu'en réalité c'est elle-même qui le lui avait donné. Si elle avait lu le livre du colonel, elle aurait su que cela ne tenait pas debout. Les écailles ne correspondaient pas.

— C'est une affaire abominable, déclara subitement le brigadier Oliphant. Pensez donc ! Toutes ces vérités qui vont être révélées ! De quoi aura l'air Sir George, avec tout ça ?

— D'un imbécile, dit Alleyn avec vigueur, et c'est tout ce qu'il mérite ; il s'est mal comporté, comme a dû le lui faire remarquer sa mère. De surcroît, il a rendu les choses très difficiles pour son fils et Rose Cartarette, une fille adorable. Non, George Lacklander n'était pas de taille à se mesurer à Kitty Cartarette, née de Vere.

— Que pensez-vous... ? commença Oliphant.

Mais il se tut aussitôt en voyant l'expression de son supérieur.

— L'affaire repose sur des indices d'un ordre nouveau. Si son avocat est intelligent, et s'il a de la chance, elle sera acquittée. Dans le cas contraire, ce sera la prison à vie... Nous y allons, Fox ?

Il remercia Oliphant et Gripper, puis se précipita vers la voiture.

— Le patron est fâché, monsieur Fox ? s'enquit Oliphant, perplexe.

— Ne vous inquiétez pas : c'est le genre d'affaire qu'il déteste. Une femme, une peine maximum. Il se met alors à réfléchir à ce qu'il appelle les « causes primaires ».

— Les causes primaires ?

— La société. La civilisation. Mais je ne veux pas le faire attendre. Au revoir !

— Rose, ma chérie, dit Mark. Nous allons encore vivre des moments pénibles, je le sais. Mais nous sommes ensemble, mon amour, et je veillerai sur vous. Quand ce sera fini, nous nous aimerons encore plus qu'avant. N'est-ce pas ? N'est-ce pas ?

Elle s'accrocha à lui.

— Oh, oui !

— Vous verrez, je vous le promets, ce sera merveilleux.

— Tant que rien ne nous séparera.

— Oui, tant que rien ne nous séparera.

Et Mark revit le visage du colonel Cartarette tel qu'il avait été, un indulgent sourire aux lèvres.

Ils rentrèrent ensemble à Nunspardon.

Miss Kettle gravit Watt's Hill en première, puis s'arrêta. Mue par un soudain élan (ou une soudaine inspiration ?), elle descendit de sa voiture pour admirer le village de Swevenings. Le crépuscule enveloppait la vallée, la fumée jaillissait tranquillement d'une ou deux cheminées, les toits se pelotonnaient dans la verdure. Une fois de plus, Miss Kettle rêva de sa carte illustrée. Un soupir lui échappa, et elle entreprit de remonter dans son véhicule. Mais soudain, elle entendit un cri lointain. Elle se retourna, aperçut dans les ombres le commandant Syce. Plus il se rapprochait, plus ils rougissaient. Tous les deux. En proie à une sorte de vertige, l'infirmière mit en route son moteur, tout en s'ordonnant de rester calme.

— Bonsoir ! prononça-t-elle d'un ton faussement enjoué.

Le commandant Syce s'immobilisa devant sa vitre baissée. Elle remarqua, en dépit de son trouble, qu'il n'empestait pas l'alcool.

— Ha ! Ha !... Heu... ! Tiens ! Tiens ! aboya-t-il. Mon

Dieu ! Je viens juste d'apprendre la nouvelle. Vous n'êtes pas trop bouleversée ? Quelle histoire !

Miss Kettle fut immensément soulagée : elle avait craint de sa part une tout autre réaction à l'annonce de l'arrestation de Kitty Cartarette.

— Et vous ? Ça va ? Le choc a dû être terrible pour vous.

Il eut un geste désabusé.

— Ne vous souciez pas de moi. Ou plutôt, si, si vous pouviez m'accorder un instant...

Elle vit alors qu'il brandissait un rouleau de papier. Il le lui mit sous le nez.

— Voilà. C'est pour vous. Un petit rien. Surtout, pas un mot !

Elle le déroula.

— Oh ! s'écria-t-elle. Comme c'est joli ! Comme c'est joli ! Ma carte illustrée ! Oh !... Voyez Lady Lacklander, dans le Pré du Bas, devant son chevalet. Et le Dr Mark, une cigogne au-dessus de sa tête... C'est ravissant ! Et me voilà ! Mais vous me flattez...

Elle pencha la tête au-dehors. Le commandant Syce s'était figé d'émotion.

— ... Hammer Farm ! Le cottage du jardinier... Sa fille... Rose dans son jardin...

Plus près de la maison, un personnage semblait avoir été effacé. Le cœur de Miss Kettle se serra. En bas dans la saulaie, le lieu préféré du colonel pour la pêche, le peintre avait effacé autre chose.

— Je l'ai commencée il y a un certain temps déjà... Après votre première visite.

Elle leva les yeux, et ils s'observèrent en silence.

— Accordez-moi six mois, la supplia le commandant Syce. Pour être sûr. Tout s'arrangera. Le voulez-vous ?

Elle lui assura que oui.

IMPRIMÉ EN FRANCE PAR BRODARD ET TAUPIN
1183V-5 - Usine de La Flèche, le 19-10-1998
N° d'édition : 2933
Dépôt légal : novembre 1998
Imprimé en France